BASTEI LÜBBE

Savannah Smythe

Die Widerspenstige

Erotischer Roman

Ins Deutsche übertragen von
Sandra Green

BASTEI LÜBBE

BASTEI LÜBBE TASCHENBUCH
Band 15 245

1. Auflage: Dezember 2004
2. Auflage: Oktober 2005

Vollständige Taschenbuchausgabe

Bastei Lübbe Taschenbücher in
der Verlagsgruppe Lübbe

Deutsche Erstveröffentlichung
Titel der englischen Originalausgabe:
Stormy Haven

Dieses Werk wurde vermittelt durch die
Literarische Agentur Thomas Schlück GmbH, 30827 Garbsen
Titelbild: mauritius-images/age fotostock
Umschlaggestaltung: Bianca Sebastian
Satz: SatzKonzept, Düsseldorf
Druck und Verarbeitung:
Maury Imprimeur, Frankreich
Printed in France
ISBN 3-404-15245-X

Erstes Kapitel

Daisy Mae Lovell ging die verschiedenen Möglichkeiten durch, während sie im trüben Licht der Bürotoilette Mascara auf die langen Wimpern auftrug. Die Entscheidung stand kurz bevor, und sie wusste, dass das blonde Luder gewinnen würde. Blond lag im Trend, vor allem, wenn Blond mit dem Boss schlief. Und sie selbst, schlank, brünett und fast dreiunddreißig, war überflüssig geworden und musste gehen, obwohl sie für den Job besser geeignet war.

Es waren die Blicke, die sie ärgerten. Die selbstgefälligen Blicke einer Katze, die regelmäßig und üppig von der Milch schlürft. Seit drei Monaten hatte Lydia diesen Blick drauf. Davor war die Firma, für die Daisy arbeitete, übernommen worden. Die meisten Mitglieder der alten Belegschaft hatte man ohne Abfindung nach Hause geschickt. Daisy Mae war geblieben, weil sie das lukrative Projekt, an dem sie arbeitete, noch zu Ende bringen sollte. Aber auch ihre Zukunft war seit der Übernahme unsicher gewesen. Trotzdem hatte sie sich nicht in Bürointrigen einspannen lassen, und deshalb würde sie bald ihren Job verlieren.

Sie war eine heillose Romantikerin und glaubte fest ans Schicksal, aber wenn die Firma sie loswerden wollte, musste sie Daisy eine Abfindung zahlen. Daisy Mae wusste, dass die neuen Chefs das verhindern wollten, weil es zu teuer wurde. Deshalb hatte sie seit Monaten verzweifelte Versuche aushalten müssen, sie zur Kündigung zu bewegen. Man untergrub ihre Autorität; Unterlagen, an denen sie lange gearbeitet hatte, verschwanden einfach und ähnliche kindische, unwürdige Dinge.

Aber sie hielt an ihrem Job fest und entwickelte die Zähigkeit eines Jack Russell ohne dessen knurrendes Bellen, und sie lauerte auf eine Gelegenheit, es ihnen heimzuzahlen.

Val steckte den Kopf durch die Tür. »Der Saftsack wartet«, sagte sie. Saftsack war der landläufige Name für Jason Cordell, den mächtigen neuen Boss ihrer Abteilung. Alle früheren Mitarbeiter von Data Supplies Ltd. nannten ihn so.

»Danke, Val. Ich glaube, er wird noch ein paar Minuten länger warten können.« Daisy fuhr fort, den karminroten Stift über die geschwungene Oberlippe zu ziehen, und schließlich beendete sie die Toilette mit einem Hauch von Allure. Sie ging zurück in ihr Büro, und einige Kollegen sahen sie betroffen an, als wüssten sie mehr als Daisy.

Jason Cordells Büro war so angelegt, dass er den größtmöglichen Überblick auf fast alle Mitarbeiter in seiner Verkaufsabteilung hatte. Von der offenen Bürotür konnte er alles im Auge halten, selbst wenn der jüngste Kollege zur Toilette schlich, um heimlich eine Zigarette zu rauchen. Sie alle hatten sich an die bissigen Kommentare gewöhnt, die vom neuen Boss kamen.

Daisy schloss die Tür und stand Jason gegenüber, der sich im Sessel zurücklehnte, als gehörte die Firma ihm ganz allein. Sein Schreibtisch war aufgeräumt, und direkt vor ihm lag ein dünner weißer Umschlag. Er hielt Daisy eine Packung Dunhill hin.

»Nein, danke, ich rauche nicht.«

»Gut. Es ist eine lausige Angewohnheit.« Er legte die Packung in die Schublade und sah Daisy mitfühlend an. »Es war eine schwere Zeit für Sie, nicht wahr?«

Sie ließ sich nicht beirren. Er und Lydia waren in erster Linie die Verursacher ihres Stresses in den letzten Monaten gewesen.

»Das kann man so sagen«, antwortete sie lächelnd und

wies auf den Umschlag. »Ist das meine ›Sie kommen aus dem Gefängnis frei‹-Karte?«

Jason verzog das Gesicht. Er war hinterhältig wie eine Schlange und wusste, welche verheerende Wirkung der Blick seiner dunkelbraunen Augen auf die leichter zu betörenden Frauen im Büro hatte – sie wurden zu zitternden Wracks. Er fuhr einen roten TVR und trug Anzüge von Paul Smith mit Seidenkrawatten von Gucci, und er machte keinen Hehl daraus, dass er sich den gewöhnlichen Verkäufern überlegen fühlte – dabei waren sie es, die seine Position sicherten.

Jetzt betrachtete er Daisy mit diesem Schlangenblick, er musterte sie von den schlanken Fesseln bis zum Mini, vom flachen Bauch zu den schönen runden Brüsten, die sich unter dem schwarzen Kaschmir hoben und senkten. Sie hatte einige Male bemerkt, dass er sie mit Blicken auszog, obwohl jeder wusste, dass er Lydia flachlegte.

»Kann schon sein«, antwortete er. »Aber in den letzten Monaten war ich von Ihrer Arbeit sehr angetan. Sie halten Ihre Leistung permanent auf einem hohen Niveau, Sie sind bei den Kolleginnen beliebt, und Sie halten äußeren und inneren Druck leicht aus. Wir brauchen mehr Leute wie Sie.«

Die waren alle hier, dachte sie, und du hast sie rausgeworfen und durch schöne junge Leute ersetzt, die mehr von Kleidung und Kosmetik verstehen und nicht so viel davon, wie man Telekommunikationsmittel verkauft.

»Das ist sehr freundlich, dass Sie das sagen«, bemerkte sie artig. »Darf ich mal sehen?« Sie nahm den Umschlag an sich und öffnete ihn. Ihr Gesicht zeigte keine Reaktion, als sie den Scheck sah und den beigelegten Brief des Bedauerns. Sie hatten nicht mehr bezahlt, als sie unbedingt mussten. Am liebsten hätte sie ihm gesagt, wohin er sich den Scheck stecken könnte, aber Tatsache war, dass sie das Geld brauchte. Sie steckte Brief und Scheck in den Umschlag zurück und verschloss ihn wieder. »Nun, das war's dann wohl«, sagte sie und bemühte sich, die Stimme ruhig zu halten.

Jason erhob sich aus seinem Sessel, ging um den Schreibtisch herum und setzte sich mit einer Backe auf die Ecke, ihr direkt gegenüber. Sie konnte sein Rasierwasser riechen, und wenn ihre Augen sie nicht getrogen, hatte sie eine kleine Regung in seiner Hose wahrgenommen. Er hob den Saum ihres Kilts an und befingerte den Stoff.

»Das ist ein hübscher Rock, Daisy. Fließt schottisches Blut in Ihnen?«

Sie lächelte. »Ich bin Amerikanerin, also kann alles Mögliche in mir fließen.«

»Tatsächlich?«

Sein Kommentar klang zweideutig, und Daisy hörte die Alarmglocken läuten. Sie wusste, dass er Lydia in diesem Büro beglückt hatte, aber würde er sich trauen, es an diesem Morgen auch mit ihr zu versuchen, umgeben von zwanzig arbeitenden Leuten?

»Wollen Sie sonst noch etwas mit mir besprechen?«, fragte sie kühl, obwohl sie spürte, dass ihr Herz wie verrückt pochte. Er war ein gut aussehender Mann, auch wenn er ein Saftsack war. Auf dem Sitz rutschte sie von einer Backe auf die andere. Ihr Geschlecht fühlte sich heiß und feucht an.

Sie war gerade dabei, ihren Job zu verlieren, und dann sollte sie scharf auf den Mann sein, der dafür verantwortlich war? Himmel, wie pervers konnte sie sein?

»Ich glaube, wir könnten uns viel besser verstehen, wenn es nicht diese ... eh ... störenden Faktoren gäbe. Wenn ich bereit wäre, diese störenden Faktoren zu beseitigen und Ihr Gehalt um ... sagen wir ... fünf Prozent zu erhöhen, würden Sie dann bleiben? Es würde natürlich noch andere Vorteile für Sie geben.«

»Oh? Welche?«, fragte sie keck und warf ihre kastanienbraunen Haare zurück, damit er einen ungehinderten Blick auf ihre vollen Brüste hatte. Lausige fünf Prozent bot er ihr an. Meinte er das ernst?

Er leckte sich die Lippen und schluckte hart, während er auf ihre Brüste starrte. Es juckte in seinen Händen, nach ihnen zu greifen.

Sie zog die Schultern zurück und schob die Brüste noch ein wenig mehr vor, und seine Augen glänzten vor Lust, als wäre ihm bisher nie bewusst gewesen, wie sehr sie das Flirten mit ihm liebte. Er legte eine Hand auf ihre Brüste, und die Finger glitten über die runden Kugeln. Sie rieb sich gegen seine Hand, was ihn ermutigte, mit den Fingerspitzen ihre Nippel zu reizen. Erregt leckte er sich die Lippen, als er feststellte, wie hart die Warzen wurden.

»Große Vorteile«, flüsterte er, nahm ihre Hand und drückte sie gegen die Schwellung seiner Hose. Einen Augenblick zögerte sie und spürte das Pochen seines Schafts, dann sah sie ihn mit ihren großen goldenen Augen an.

»So groß?« Sie meinte es gut mit ihm. Der Schaft war wie sein Besitzer, eine gedrungene dicke Schlange, aber er war eitel genug, sich von ihrer Bemerkung geschmeichelt zu fühlen. Ihr Geschlecht zuckte voller Erwartung. Okay, er war nicht bestückt wie ein Pferd, aber er war scharf wie ein Messer. Ihr Instinkt bestätigte sich – er würde sie gern hier und jetzt nehmen. Himmel, wie sie es brauchte nach fast einem Jahr ohne Sex. »Kann ich mal sehen wie groß?«

»Ja, kannst du.« Er langte nach unten und hob ihren Rock. Er entblößte die schwarze Spitze ihrer Strümpfe, schob ihre Beine auseinander und trat dazwischen. Er lehnte sich gegen den Schreibtisch und schob seine Hüften vor, und dabei hielt er sein Jackett hoch, damit es nicht im Weg war, wenn sie mit ihren Nachforschungen begann.

Sie lächelte zu ihm hoch, zog den Reißverschluss auf und legte die weiße Unterhose los. Nein, groß war er nicht. Seine Hoden füllten die Hose schön aus, und der kurze dicke Schaft drückte gegen die weiße Baumwolle. Daisy fuhr mit den Fingerspitzen am Schaft entlang und spürte, wie er zuckte.

»Das muss natürlich ein gegenseitiges Wollen sein«, ächzte er. »Zeig mir deine Titten.«

Gehorsam schob sie den Kaschmirpullover hoch und neckte ihn mit den Schwellungen der Unterseite ihrer Brüste, eingefangen von einem durchsichtigen BH. Ihr gefielen ihre Brüste. Sie waren nicht zu groß, und die dicken rosigen Nippel bildeten mit den dunkelbraunen Aureolen – Gene ihrer schottisch-italienischen Mutter – einen scharfen Kontrast. Unter seinen gierigen Blicken holte sie die Brüste aus den Spitzenkörbchen hervor und rieb sie, bis die Nippel sich fast berührten.

Sein Gesicht rötete sich voller Lust. »Sehr gut«, sagte er mit belegter Stimme. »Lass mich jetzt deine hübsche Pflaume sehen.«

»Ja, natürlich.« Sie schob ihren Sessel nach hinten und legte die Beine über die Lehnen. Das schwarze Höschen war deutlich zu sehen. Durch den hauchdünnen Stoff leuchteten die schwarzen Härchen ... Sie schob eine Hand ins Höschen und streichelte sich, und er legte eine Hand um seinen Schaft und rieb die Hand sanft auf und ab.

Daisy attackierte ihre Klitoris und griff mit der anderen Hand an die Brüste. Sie zupfte an den Nippeln, bis sie unglaublich lang hervorstanden. Sie war klatschnass, angefeuert von seiner verzweifelten Geilheit.

»Zieh dein Höschen aus«, befahl er mit rauer Stimme.

Sie gehorchte und warf es ihm fröhlich zu. Er fing es auf, drückte den Slip gegen sein Gesicht und atmete den Geruch tief ein. Er mochte also Pussy, dachte sie. Kein Wunder, dass Lydia immer so befriedigt aussieht.

»Direkt von der Quelle schmecke ich noch besser«, sagte sie leise und bot ihm ihre saftigen Finger an. Er saugte sie gierig in den Mund und schloss die Augen, als wollte er den Saft eines Pfirsichs einsaugen.

»Oh, ja«, murmelte er und leckte selbstvergessen. »Ich wusste gar nicht, dass du so heiß bist, Daisy. Die ganze Zeit...« Er sank auf seine Knie und drückte den Mund gegen ihre Labien. Sie spürte, wie die Zunge in sie eindrang. Seine Hände griffen unter ihren Hintern und spreizten ihre Beine noch weiter.

Stöhnend begleitete sie sein Saugen. Sie biss sich auf die Lippen, als er ihre Klitoris fand. Voller Lust wand sie sich unter ihm, ihre Hände in seinen Haaren. Mausgraue Haare. Egal. Sie ritt auf seiner Zunge.

»Oh, Himmel, du bist ein böser Junge«, keuchte sie.

»Das ist erst der Anfang, Liebling. Dies kann der Auftakt einer wunderschönen Freundschaft sein.« Er lehnte sich zurück, und sie sah, dass er immer noch dick und steif war. »Aber du musst noch einen Test bestehen.« Er fuhr wieder mit einer Hand am Schaft entlang. Die Saat eines unanständigen Gedankens ging in ihr auf. Guter Gedanke, böse Saat.

»Setz dich«, sagte sie und erhob sich. Er setzte sich und spreizte die Beine, so weit die Hose es zuließ. Sie drehte sich um, zog verführerisch den Rock hoch und bückte sich, so dass er ihre glitschigen, geschwollenen Labien sehen konnte. »Dafür bist du verantwortlich«, sagte sie, steckte einen Finger dazwischen und schaute ihn herausfordernd über die Schulter an.

»Verdammt, Lydia ist nicht wie du.«

»Niemand ist wie ich«, erwiderte sie, grätschte über ihn und fuhr mit der nackten Pussy an seiner Erektion entlang. Der Schaft zuckte hungrig, aber er wurde grausam zur Geduld gezwungen.

»Ja?« Sein Blick strahlte lüsterne Gier aus. »Das habe ich geahnt, deshalb will ich ja, dass du deinen Job behältst.« Er schob die Hüften provozierend vor und versuchte, sie damit zu berühren. Daisy hob den Pullover hoch, aber sie zog ihn nicht aus. Sie drückte ihm einen Nippel in den Mund. Er wollte etwas sagen, doch sie stopfte mehr von ihrer Brust in seinen Mund, und seine Laute waren nicht zu verstehen. Er nuckelte gierig, und elektrische Schwingungen zuckten durch ihren Körper. Sie schob ihm die andere Brust zwischen die Lippen, und er saugte, bis die Nippel rosig glänzten. Daisy rieb den Schaft gegen ihren Spalt und spürte, wie er noch heftiger pochte. Sie zog seinen Slip weiter nach unten und entblößte ihn ganz.

»Ein schönes Exemplar«, schnurrte sie, setzte sich wieder und drückte die Eichel zwischen die Labien. Dann zog sie ihm die Krawatte aus und legte sie beiseite, aber in Reichweite. »Ich bin zu allen Schandtaten bereit«, raunte sie und ließ den Schoß über seinem Schaft rotieren. »Oder soll ich dich zuerst saugen?«

»Oh, ja.«

»Du willst, dass ich mit der Zunge an deinem Stab auf und ab fahre, deine Spitze in meiner Spucke bade und dich so lange reize, bis du ganz verzweifelt zustoßen willst?«

»Ja, verdammt, Baby. Hör auf zu reden und tu's endlich.«

»Ich will's ja, Jason. Ich will dich in meinem Mund fühlen. Und in meiner Pussy. Seit über einem Jahr habe ich keinen Mann mehr gehabt, deshalb bin ich ganz eng. Ich weiß gar nicht, ob ich so einen Großen überhaupt aufnehmen kann.«

Nun übertreibe mal nicht so schamlos, mahnte sie sich. Während sie mit ihm redete, band sie seine Handgelenke mit der Krawatte auf dem Rücken zusammen und befestigte das Stoffband geschickt um den Stuhl. Jason bemerkte es erst, als es zu spät war.

»He, was ...?«

»Pst«, machte sie, kniete sich vor ihn und legte die Erektion zwischen seine Brüste. Seine Wachsamkeit wurde von der lüsternen Erwartung verdrängt. Er stieß zu und stöhnte laut, als sie mit der Zunge über die Eichel glitt. Als sie an seiner Spannung bemerkte, dass er bald kommen würde, hörte sie auf.

Er protestierte jammernd. »Saug mich, du kleines geiles Biest«, keuchte er.

Sie grätschte wieder über ihn. »Schließ deine Augen«, sagte sie und rotierte mit dem Schoß über seinem Schaft. Sie sah, dass er noch skeptisch war, deshalb ließ sie sich tiefer sinken und die Spitze zwischen den feuchten Pussylippen schaben. Oh, ja, das fühlte sich gut an. »Willst du mehr?«

»Ja«, ächzte er und schloss gehorsam die Augen. Sie ließ sich tiefer sinken und verband ihm gleichzeitig die Augen. Sein Stöhnen schwoll an, während er nur hilflos von unten zustoßen konnte. Daisy hielt ihre Entzückensschreie nicht länger zurück. Es tat gut, sich so wunderbar lebendig zu fühlen, so warm und pulsierend. Ausgelassen schwang sie die Hüften hin und her.

»Oh, Jason, du bist so groß«, gurrte sie und fühlte, wie er als Reaktion auf ihr Kompliment eifrig pochte. Sie hob und senkte sich langsam auf ihn und lenkte ihn davon ab, dass sie seine Hemdknöpfe öffnete. Sie leckte über seine Brustwarzen, und er knirschte mit den Zähnen. Er stieß so gewaltig zu, dass sie fürchtete, es wäre ihm schon gekommen, doch dann spürte sie, dass er hart blieb.

Als sie abstieg, stieß der Schaft ins Leere, denn sie war gerade dabei, den Stuhl zur Tür zu fahren. Er bemerkte nicht, dass sie den Umschlag vom Schreibtisch nahm, dann beugte sie sich über Jason und nahm seinen Schaft tief in den Mund.

»Oh, Daisy«, stöhnte er glücklich, »du bist wirklich ein heißes Baby.«

Er hörte, wie sich die Tür öffnete, und fast gleichzeitig fühlte er, wie die Binde von seinen Augen genommen wurde. Daisy stand da, züchtig angezogen, den Umschlag in der Hand. Hinter ihr standen fünfzehn Mitarbeiter, die alle auf Jasons Schoß starrten, die Münder weit geöffnet. Unter den Kollegen stand auch Lydia, das Gesicht voller Zorn. Daisy grinste.

»Danke für das Angebot, aber du kannst es dir dahin schieben, wo keine Sonne scheint. Ich bin sicher, dass Lydia weiß, wo sie es finden kann.«

»Ich will Tornados jagen.« Daisy hob ihr Glas und prostete zwei Freundinnen zu, mit denen sie drei wilde Jahre erlebt hatte. Freundinnen, mit denen sie sich eine Wohnung geteilt, mit denen sie am Wochenende Wodka getrunken und über Männer gelacht und geweint hatte. Es waren großartige Jahre gewesen, aber nach dem Verlust ihrer Arbeitsstelle hatten sie ihr natürliches Ende gefunden. Daisy würde in diesem Jahr dreiunddreißig Jahre alt, und die Romantikerin in ihr sagte ihr, dass es Zeit war, einen Mann zu finden, sesshaft zu werden und eine Familie zu gründen.

Aber bevor sie das tat, sagte die Abenteuerin in ihr, wollte sie noch ein bisschen Spaß haben. Wie viele andere Kinder hatte sie in der Geschichte *Der Zauberer von Oz* die Tornados am besten gefunden, deshalb hatte sie sich einer Tour angeschlossen, die im mittleren Westen Amerikas den Tornados hinterherjagte. Sie hatte Glück und profitierte von der Absage eines anderen, und so landete sie in der Gruppe des Bruders von Mike Bradley, der auf Kanal 5 die Wettervorhersage präsentierte. Er war arrogant und unprofessionell, aber weil er sich bei seinen Prognosen lieber festlegte, als schwammig um den heißen Brei zu reden, liebte das Publikum ihn. Daisy war gespannt, ob die Wirklichkeit so spannend war wie seine Schau.

Danach wollte sie eine oder zwei Wochen durch die Wüste streifen, das würde von ihren finanziellen Möglichkeiten abhängen. Schon ihre verstorbene Mutter hatte daran geglaubt, dass jeder Mensch irgendwo auf der Welt seine Zufriedenheit fand, und wenn der Vater ein solches Konzept auch als romantische Gefühlsduselei abtat, folgte Daisy der Mutter und setzte die Suche nach ihrem Ort der Zufriedenheit fort.

In England hatte sie keinen Erfolg gehabt, aber da sie nun eine neue Chance erhielt, war sie fast versessen darauf, den amerikanischen Mittelwesten kennen zu lernen. Sie hatte die alte Minolta wieder gefunden und eingepackt, und dabei fiel Daisy ein, dass sie einmal viele Hobbys gehabt hatte, bevor sie zu arbeiten und zu feiern begonnen hatte.

Sie würde sich nach einem neuen Job umsehen müssen, dachte sie und überlegte, in welche Richtung sie sich verändern sollte. Eines stand felsenfest für sie: Solange sie auch nur noch einen Dollar in der Tasche hatte, würde sie nie wieder in einem Büro arbeiten.

Aber das sagte sie den Freundinnen nicht. Daisy hatte ohnehin schon das Gefühl, dass Gespräche über ihre Liebe zur Fotografie und über ihre Absicht, Tornados hinterherzujagen, eine Spur zu hoch waren für ihre oberflächlichen Empfindungen.

»Okay, Tornados also«, sagte Suzie, alles andere als beeindruckt. »Und was sonst?«

Sie saßen in einer Bar in Windsor und konnten auf die Themse schauen. Es war Freitagabend, zwei Wochen nach dem Zwischenfall mit Jason Cordell.

»Dann gehe ich nach Colorado, bestaune die vielen roten Felsen, knipse viele Bilder und lasse mich von vielen Männern flachlegen«, antwortete Daisy. »Wer weiß? Vielleicht sieht jemand meine Fotos und bietet mir einen Job an.« Realistisch betrachtet hatte sie kaum eine Chance, aber der Gedanke gefiel ihr.

»Darauf trinke ich«, sagte Val grinsend und stieß ihr Glas gegen Daisys. Sie feierten Jasons Demütigung vor zwei Wochen. Jemand hatte ihm ein Telefonbuch in den Schoß geworfen, um seine Blöße zu bedecken, und Lydia hatte ihre eisblonde Kühle aufgegeben, hysterisch zu schreien begonnen und ihn mit allen Schimpfnamen unter Gottes Sonne belegt. Und dann, erzählte Val und lachte so laut, dass sie kaum reden konnte, hatte es niemand geschafft, den Knoten zu lösen, mit dem Daisy ihn an den Stuhl festgebunden hatte, deshalb mussten sie ihn mit dem Stuhl zurück in sein Büro fahren, und dann hatte jemand die Krawatte mit einem Messer durchgeschnitten.

»Weißt du, dass Jason nicht mehr Saftsack genannt wird?«, fragte Val kichernd. »Er heißt jetzt Free Willy.«

Kichern, Grinsen, Schnaufen. Als Daisy wieder aufschaute, sah sie einen Mann, der sie betrachtete. Er fiel ihr auf, weil er die Augen eines Adlers hatte und in seinem dunkelgrauen Anzug und dem schwarzen Pulli darunter gut aussah.

»Glaubst du, du kommst noch mal zu uns zurück?«, fragte Val.

»Ich bezweifle es«, antwortete Daisy ehrlich und saugte an einem Eiswürfel. Sie vermisste die Staaten mit Geschäften, die bis ganz spät in die Nacht geöffnet waren und oft großartige Schnäppchen boten, ganz zu schweigen von einer anständigen Mahlzeit, die es Tag und Nacht in den Delikatessenläden gab. »Außerdem glaube ich, dass ich mich allmählich auf den Markt werfen soll, um endlich Mann und Haus zu bekommen.«

»Viel Glück, Mädchen. Ich bin schon seit Jahren auf dem Markt«, sagte Suzie düster.

»Ist doch klar – du bist viel zu wählerisch«, warf Val ihr vor.

»Das ist doch nichts Schlimmes«, sagte Daisy. »Niemand will einen Mann mit Narben auf der Seele nach einer harten Scheidungsschlacht.« Während sie sprach, sah sie, dass der Mann an der Bar sich umdrehte und einen Drink bestellte. Instinktiv wusste sie, dass er ihrer Unterhaltung gefolgt war. Sie bot sich freiwillig an, die nächste Runde zu holen, ging zur Theke und stellte sich neben ihn.

»Hi«, sagte sie, nachdem sie bestellt hatte.

»Hi zurück.« Er war Amerikaner, wahrscheinlich aus dem Nordosten, wenn sie seine legere Haltung und den modischen Anzug betrachtete.

»Sie sind weit weg von zu Hause«, sagte sie flirtend. Er hatte sehr dunkle glatte Haare, streng nach hinten gekämmt, ähnlich wie damals bei Elvis, und er hatte grüne Augen. Ein hübscher Mund, die Oberlippe leicht geschwungen, woraus sie schloss, dass er gut küssen konnte.

»Sie aber auch«, gab er zurück. Er trank Bourbon und sah sie über den Glasrand neugierig an. Ihr fiel ein leichter nordirischer Einschlag in seiner Stimme auf, aber seine Selbstsicherheit und sein Kleidergeschmack wiesen eindeutig nach Manhattan.

»Lassen Sie mich raten. New York, nicht wahr?«

»Sehr gut. Erkennt man es so leicht?«

»Nein. Ich habe zu viele Gangsterfilme gesehen, das ist alles«, sagte sie grinsend.

Er versteifte sich für einen Moment. »Wie meinen Sie das?«

»Kein Grund zur Beunruhigung. Willkommen in England. Hat Sie schon jemand willkommen geheißen?«

»Nein, aber bisher hat mich auch noch niemand für einen Kriminellen gehalten.«

»Das habe ich doch nicht gemeint, ich wollte nur ... ach, vergessen Sie's. Was machen Sie denn hier?«

»Ich habe Sie gesucht.«

Sie kicherte, brach aber sofort ab und wechselte zu einem fraulichen Lachen. »Das war eine hübsche Replik, aber vielleicht sollten Sie sie noch ein bisschen ausschmücken. Wir Frauen mögen solche Schmeicheleien, auch wenn wir wissen, dass nichts dahinter steckt. Meistens läuft es dann auf eine flotte Nummer hinaus, nicht wahr?«

Himmel, was laberte sie da? Das war doch alles gequirlter Schwachsinn. Sie wich von ihm zurück und fühlte sich wie eine Närrin. »Das sollte nur ein freundlicher Tipp sein, für den Fall, dass Sie bald fündig werden.« Sie floh zurück an ihren Tisch, das Gesicht wie mit Blut übergossen.

»Was ist mit unseren Getränken?«, fragte Val vorwurfsvoll.

Sie hatte sie vergessen und schlich sich zur Bar zurück. Er schaute ihr mit einem leicht amüsierten Ausdruck zu. Sie beschloss, ihre Verlegenheit zu überspielen.

»Was tun Sie denn in New York?«

»Ich bin Profikiller. Aber keine Angst, ich bin hier im Urlaub.«

Es kostete sie einige Anstrengung, den Mund wieder zu schließen. Natürlich war das ein Scherz, aber er wäre lustiger gewesen, wenn er dem Bild nicht so sehr entsprochen hätte. Sie spürte, wie die Kälte in ihr hochkroch. Ihr Vater hatte doch nicht sein Versprechen gebrochen? Und wenn, warum sollte er dann einen seiner Lakaien geschickt haben, um sie zu überwachen?

Nein, das bildete sie sich nur ein. Himmel, ihr Vater war doch nicht Millionär geworden, indem er Killer auf Weltreise schickte, damit sie sich um eine Familienangelegenheit kümmerten. Sie verbannte den lachhaften Gedanken. Zeit für mehr Spaß.

»Das hört sich gut an«, sagte sie. »Was ist denn Ihre Spezialität?«

»Wie meinen Sie das?«

»Knarre, Messer, bloße Hände? Lassen Sie mich raten.« Sie nahm seine rechte Hand und fuhr mit einem Finger über die Handfläche. Es war eine glatte, kühle Hand, ausgeprägte Adern auf dem Rücken, die Nägel gepflegt. »Ich wette, Sie machen sich nicht oft die Hände schmutzig«, fuhr sie fort. »Ich schätze, Sie benutzen eine Faustfeuerwaffe, und Sie sind wahrscheinlich ein Ass, wenn ich mir den Abzugsfinger besehe.«

Sie fuhr mit einer Fingerkuppe über seinen Zeigefinger, und ihr wurde klar, dass ihr Gespräch gefährlich werden konnte. Dass er irischer Abstammung war, machte ihn noch nicht zu einem Kriminellen, aber er sah jetzt wieder so gespannt drein wie eben, als sie die Bemerkung über Gangsterfilme geäußert hatte. Aber es war doch ein Scherz, oder?

Jetzt lachte er, und obwohl es eher das Lachen eines Hais war, leuchteten seine Augen warm. »Ich bin Linkshänder«, sagte er. »Sie haben eine sehr lebhafte Phantasie.«

»Sie auch«, gab Daisy zurück. »Meine können Sie auf den Wodka schieben.«

Val stieß sie mit der Schulter an. »Es wäre schön, heute Abend noch was zu trinken zu bekommen«, sagte sie giftig und nahm das Tablett mit an den Tisch. Daisy bemerkte, wie die Freundinnen sie im Visier hatten.

»Ich gehe lieber«, sagte sie, obwohl sie eigentlich nicht gehen wollte. »Ich habe meine Freundinnen eingeladen.«

»Viel Spaß.«

Sie spürte seine Blicke im Rücken, als sie zurück an den Tisch ging.

»Ist das dein Typ für die Nacht?«, fragte Suzie.

Daisy drehte sich zu ihm um, aber er war verschwunden. »Offenbar nicht«, sagte sie mit einem Seufzer, überrascht, wie sehr sie es bedauerte, dass er ohne sie gegangen war.

»Nun, das hier sollte dich aufmuntern«, sagte Val, holte eine braune Tüte hervor und warf sie auf Daisys Schoß. »Wir haben zusammengelegt, um dir etwas zu schenken, was dich durch die einsamen Nächte bringt.«

Daisy war zu gerührt, um sprechen zu können, zerriss das Papier und griff in eine Art Schuhkarton. Sie tastete mit den Fingern an einem dicken Vibrator mit einer wuchtigen Eichel entlang. Die Adern des Schafts traten prall heraus.

Das Latex war weich und seiden; ein sehr teures Exemplar. Neben dem Vibrator lag eine kleine Plastikbox mit drei Knöpfen, die verschiedene Geschwindigkeiten auslösten.

»Das ist die Fernbedienung«, sagte Val und nahm das Gerät an sich. »Schau mal, jetzt vibriert er.« Der Stab begann in Daisys Hand zu zucken. »Jetzt folgt das Winden und Krümmen«, erklärte Val und drückte auf den zweiten Knopf. Alle lachten, als sie sahen, wie sich der Stab verbog und drehte. »Jetzt kommt erst das Beste – pass auf.« Der Stab hüpfte fast aus Daisys Hand, so aufgeregt pumpte er auf und ab.

»Das ist ein großartiges Spielzeug!«, rief Daisy lachend und küsste sie der Reihe nach. »Danke, Girls.«

»Verlass dich drauf, es tut auch großartige Dienste. Wir haben ihn beide ausprobiert«, sagte Suzie und fügte schelmisch hinzu: »Val hat ihn zuletzt benutzt und ihn wie üblich nicht sauber gewischt.« Sie rümpften die Nasen und lachten wieder. Daisy steckte den Vibrator zurück in den Karton, denn sie hatte die interessierten Blicke einer Gruppe älterer, nicht gerade attraktiver Männer bemerkt.

»Ich werde euch wirklich sehr vermissen«, sagte sie und wischte sich die Feuchtigkeit aus den Augen.

»Nun fang bloß nicht an zu heulen«, warnte Rachel, »sonst vergießen wir alle Tränen.«

»Keine Sorge. Ich muss mal für kleine Mädchen. Ich weine auf der Toilette.«

»Willst du ihn mitnehmen?«, rief Val ihr nach und hielt den Karton hoch.

»Vielleicht brauche ich ihn nicht«, gab Daisy munter zurück, und keine Sekunde lang dachte sie daran, dass sie damit Recht haben könnte.

Die Toiletten befanden sich auf der anderen Seite des Parkplatzes, nahe beim Fluss. Sie waren kalt und klamm, aber während sie dort saß, musste sie wieder an den Mann von der Bar denken. Schade, dass er gegangen war. Nach einem weiteren Wodka hätte sie vielleicht den Mut gehabt, ihm etwas anzubieten, was er nicht ablehnen konnte.

Auf dem Rückweg stieß sie mit ihm zusammen.

Es war außergewöhnlich. Sie kannte nicht einmal seinen Namen. Aber als sie in der Dunkelheit vor den Toiletten gegeneinander prallten, schien es ganz natürlich zu sein, dass ihre Lippen sich zu einem Kuss trafen, der nach Whisky und Nikotin roch. Sie vergaß auf der Stelle, dass Raucher sie gewöhnlich abstießen, als er sie gegen die kalte Wand drückte.

Er war heiß und ungeduldig, als hätte er den ganzen Abend auf sie gewartet. Sie war so groß, dass sie sich nicht den Hals verrenken musste, um ihn zu küssen, und er war so kräftig, dass er sie fest gegen die Wand gepresst halten konnte und seinen Körper gegen ihren rieb. Ihr Körper reagierte mit einer Welle heißen Verlangens, und so erwiderte sie bereitwillig seine reibenden Bewegungen, und als sie sein erstauntes Wimmern hörte, ging ein Zucken durch ihren Leib.

In der kühlen Dunkelheit flackerten kleine helle Lichter auf das Themse, und der Modergeruch des Flusses und des Bierdunstes umgab sie, während sie sich küssten und griffen und drückten. Seine Hand lag auf ihrer Brust und knetete durch Seide und Spitze. Sie fummelte aufgeregt mit den Knöpfen herum, damit er ihre nackte Haut berühren konnte, und dann hörte sie sein Stöhnen, als er auf den BH stieß.

Daisys Hand griff an seine Hose und strich über die harte Erektion, die auf ihren Einsatz wartete. Sie drückte die wunderbare Länge durch die Anzughose, und der Mann stöhnte wieder und löste sich von ihr.

»Wie heißt du?«

»Daisy. Und du?« Sie fuhr fort, ihn geschickt zu massieren, und sie spürte das starke Pochen unter ihrer Hand.

»Ich sollte das nicht tun«, flüsterte er, aber er traf keine Anstalten, seinen Griff zu lockern.

»Warum nicht? Bist du verheiratet?«

»Nein, aber ...« Er gab nach und drückte seine Lippen wieder auf ihren Mund. Er ruckte den Unterleib gegen ihre Hand und keuchte: »Ich darf das nicht.«

»Teufel noch mal, und warum nicht?« Sie fuhr mit der Handfläche über die Länge seines Schafts und fühlte ihn zucken. Sie begehrte ihn, begehrte ihn so plötzlich wie es vor zwei Wochen bei Jason über sie gekommen war. Ihr Körper schrie nach Erleichterung, jetzt und hier, und was sie unter ihrer Hand spürte, versicherte ihr, dass er ihr die Entspannung bringen konnte.

Er hielt sie nicht auf, als sie seinen Reißverschluss aufzog und ihre Hand in seine Boxershorts griff. Boxer aus feiner Baumwolle. Ihre Finger glitten durch die weichen Härchen und zu seinen Hoden, die sich schwer und prall anfühlten. Mit den Fingerkuppen strich sie über den leicht behaarten Hodensack.

Im Schatten der Toilettenhauses konnte niemand sie erkennen, obwohl auf dem Fußweg entlang der Themse einige Leute spazierten, und ganz in der Nähe hörten sie ausgelassenes Gelächter.

»Daisy, bitte ...« Er griff ihre Hand, die unter dem Hemd zu seiner Brust wandern wollte, und brachte sie zu seinem Schaft zurück. Sie wünschte, sie könnte ihn besser sehen, damit sie ihm die Aufmerksamkeit schenken könnte, die er verdient hatte.

Er küsste sie wieder, heiß und gierig, die Zunge tief in ihrem Schlund. Dann griff er in ihre Bluse, schob den BH hoch und beugte sich zu ihren Brüsten. Abwechselnd saugte er die steifen Nippel in seinen Mund. Wenn er nur noch ein bisschen länger gesaugt hätte, wäre es ihr allein davon schon gekommen.

Sie wand sich in seiner Umarmung, und ihre Beine rieben

an seinem Schenkel auf und ab. Keuchend forderte sie ihn auf, es ihr endlich zu besorgen, aber er ignorierte ihr Betteln und setzte die Attacken seiner Zunge in ihrem Mund fort. Ihre Brüste fühlten sich schwer an, und in ihrem Kopf schwirrte es, als wäre sie trunken. Sie wollte schreien, kreischen, schimpfen, und gleichzeitig wollte sie, dass er ihr weiter diese süße Folter bescherte.

Schamlos rieb sie sich an ihm, und dann tanzten kleine Lichter vor ihren Augen, bunte Lichter wie bei einem fernen Feuerwerk. Als sie nach einer Weile immer schwächer wurden, erkannte sie, dass er ihr etwas Neues gegeben hatte.

»Das habe ich noch nie erlebt«, keuchte sie gegen seine Lippen, während er sich an ihrem Slip zu schaffen machte und ihn hastig nach unten zog. Als er in sie eindrang, stieß sie einen lauten, heiseren Schrei aus. Ihr Körper reagierte sofort. Ihr Schoß begann zu kreisen, und seine Stöße schickten pulsierende Echos durch ihren Leib.

Zwei Mädchen lugten um die Ecke, wahrscheinlich wollten sie den Schreien nachgehen, die Daisy ausgestoßen hatte. Die Mädchen rissen den Mund weit auf, als sie Daisy sahen, die bei jedem harten Pumpen des Mannes gegen die weiß getünchte Wand gepresst wurde. Daisy scheuchte die Mädchen weg und schlang ihre Beine enger um seine Hüften.

»Schneller, härter«, raunte sie und knabberte mit den Zähnen an seinem Ohrläppchen. »Komm, du brutaler Kerl, besorge es mir richtig.«

»Wenn d das willst, sollst du es haben«, ächzte er, setzte sie auf dem Boden ab und drehte sie um. Er beugte sie über ein großes Bierfass, schob den Rock hoch und griff mit einer Hand in ihre Nässe. Sie musste sich auf die Lippen beißen, um nicht wieder laut aufzuschreien, als er mit einem Stoß ihre gesamte Tiefe auslotete, während seine Finger sich hart in ihre Hüften gruben.

Jetzt stieß er so hart und heftig zu, wie sie es von ihm verlangt hatte. Sie spreizte die Beine noch weiter und stemmte sich gegen ihn. Sie spürte seine Hand auf ihrer Klitoris und kreischte wie eine heiße Katze, und nun war es ihr egal, wer sie hörte oder sah. Ihr Orgasmus setzte ein, und er wurde noch intensiver, als ihr bewusst wurde, dass ein Fremder ihn auslöste, der seinen Schaft wie besessen in sie hineintrieb, bis auch er nicht länger an sich halten konnte und sich in ihr ergoss.

»Du hast mich verführt und zerstört«, murmelte er wie im Selbstgespräch. Er war so erschöpft, dass er sich ein paar Momente auf ihr ausruhte, ehe er sich aufrichtete, so dass sie den Slip hochziehen und den Rock glatt streichen konnte.

»Verdammter Mist«, sagte er und sah sie mit wachsendem Entsetzen an.

»War es wirklich so schlimm?«

»Nein, Daisy, das ist nicht das Problem. Was bin ich bloß für ein Idiot.« Er wich vor ihr zurück, fluchte leise vor sich hin und rannte dann quer über den Parkplatz und verschwand.

»Warte!« Sie richtete BH und Bluse, verwirrt und noch so erregt, dass sie kaum gehen konnte, aber dann sah sie gerade noch, wie die Rückleuchten eines dunklen Autos um die Ecke bogen.

Auf schwankenden Beinen ging sie zurück in die Bar und setzte sich zu ihren Freundinnen.

»Leute, ihr werdet nicht glauben, was gerade passiert ist …«

Zweites Kapitel

Am folgenden Sonntagmorgen traf Daisy in New York ein, und ihr guter Freund Chico Mendoza war in seiner ganzen dandyhaften Aufmachung da, um sie abzuholen. Sie lief auf ihn zu, sprang in seine Arme und schlang die Beine um seine Hüften.

»Oh, ich sehe, dass du in England die Kunst der Diskretion gelernt hast«, sagte Chico, als sie sich von ihm löste. Sie zeigte ihm die Zunge.

»Ich will nur sicherstellen, dass du deinen Ruf nicht verlierst«, antwortete sie fröhlich. Sie hielten sich umschlungen und gingen zur wartenden Limousine.

Sie und Chico waren eng befreundet geblieben, obwohl ihr Vater schone eine Menge unternommen hatte, um die Beziehung aufzulösen. Er glaubte offenbar, dass sie verlobt wären, deshalb hatte er sich so aufgeregt. Es war nicht das erste Mal. Er hatte sich bei jedem ihrer Freunde aufgeregt und den strengen Vater herausgekehrt. Nach dem Tod von Daisys Mutter war sein Verhalten noch schlimmer geworden. Aber Chico war in seinen Augen der Allerletzte – schließlich war er der Sohn von Felix' ärgstem Feind.

Felix Lovells Hass auf die Familie Mendoza hatte vor dreißig Jahren begonnen, als er, der aufstrebende Reporter, sich auf Enrico Mendozas Tipp verlassen und sein Geld in eine Firma investiert hatte, der man eine große Zukunft verhieß. Später hatte Mendoza sein Geld aus der Firma zurückgezogen, ohne Felix was zu sagen – und kurz darauf war Daisys Vater sein Geld los.

Seither hasste Felix Lovell alle Ausländer, und die

Puertorikaner besonders. Alles Drogendealer, behauptete er und übersah geflissentlich seine eigenen dubiosen Geschäftsmethoden, auf die ihn auch niemand ansprach, weil er überaus erfolgreich und einflussreich war.

Als Daisy sich dann mit Enrico Mendozas Sohn anfreundete, brachen Lovells alte Hassgefühle wieder auf. Die Vorstellung, dass beide Familien durch eine Heirat vereint würden, war für Lovell unerträglich. Er zog gar nicht in Betracht, dass Daisy und Chico keine romantischen Gefühle füreinander hatten und verbot ihr, ihn jemals wiederzusehen.

Daisy hielt es für klüger, ihrem Vater vorzuenthalten, dass sie nicht mit Chico schlief, sondern mit seinem Vater Enrico, aber weil sie den Oppositionsgeist ihrer Mutter geerbt hatte, hielt sie ihm vor, wie oft er ihr schon den Umgang mit anderen Freunden untersagt hatte. Als sich dann die Möglichkeit ergab, in England zu arbeiten, griff sie spontan zu. Es war Ironie des Schicksals, dass sie dort, außer Reichweite ihres Vaters, keinen einzigen attraktiven Mann zu Gesicht bekommen hatte.

»Lass dich ansehen«, sagte Chico und betrachtete ihre glänzenden braunen Haare, den modischen schwarzen Leinenanzug und die Pumps mit den hohen Absätzen. Kurz vor der Landung hatte sie sich im Flugzeug umgezogen, damit sie sich in den modebewussten Straßen von Manhattan nicht verstecken musste.

»Ja, das geht«, meinte Chico schließlich.

»Das geht für was, du frecher Bastard?«

»Brunch im Russian Tea Room. Ich möchte deine Heimkehr im angemessenen Rahmen feiern.«

»Ach, du bist ein Schatz.« Sie drückte ihn an sich.

Er löste sich sanft von ihr. »Süße Daisy. Immer das anhängliche Hündchen.«

Es war eine milde Zurückweisung, wie sie es von ihm gewohnt war. Jetzt war es an ihr, ihn gründlich zu betrachten. Neu waren sein Schnurrbart und das dünne Ziegenbärtchen, die seinem eher glatten Gesicht einen Hauch des Gefährlichen gaben. Er war auch deutlich schlanker, als sie ihn in Erinnerung hatte, wodurch seine Laufstegkleider noch besser zur Geltung kamen. Aber er war nicht mehr der alte Chico, muskelbepackt, enge Jeans auf den Hüften, dazu ein poppiges Sweatshirt. Er war verändert – und nicht unbedingt zum Besseren.

»Ich habe mit Phil und Paul gesprochen«, sagte er. »Sie sagen, du kannst bei ihnen einziehen, wann immer du willst.«

»Großartig, danke, Chico.«

»Du erweist ihnen einen Gefallen. Paul hat schon lange vorher darüber gemeckert, dass das Haus so lange leer stehen soll. Sie werden erst im Herbst zurückkehren.«

»Bis dahin werde ich längst weg sein. Ich hoffe, sie wissen, wie dankbar ich ihnen bin.« Natürlich wusste Daisy, dass sie bald zu ihrem Vater gehen musste, aber sie lehnte es kategorisch ab, wieder zu ihm zu ziehen. Seit ihrem letzten Streit gab es so etwas wie einen Waffenstillstand zwischen ihnen, aber erst nachdem sie verlangt hatte, dass er nicht andauernd seine Leibwächter schickte, die sie heimlich im Auge behielten. Er hatte es versprochen. Trotzdem musste sie erst noch Kraft tanken, um ihm Auge in Auge gegenüberzustehen.

In der prunkvollen Umgebung des Russian Tea Rooms befanden sie sich in der Gesellschaft der Reichen und Gelangweilten, und sie labten sich an Blinchikis mit saurer Sahne und Kirschmarmelade. Daisy erzählte die Geschichte von Jason und dem Stuhl, und Chico lauschte mit großem Vergnügen.

»Der Mann, der sich wirklich in dich verliebt, muss auf der Hut sein«, sagte er und schob eine Haarsträhne aus ihrem Gesicht. »Du hast das Gesicht eines Engels und die Moral eines Schwergewichtsringers.«

»Du bist wieder so lieb zu mir«, sagte Daisy mit ihrem engelhaften Lächeln.

»Ich habe deine Briefe aufbewahrt«, sagte Chico. »Alle haben mich amüsiert.«

»Ich würde gern sagen, dass ich deine auch aufbewahrt habe, aber du hast keine geschickt.«

Er ignorierte ihre Bemerkung und senkte die Stimme zu einem verschwörerischen Flüstern. »Bist du sicher, dass dir niemand gefolgt ist?«

»Ich habe zweimal das Flugzeug gewechselt«, gab Daisy zurück. »Glaubst du, mich interessiert, was Daddy von mir weiß? Ich bin kein kleines Mädchen mehr. Und wechsle nicht das Thema. Warum hast du mich nicht in London besucht?«

»Darling, du weißt, wie sehr ich lange Flüge verabscheue. Und dann ist London so ... so schmutzig.« Er verzog das Gesicht, als müsste er den Schmutz gerade kauen.

»Ich habe dich wirklich vermisst«, sagte sie und drückte seine Hand.

»Wenn du nicht so stur wärst und darauf bestanden hättest, auf Jahre hinaus arm zu sein, dann hättest du ab und zu in die Staaten fliegen können.«

»Ich weiß«, sagte sie seufzend, »aber ich musste weg und auch weg bleiben. Dad ... nun ja, man zahlt für alles einen Preis, nicht wahr? Wie geht es Enrico?«

»Ich habe darauf gewartet, dass du nach ihm fragst. Es geht ihm gut. Er verbringt den größten Teil seiner Zeit mit sehr teuren Callgirls und hofft, eines Tages eine zu finden, die so ist wie du. Ich hoffe, er findet sie nicht. Eine dreiundzwanzigjährige Hure als Stiefmutter würde mir nicht gefallen.«

Daisy saugte den Schaum des Capuccino von einem Löffel. »Ich habe ihm von Anfang an reinen Wein eingeschenkt. Ich habe ihm gesagt, ich könnte ihn nie so lieben, wie er das von mir erwartete.«

Chico wischte ihre Aussage weg. »Du brauchst mir nichts zu erklären. Weißt du, ich an deiner Stelle hätte das Geld genommen, das er dir geboten hat, und wäre damit abgehauen. Aber du mit deiner perversen Rechtschaffenheit ...«

»Hast du mir nicht vor zwei Minuten vorgeworfen, ich hätte die Moral eines Schwergewichtsringers?«

»Da wir gerade von Moral sprechen – ich muss mir mal die Nase pudern.« Er stand auf und ging zu den Toiletten. Beunruhigt sah sie ihm nach. Er hatte sich noch stärker verändert, als sie zunächst geglaubt hatte. Seine schwule Art drang viel deutlicher durch – nicht gerade günstig für einen Mann, dessen Erbschaft auf der Illusion beruhte, dass er hetero war.

Als er zurück an den Tisch kam, schwatzte er wie aufgedreht. Ihr wurde der Grund schlagartig klar, und sie hielt sich für einfältig, dass sie die Zeichen nicht schon vorher gesehen hatte.

»Ich glaube, ich bin zu lange in der Provinz gewesen«, sagte sie, beugte sich zu ihm und wischte einen Hauch von weißem Puder von seiner Nase. »Was ist los mit dir, Chico? Du hast mir mal gesagt, dass du dieses Zeug nicht nötig hast.«

Seine brüchige Fassade klappte zusammen. »Es ist der einzige Weg, damit umzugehen«, murmelte er. »Dass ich mit dieser Lüge leben muss, treibt mich in den Wahnsinn.«

Daisy fühlte mit ihm. Einmal hatte sie sehr behutsam das Thema bei Enrico angeschnitten. Es war das einzige Mal gewesen, dass er wütend auf sie war, und einen kurzen Moment lang hatte sie sogar um ihr eigenes Leben gebangt.

»Sieht er denn nicht, wie es dich zerreißt?«

Chico sah sie verbittert an. »Entweder nein, oder er stört sich einen Scheißdreck daran.« Er tupfte sich mit einer gestärkten Leinenserviette die Stirn ab. »Und als ich gerade geglaubt habe, ich brauche das alles nicht, verliebte ich mich.« Er schluckte den Rest eines Espressos, als wäre es Leben spendendes Wasser. Daisy bemerkte, wie seine schlanken braunen Hände leicht zu zittern begannen.

»Und das ist schlecht?«

»Ja, das ist es, wenn ich das Objekt meiner Zuneigung jeden Tag im Büro vor mir sehe, wo ich auch mit ansehen muss, wie andere sich an ihn ranmachen. Und wegen der verdammten Reputation meiner Familie kann ich nichts tun. Ich kann nicht aus meinem Job aussteigen. Ich kann ihn nicht feuern und meinen Konkurrenten um seine Gunst auch nicht. Ich kann überhaupt nichts tun.«

Seine Stimme war immer höher geworden, bis sie so laut schrillte, dass die Leute am Nachbartisch aufmerksam wurden. Daisy legte eine Hand auf seine Hand.

»Setz deinen Heterohut auf«, flüsterte sie eindringlich. »Wie heißt er überhaupt?«

Chicos feuchte dunkle Augen sahen in die Ferne. »Piers Molyneaux.« Er ließ den Namen auf der Zunge zergehen, als wäre er kostbarer Wein. »Es geht schon seit Monaten so. Ich weiß nicht, wie lange ich das noch durchstehen kann.«

»Okay, hör zu. Heute Abend schlagen wir uns durch Chinatown und die Bäuche voll. Du bist ein Wrack, Chico. Jemand muss Enrico sagen, dass der Schwachsinn aufhören muss, und ich bin bereit, diese Rolle zu übernehmen.«

»Darling Daisy, du bist immer die gute Fee gewesen. Du solltest inzwischen gemerkt haben, dass ich ein hoffnungsloser Fall bin. Du kannst nicht überall hineinplatzen und die Leute beschwichtigen. So läuft das nicht im Leben.«

»Ich weiß.« Sein Spott verletzte sie ein wenig, aber dann rief sie sich schnell in Erinnerung, dass er es war, der viel mehr verletzt war als sie. »Ja, ja, ich bin dumm und naiv, aber ich liebe dich. Ich will dir helfen, also mach dich ruhig lustig über mich. Aber danach gehen wir zum Pekinger Entenhaus, ja? Ich habe es so vermisst. Bitte, bitte.«

Sie spürte seinen Widerwillen, aber zu ihrer großen Erleichterung lächelte er endlich wieder und erwiderte den sanften Druck ihrer Hand.

»Du hast gewonnen.« Er sah sie von der Seite an und zeigte ihr ein falsches Lächeln. »Aber lass uns zuerst dem Kaufrausch huldigen, bevor dich der Jetlag übermüdet.«

Eine Weile schlenderten sie durch Bloomingdale's. Ihr Leben als etablierte Angestellte in England hatte modische Varianten außerhalb von dunklen Hosenanzügen kaum ermöglicht, deshalb brauchte sie neue Klamotten für Freizeit und Feste, wobei sie natürlich im Auge behalten musste, dass ihre finanziellen Mittel beschränkt waren.

Sie kaufte Jeans, die tief auf den Hüften hingen, einige knappe Westentops und zwei *short* Shorts – kürzer wäre unanständig gewesen. Ein paar schmale Halbstiefel lockten sie, denn sie ließen ihre Beine noch länger scheinen.

»Sie sehen sehr nach Lara Croft aus, und außerdem beschützen sie dich vor Klapperschlangenbissen«, sagte Chico und schwenkte seine Kreditkarte, als Daisy einwandte, dass sie darauf achten musste, ihr Konto nicht zu überziehen. »Du solltest so viel Geld ausgeben können, wie du willst, Darling. Das ist die einzige Befriedigung, die unsereiner daraus ziehst, einen reichen Daddy zu haben.«

»Aber so bin ich nicht«, protestierte sie. »Ich will mich selbst versorgen. Ganz egal, wie sehr ich mich über ihn ärgere, ich will meinem Vater nicht auf der Tasche liegen.«

»Oh, Himmel, du bist ja so nobel«, sagte Chico und verdrehte die Augen. »Dann liegst du eben mir auf der Tasche.«

Nach einer weiteren Auseinandersetzung kaufte er ihr noch ein weißes Kleid von Chloe, mit Spitze gesäumt, sowie einen knitterfreien Rock, den sie stundenlang zerknüllt auf dem Boden ihrs Koffers verstauen konnte. Ein bronzefarbener Bikini komplettierte ihre neue Garderobe.

Zurück in seiner Wohnung öffneten sie eine Flasche Wein und sahen sich *Gladiator* an. Obwohl Russell Crowe in seiner verschwitzten Lederkluft betörend auf sie wirkte, fiel Daisy bald in einen tiefen Schlaf. Sie wollte nur ein paar Minuten dösen, aber als sie aufwachte, war es dunkel, und sie lag in Chicos Bett. Die Uhr auf dem Nachttisch zeigte elf Uhr abends.

Sie duschte und kuschelte sich in einen leichten Seidenmantel. Aus dem großen Wohnzimmer hörte sie Stimmen, deshalb schlich sie leise über den Flur zur Küche und braute sich einen Tee. Sie fand eine frische Brezel, die sie mit Lachs belegte, den sie im Kühlschrank fand. Daisy setzte sich auf einen Schemel und schaute aus dem Fenster auf Macy's und das Empire State Building.

Nach einer Weile wusste sie nichts Besseres mit sich anzufangen, als zurück ins Bett zu gehen. Sie wollte an der Tür zum Wohnzimmer vorbei und blieb wie angewurzelt stehen.

Auf dem seidigen Lammfell kniete der schönste Mann, den sie seit langem gesehen hatte. Seine lakritzfarbene Haut wurde von der weißen Unterhose noch betont, vor allem, weil sie halb hinuntergezogen war. Aber der Rest seines Körpers war auch nicht zu verachten. Auf dem langen Hals saß ein elegant geformter Kopf mit scharf geschnittenen Wangenknochen und eng geknüpften Rastalocken.

Chico kniete gebückt vor ihm und delektierte sich am Schaft des Afrikaners, der mit einer Hand zärtlich über Chicos Rücken streichelte und mit der anderen Hand in Chicos Boxershorts wühlte. Daisy wollte weitergehen, sie mochte den intimen Moment nicht stören.

In diesem Augenblick sah der dunkelhäutige Mann hoch und bemerkte sie. Daisy krümmte sich vor Verlegenheit.

»Komm doch zu uns, Honey.«

Seine Stimme klang so tief und glatt wie Bitterschokolade. Chico drehte den Kopf ein wenig. Ein Schleier der Lust lag auf seinen Augen, wobei Daisy nicht genau wusste, ob wirklich die Lust für den Schleier sorgte, oder ob es der Koks oder irgendwelche Designerdrogen waren.

Sein Freund zog sie tiefer in den Raum. Auf dem Glastisch lag eine schwarze Schiefertafel, auf der zwei Linien mit Kokain zum Genuss bereit waren, daneben standen zwei mit Champagner gefüllte Gläser.

»Nimm noch ein Glas, Chico. Ich glaube, die Lady braucht ein bisschen Nachhilfe.«

Sie wusste nicht, ob sie irgendwas brauchte. »Ich will euch nicht stören«, sagte sie zu Chico. Sie hatte keine Angst vor den Männern, aber sie wusste nicht, was Chico von ihr erwartete. Er ging zum Schrank, um ein drittes Glas zu holen. Daisy ging zu ihm.

»Wo, zum Teufel, kommt er denn her?«, fragte sie zischend.

»Er ist Tänzer in dem Club, in dem ich heute Abend war, als du eingeschlafen bist.« Er wandte sich zu dem Schwarzen um. »Wie heißt du?«

»Jack.«

»Er ist also ein Fremder? Und du hast ihn in deine Wohnung eingeladen? Bist du völlig verrückt?«

Chico versuchte, sie zu beruhigen. »Er ist ein netter Kerl, Daisy. Weißt du, manchmal muss ich Dampf ablassen. Sonst überlebe ich das alles nicht.«

Lange würde er nicht überleben, wenn er solche Risiken einging, aber das wollte sie ihm nicht sagen. Sie nippte am Champagner, den Chico ihr eingeschenkt hatte. Jack stellte sich hinter ihn und schlang einen Arm um Chicos Taille. Er hielt einen mit Puder bestrichenen Finger unter Chicos Nase, und Chico inhalierte tief und seufzte zufrieden.

Daisy hätte von Chicos selbstzerstörerischem Verhalten

entsetzt sein sollen, aber der Anblick der beiden schönen Männer, die mit den Händen gegenseitig ihre Körper kosten und erforschten, erregte sie. Jacks Augen waren sehr groß, die dunkle Iris wurde vom Weiß eingerahmt. Sie wusste, dass der Koks diese Wirkung hatte, aber ihr war, als könnte er bis auf den Grund ihrer Seele schauen.

Er nahm ihre Hand und führte sie hinüber zum breiten Lammfell. Sein Schaft wippte beim Gehen schamlos auf und ab, und sie musste sich zusammenreißen, um ihm nicht zwischen die Beine zu sehen. Sie blickte hinüber zu Chico, um seinen Gesichtsausdruck zu deuten. War es ihm peinlich, dass sie da war?

»Wenn du zusehen willst, setz dich hin«, sagte er leichthin und wies auf einen breiten Sessel, der im rechten Winkel zur langen Couch stand. Sie setzte sich, hielt sich an der Champagnerflöte fest und war verlegen.

»Warum sagst du uns nicht, was wir tun sollen? Dein Wunsch sei uns Befehl.«

Chico streifte seine Boxershorts ab und warf sie auf die Couch. Daisy lehnte sich im Sessel zurück. Die Unwirklichkeit der Situation verwirrte ihr müdes Hirn. Sonst war es der Mann, der sich als Zuschauer an der Liebe zweier Frauen ergötzte. Die sinnliche Umkehrung des Klischees schickte zuckende Blitze zu ihrem Schoß.

»Also gut, Boys. Geht auf die Matte und los geht's.«

Sie tranken Espresso auf dem Balkon hoch über der 33. Straße. Die Männer trugen kurze Hosen und sonst nichts. Zu dritt saßen sie auf dem Sofa. Chico hatte sein Fernglas gefunden und richtete es auf den Wohnblock gegenüber, um Zeichen unzüchtigen Verhaltens hinter hellen Fenstern zu finden.

»Nichts, absolut nichts«, sagte er enttäuscht. »Wir müssen es wieder selber tun.«

»Selber tun?« Daisy lachte schelmisch. »Das hat bisher eher auf mich zugetroffen, nicht auf euch.«

Es war ein außergewöhnliches Erlebnis gewesen, den beiden Männern zuzusehen und ihnen Anweisungen zu geben, was sie tun sollten. Die ganz Zeit war ihr die Einmaligkeit der Situation bewusst gewesen.

»Du bist eben nicht für alles zu gebrauchen«, sagte Chico grinsend. »Aber deshalb hält unsere Freundschaft schon so lange, Darling.« Er rieb sein Gesicht in ihre Haare und drückte sie an sich.

Als sie am Morgen aufwachte, war Jack gegangen, und Chico lag dicht neben ihr auf dem Bett. Er wachte auf, als sie sich zu ihm umdrehte.

»Das war der beste Abend, den ich seit Jahren erlebt habe«, sagte er und streckte sich wohlig.

»Ja, es war lustig«, bestätigte Daisy. »Aber es war trotzdem nicht klug, Jack in deine Wohnung zu bringen. Er hätte dich ausrauben oder niederschlagen können. Oder es hätte noch Schlimmeres passieren können.«

Er setzte sich verärgert auf. »Oh, Daisy, du bist so englisch geworden. Es ist für ihn so gefährlich wie für mich. Außerdem hast du dadurch deinen Spaß gehabt – ich war es nicht, der einfach hier reingeplatzt ist und ab sofort das Kommando übernommen hat.« Er schlang seinen Morgenmantel um sich und stand vom Bett auf. »Ich mache Kaffee.«

»Chico!«, rief sie ihm hinterher. »Das ist nicht fair! Ihr wart beide zugedröhnt. Ziemlich bizarr.«

»Weißt du, was bizarr ist? Jemand, den ich drei Jahre lang nicht gesehen habe, kommt in mein Leben zurück und sagt mir, wie ich zu leben habe, noch bevor er sich vom Jetlag erholt hat und wieder klar denken kann.«

Am liebsten hätte sie geweint. So hatte sie sich ihr

Wiedersehen nicht vorgestellt. »Es tut mir Leid, dass du es so siehst. Soll ich gehen?«

Sein Gesicht brach auf, er kam zu ihr zurück und schlang die Arme um sie. »Liebe Daisy, natürlich nicht! Offenbar musst du ein paar grundsätzliche Dinge wieder neu lernen, nachdem du so lange in diesem schrecklichen Land warst.« Er drückte einen verzeihenden Kuss auf ihre Stirn, hielt Daisy umarmt und tat alles, um sie zu besänftigen.

Die nächsten drei Tage war er äußerst zuvorkommend, als wollte er sein widersprüchliches Verhalten vergessen machen. Ein Teil von ihr wollte ihn nicht im Stich lassen, denn es war offensichtlich, dass er jemanden in seiner Nähe brauchte, der seine Sinne beisammen hatte. Andererseits konnte sie nicht sein Kindermädchen spielen.

Sie brachten ihre Habseligkeiten in das Haus von Paul und Phil. Es war ein großes Haus im Kolonialstil, viel Stuck und grellgelb angestrichen, abgesehen von den weißen Pflanzengittern und einer dunklen überdachten Veranda, die rund um das Haus lief. Vier Fahnen flatterten von den Ecken, natürlich das Sternenbanner, dann eine Fahne mit großen roten Geranien und zwei Flaggen mit schwulen Symbolen. Wenn ihr Vater herausfand, dass sie in das Haus eines schwulen Paars einzog, würde er einen Herzschlag bekommen, dachte Daisy, als sie die Tür aufzog.

Die Einrichtung war ein merkwürdiges Sammelsurium. Im Obergeschoss gab es raschelnde Seide und ein Himmelbett, daneben einen Stuhl, der so aussah, als gehörte er in eine Folterkammer. Als Chico sich auf den Stuhl setzte und demonstrierte, wozu er diente, dachte sie über das Innenleben der Bewohner nach.

Unten gab es gediegene Möbel, englische antike Stücke, einen Esstisch aus Mahagoni, viele getrocknete Blumen, die ihre Nase angriffen, wenn sie auch nur an den Staub dachte, der sich auf ihnen sammeln würde. Zum Glück war Phil ein Reinlichkeitsfanatiker und hatte eine Putzfrau angeheuert, die einmal wöchentlich das Notwendigste erledigte.

»Kühe!«, rief Chico und stand entgeistert in der Küche. »Ich muss meine Freundschaft mit Phil und Paul noch einmal gründlich überdenken. Himmel, das grenzt ja an Geschmacksverirrung.«

Daisy blickte in die Küche und wusste sofort, was er meinte. Die Ofenhandschuhe waren mit Kühen verziert, es gab Gläser mit Kuhetiketten, Abwaschtücher mit Kühen. Eine Kuh mit rosa Nase starrte sie von den Wänden an, und natürlich waren auch die Tassen mit Kühen verziert.

Am nächsten Tag brachte Chico sie zum Flughafen JFK, und von dort flog sie nach Denver. Beim Abschied raunte sie ihm ins Ohr: »Sei vorsichtig.« Sie versprach, ihn bald anzurufen.

Drittes Kapitel

Max Decker trieb sich vor dem schäbigen Apartmenthaus in Downtown Manhattan herum und gähnte. Die Zeitumstellung nach dem Flug mit British Airways hatte er noch nicht überwunden. Der Flug von London nach New York war überbucht gewesen, und dann folgte auch noch eine Verspätung wegen schlechten Wetters. Zwei Nächte musste er in einem Hotel am Flughafen ausharren.

Ein erzürnter Felix Lovell hatte ihn schließlich mit der Concorde zurückbeordert. Es sollte ein Bonus sein, drei Stunden lang neben überbezahlten und übergewichtigen Managern in einer Rakete im Taschenformat zu sitzen, aber darüber ließ sich streiten, dachte Max. Das Essen war ausgezeichnet und das Personal eine Augenweide gewesen.

Er hatte mit seiner Sonnenbrille etwa in der Mitte des Flugzeugs gesessen und versucht, unauffällig auszusehen, aber das war nicht überzeugend gelungen. Je schäbiger er sich kleidete, desto mehr Leute hielten ihn für einen Promi, der sich um Anonymität bemühte. »War das Christopher Walken?«, hatte jemand hinter ihm geflüstert. Er war daran gewöhnt, aber nie hatte jemand ihn angesprochen – er hatte sich einen starren, strengen Blick antrainiert, der die Leute auf Distanz hielt.

Im trüben Schein einer einzigen nackten Glühbirne sah sein nach hinten gekämmtes Haar schwarz aus. Seine mandelförmigen grünen Augen konnten gefährlich blitzen, dass die Kriminellen zitterten, die das Pech hatten, ihm über den Weg zu laufen und Sekunden später den Einschlag der finalen Kugel spürten.

Heute Abend war die Waffe seiner Wahl eine Klinge, die

er im Hemdärmel versteckt hielt. Für den ahnungslosen Punk auf der anderen Seite der Tür sollte es ein schlimmer Abend werden.

Als Felix Lovell erfahren hatte, dass Decker in England festhing, war er in Panik geraten und hatte einen Privatdetektiv beauftragt, Daisy zu beschatten, sobald sie auf dem JFK Flughafen gelandet war. Tommy O'Brien war ein mieser Typ, bis vor kurzem im Knast, weil er ältere Damen um ihre Ersparnisse betrogen hatte. Decker kannte ihn von früher und wusste, dass Tommy der Versuchung nicht widerstehen konnte, aus jeder Situation zusätzlichen Vorteil für sich zu ziehen.

Die Fotos, die er an diesem Nachmittag entwickelt hatte, zeigten Daisy mit zwei spärlich bekleideten Männern, und so hatte er Lovell angerufen und weitere fünftausend Dollar gefordert, damit die Bilder nicht in falsche Hände gerieten. Kaum, dass Decker in New York gelandet war, hatte Lovell ihn beauftragt, die diskriminierenden Fotos zu sichern.

Decker stand vor der Tür und lauschte eine Minute lang. Kein Fernseher, keine Schritte, absolut kein Anzeichen, dass sich überhaupt jemand hinter der papierdünnen Wand befand. Als er die Hand hob, um leise zu klopfen, fiel ihm auf, dass die grüne Farbe von der Tür abblätterte. Sie ließ sich mühelos abpulen. Er ließ die Brocken auf den Boden fallen und zertrat sie mit der Schuhspitze.

Im nächsten Moment hörte er Schritte. Er drückte sich in den Schatten zurück und versuchte, den Gestank aus der Ecke nicht einzuatmen.

Tommy torkelte zur Treppe und schaffte die Stufen nach oben nur mühsam. Er konnte seine Schlüssel nicht finden. Decker wartete ungeduldig, bis Tommy den richtigen Schlüssel erwischt hatte, dann steckte er den Schalldämpfer auf seine Waffe. Er wartete ein paar Minuten, dann drückte er die Tür auf.

Tommy saß auf einem Stuhl mit dem Rücken zur Tür. In einer Hand hielt er ein Pornomagazin, in der anderen einen erbarmungswürdigen kleinen Schniedel. Er rieb ihn abwesend und konzentrierte sich auf eine aufgeblähte Rothaarige im Magazin, deren Lippen sich um einen kräftigen Schaft schlossen.

Decker hüstelte diskret. Der verdutzte Mann auf dem Stuhl riss die Augen weit auf und fuhr herum. Seine Augen nahmen zuerst die Kanone und dann erst Deckers große, dunkle Erscheinung wahr. Die Waffe wirkte wie eine Verlängerung des starren rechten Arms.

»Bring mich nicht um«, flüsterte Tommy. Der Schniedel war zu einem Nichts geschrumpft.

Decker schüttelte den Kopf. »Du hättest was anderes sagen sollen. Zum Beispiel: ›Bitte, tu mir nicht weh.‹ Erinnerst du dich an mich, Tommy?«

Die Augen des Mannes weiteten sich noch mehr.

»Ja, stimmt, Tommy. Ich bin der Cop, der dich hinter Gitter gebracht hat. Schade, dass du nur fünf Jahre gekriegt hast. Deine betrogenen Frauen haben lebenslänglich. Ich höre, dass du Privatdetektiv geworden bist. Wie läuft denn das Geschäft?«

»Was willst du?«, stammelte er. »Bist du hier, um mich zu verhaften? Wegen was?«

»Ich arbeite schon lange nicht mehr für die Polizei von New York, Tommy. Mein Boss heißt Felix Lovell. Du hast versucht, ihn übern Tisch zu ziehen, und das ist seine Art, dir zu sagen, dass er solche Dinge nicht mag.« Er zog ein Bündel Scheine aus seiner Tasche und warf sie aufs Bett. »Fünftausend, wie gefordert. Was hast du für mich?«

»Die Fotos liegen da«, quetschte Tommy heraus und wies auf den großen braunen Umschlag auf dem unsauberen Tisch. Decker nahm ihn in die Hand und ließ Tommy nicht aus den Augen.

Er erkannte Chico Mendoza auf den Fotos, was den Boss

nicht fröhlich stimmen würde, und neben ihm waren Daisy und ein gut aussehender Afrikaner zu erkennen, alle drei nur spärlich bekleidet. Auf einem Foto beugte sich Daisy sinnlich über den Schwarzen, während Chico mit ihren Haaren spielte. Sie sah entspannt aus, und man brauchte kein Hellseher zu sein, um zu wissen, wie sie den gemeinsamen Abend verbracht hatten.

»Und du glaubst, dass sie zusätzliche fünftausend Dollar wert sind?«, fragte er mit gefährlich leiser Stimme.

»Warum denn nicht? Er kann es sich doch erlauben.«

»Darum geht es nicht, Tommy. Geschäft ist Geschäft. Man treibt seinen Preis nicht durch Erpressung in die Höhe, erst recht nicht, wenn Felix Lovell dein Geschäftspartner ist. Bist du krank im Kopf, Mann?«

»Die verrückte kleine Schlampe hätte in England bleiben sollen«, sagte Tommy verbittert.

Decker antwortete nicht darauf. Er schlug kurz und trocken zu, und Tommy sackte in seinem Sessel zusammen.

Lovells Mann steckte das Geld und die Fotos ein. Als er das Apartment verlassen wollte, stolperte er über was Weiches. Er sah nach unten und bemerkte einen Siamkater, der ihn aus verengten blauen Augen anstarrte und leise miaute. Irgendwie rührte ihn der Kater. Irgendwie fühlte er sich für ihn verantwortlich. Stimmen im Treppenhaus beschleunigten seine Entscheidung. Er bückte sich, hob die Katze vom Boden auf und steckte sie unter seinen Mantel, ehe er sich leise wie ein Schatten aus der Wohnung schlich.

Draußen auf der verlassenen, vom Regen glänzenden Straße zog er den Mantelkragen hoch, um sich gegen den kalten Wind zu schützen. Die Katze schmiegte sich wärmend an ihn und erinnerte ihn an seine neue Verantwortung. Er ging zu einem der Läden, die nachts geöffnet waren, und kaufte eine Dose Katzenfutter, bevor er sich mit einem Taxi zu seinem Apartment im Greenwich Village fahren ließ.

Die Wohnung war nur mit dem Nötigsten eingerichtet. Ein bequemes Bett, die wichtigsten Geräte in der Küche, ein paar verstreut herumstehende Möbelstücke. Nichts, was auf den Bewohner deutete. Im Wohnzimmer gab es ein Regal mit Büchern von Dean Koontz, James Ellroy und James Herbert, dazu ein paar Bildbände, die ungenutzt aussahen.

Die letzten Jahr hatte er darüber nachgedacht, was er mit seinem Leben anfangen sollte. Inzwischen hatte er achthunderttausend Dollar auf der Bank, einen hübschen Batzen davon verdankte er einer Entschädigung nach Verletzungen im Dienst der New Yorker Polizei. Es war kein Vermögen, aber es war genug, um seinen Job bei Felix Lovell aufgeben zu können. Kurz nachdem Daisy nach England gegangen war, hatte er sich von Lovell anwerben lassen. Das Geld hatte den Ausschlag gegeben, denn der Boss zahlte gut und stellte auch keine Fragen zu Deckers Methoden.

Aber nach einiger Zeit erkannte Decker, dass er seine Fähigkeiten prostituierte, um die Taschen eines anderen Mannes zu füllen. Es störte ihn nicht, dass er hin und wieder ein paar Knochen brechen musste, aber der Geruch des Todes rief Übelkeit in ihm hervor. Mit zweiundvierzig wurde er zu alt für solche Dinge. Seine Seele begann zu verwesen.

Nachdem er die Katze gefüttert hatte, widerstand er der Versuchung, zum Bourbon zu greifen. Stattdessen zündete er ein paar Kerzen an, die den Raum in ein sanftes Licht tauchten, und zog sich aus. Obwohl erschöpft, wollte er die letzte Stunde aus seinem Innern austreiben.

Nach dem kurzen Telefongespräch, das seinem T'ai chi stets vorausging, legte er *Urban Hymns* von Verve auf den CD Spieler. Sobald die fließenden Geigen von Bittersweet Symphony einsetzten, begann er sich langsam und geschmeidig zu bewegen und beobachtete sein Spiegelbild im Fenster. Daisy Mae wollte keinen Mann mit Narben und keinen emotionalen Krüppel. Ihre Worte hatten sich in sein Gehirn gebrannt, denn sie hatte, ohne es zu wissen, ihn beschrieben.

Seine Haut begann im Kerzenschein vom Schweiß zu glänzen, die Muskeln spannten sich, als er seine Übungen verschärfte. In der Fensterscheibe konnte er die schmale Narbe sehen, die von der Kehle bis zum Nabel verlief. Sie störte ihn nicht so sehr wie die Narbe in der Form eines Sterns, wo die Chirurgen sein Fleisch mitten auf der Brust wieder zusammengeflickt hatten, nachdem seine Feinde ihn mit einem gezackten Messer hatten ausnehmen wollen wie einen Fisch. Es war ihnen nur deshalb nicht gelungen, weil es im Nachbarapartment einen Polizeieinsatz gegeben hatte, der die Kerle nervös gemacht hatte.

Selbst nach drei Jahren ließ ihn das Geräusch seiner reißenden Haut erschauern. Besonders nachts, wenn es sonst nichts zu grübeln gab. Aber die Crackdealer, die ihm das angetan hatten, sahen noch schlimmer aus als er, nachdem er Monate später mit ihnen abgerechnet hatte.

Die Karriere tat seiner Ehe nicht gut, die nach nur zwei Jahren am Ende war. Die Weigerung, einen Schreibtischjob (und mehr Geld) anzunehmen, war der Auslöser für die entscheidende Auseinandersetzung. Draußen auf der Straße fühlte er sich wohler und glücklicher, aber nach dem Überfall auf ihn war er für den Außendienst (und für eine Beförderung) nicht mehr fit genug. Tschüs, Frau, tschüs, Karriere.

Er hatte den Schmerz über die gescheiterte Ehe und das katholische Schuldgefühl, das ihm der irische Vater und die sizilianische Mutter eingeimpft hatten, endlich ablegen können und war ein neuer Mensch geworden. Heute war er fitter als in den Dreißigern, und finanziell ging es ihm gut genug, um sich aus diesem Gewerbe zurückzuziehen, sobald sich der richtige Zeitpunkt ergab. Bald.

Fast eine Stunde später stand er auf einem Fuß, das

andere Bein im rechten Winkel abgestreckt. Er fühlte sich im Gleichgewicht und spürte, wie der Stress wieder in seinen Körper flutete und sich in seinen Lenden sammelte. Er ließ das Bein sinken und streckte seine Arme aus, als hinge er am Kreuz. Die nervöse Energie floss in die Fingerspitzen und fiel von ihm ab wie unsichtbare Regentropfen.

Es klopfte leise an die Tür, aber das ignorierte er und führte die Übung auf dem anderen Bein aus. Nach einer Weile ließ er seine strapazierten Muskeln abkühlen und den Puls abklingen. Erst als er sich erholt hatte, schritt er zur Tür, immer noch nackt. Die Frau auf der anderen Seite senkte den Blick, um die lange Narbe nicht zu sehen, und sie lächelte versonnen, als sie den halb erigierten Penis bemerkte.

Sie streckte eine Hand nach ihm aus, aber Max Decker packte ihr Handgelenk so fest, dass sie überrascht aufschrie. Er zog die Frau ins Zimmer und schloss die Tür hinter sich.

Kein Wort wurde gesprochen. Aus vergangenen Begegnungen wusste sie, dass er nichts vom Plaudern hielt. Er reichte ihr einen schmalen Umschlag, die sie in ihre Lederjacke steckte, ohne sich vom Inhalt zu überzeugen. Er setzte sich in den breiten Sessel und winkte sie zu sich.

Sie ließ sich auf die Knie nieder und wiegte die Hoden in ihrer Hand. Sie waren voll und schwer, und Decker hielt die Luft an, als sie mit der Zunge über seine Hoden strich. Der Schaft reagierte sofort und schwoll an, aber der kühle, leidenschaftslose Ausdruck seines Gesichts veränderte sich nicht.

Während sie seinen Stab saugte, blickte er hinüber zum Kater, der ihn beobachtete. Dann gewann sein körperliches Verlangen die Oberhand, und er musste wieder an Daisy Mae denken. Er war schon von ihr fasziniert gewesen, bevor er sie gekannt hatte, denn die Geschichte, wie sie mit Jason Cordell fertig geworden war, hatte sich herumgesprochen. Er stellte sich vor, wie sie ihn an den Stuhl gebunden und gesaugt hatte, wie sie über ihn grätschte und ihre Brüste gegen sein Gesicht rieb.

»Oh, Himmel«, ächzte er und schoss im Mund der Hure ab. Das würde ihr nicht gefallen, aber danach fragte er jetzt nicht. Er ließ sich zurücksinken, während die Frau über seine Hoden leckte. Grinsend blickte sie zu ihm auf.

»Du hast dich von einer Last befreit«, sagte sie.

»Hol mir einen Drink.« Er hatte die Augen geschlossen und wies mit der Hand in die Richtung der Bourbonflasche. Sie schenkte ihm ein Glas ein und stellte es auf den Tisch neben ihn.

»Geh jetzt«, sagte er so entschieden, dass sie wusste, sie würde ihn nicht umstimmen können.

Er trank und sah zu, wie die Kerzen verlöschten. Trotz der körperlichen Übungen und trotz der Hure war er schon wieder hart. Es war, als wäre sein Körper aus einem tiefen Koma erwacht und wollte jetzt jede Gelegenheit wahrnehmen, bevor er wieder in Vergessenheit geriet.

Erstaunt blickte er auf sein gerötetes Organ, das aufgeregt gegen seinen Bauch schlug. Es legte seine Schwäche bloß. Er hasste jede Schwäche und wusste, er würde noch einmal kommen müssen, um einschlafen zu können.

Er musste ehrlich zu sich sein. Seit er sie das erste Mal gesehen hatte, tat er nichts anderes als essen, schlafen und an Daisy Mae Lovell denken. An die Frau mit den Augen schmelzenden Karamells, mit dem sinnlichen Lachen und der heißen, engen Möse, die ihn umfasste wie ein Handschuh.

Ihm war, als wäre sein Leben vor ihr völlig ausgelöscht. »He, was ist dein verdammter Problem?«, fragte er laut und lachte entnervt. Zuerst verführte er die Tochter des Bosses, dann rettete er eine Katze, und schließlich ließ er sich von einer Hure befriedigen und dachte dabei an Daisy Mae. Decker ließ sich aufs Bett sinken und schloss die Augen.

Es war unglaublich, aber er musste es sich eingestehen: Max Decker war verliebt.

Die Nacht verging. Irgendwie gingen alle Nächte vorbei. Decker wachte auf vom blechernen Lärm der Mülltonnen, die entleert wurden, und vom Schnurren an seinem linken Ohr. Dieselqualm von einem Müllwagen, dessen Gaspedal durchgetreten wurde, waberte durch die aufstehende obere Hälfte seines Fensters. Er hatte vergessen, es gestern Abend zu schließen, bevor er in einen bourbongetränkten Schlaf gefallen war. Jetzt schmeckte sein Mund wie der Boden eines Kanarienvogelkäfigs, und sein Kopf pochte mit jedem Schlag von Metall auf Beton.

Nach der Dusche stand er vor seinem Kleiderschrank. Seine Anzüge hingen in Wäschereihüllen von Jays Cleaners in der Delancey Street. Nach jedem Tragen ließ er sie reinigen und bügeln. Er wählte einen anthrazitfarbenen Anzug von Armani aus, dazu ein schwarzes Baumwollhemd, das er bis zum Hals zuknöpfte, um seine Narbe zu verstecken. Selbst nach all dieser Zeit mochte er sie nicht zeigen. Er überprüfte sein Aussehen im Spiegel und ging hinaus, um irgendwo ein Frühstück zu finden.

Die Hitze des späten Frühjahrs empfing ihn beim ersten Schritt aus dem Haus, und gleichzeitig auch der Gestank von Verwestem, das hungrige Katzen in der Nacht aus den Müllsäcken gezogen hatten. Die Leute, die unterwegs waren, kannte er schon in dieser Nachbarschaft: Ein großer schlaksiger Junge mit roten Haaren, der einen Welpen an der Lederleine führte, zwei korpulente Frauen, die sich umschlungen hielten und zwei identische T-Shirts mit der Aufschrift trugen: »She's My Man«, dann die alte Frau, die immer auf der Treppe des Hauses ihm direkt gegenüber saß, auf einem Tabakpfriem kaute und jeden anspuckte, den sie nicht leiden konnte. Ihm war das noch nicht passiert.

Eine halbe Stunde später, gestärkt nach einem Espresso und einem Doughnut mit Zimt – die einzige Angewohnheit, die er seit seinen Polizeitagen beibehalten hatte –, holte er seinen grünen BMW aus der Garage und fuhr nach Long Island.

Das alte weiße Haus lag am Rand der Long Island Bucht. Felix Lovell sah verschwindend klein auf dem riesigen Bett aus, und dabei war er wahrlich kein kleiner Mann. Breite Brokatschärpen flankierten breite Terrassentüren, die zum makellosen grünen Rasen führte, der bis zum Wasser reichte.

Frische Luft drang ein und verfing sich in den Blättern der New York Times, die Lovell achtlos ans Bettende geworfen hatte. Dicke Kissen stützten seinen Rücken. Neben ihm auf dem Tablett dampfte würziger Vanillekaffee, dazu gab es Pasteten und frisch gepressten Orangensaft. Er rauchte eine handgerollte kubanische Zigarre.

»Haben Sie sich des Problems angenommen?«, wollte er sofort wissen, als Decker das Zimmer betrat. Deckers Blick sagte Lovell zwei Dinge: Die Frage war überflüssig, und die Antwort würde ihm nicht gefallen.

»Ich schätze, das ist ein Ja«, knurrte Lovell.

»Die Leute von Perez werden wahrscheinlich verdächtigt. Er schuldet ihnen etwa fünfzigtausend Dollar. Spielschulden.«

Felix Lovells lauter knirschender Texasakzent erinnerte Decker an die Müllfahrer, die er heute morgen unter seinem Fenster gehört hatte. Er wusste, dass Lovell wie eine Rakete abgehen würde, wenn er die Fotos sah, die Tommy geschossen hatte.

»Im Moment ist Daisy unterwegs nach Denver, Colorado«, sagte er und wich der direkten Antwort aus.

»Ich weiß, wo Denver liegt! Warum, zum Teufel, ist sie nicht zuerst nach Hause gekommen? Das ist es, was ich wissen will.«

Decker seufzte. Er hatte sich an Lovells Reizbarkeit gewöhnen müssen. Lovell hatte spät in seinem Leben geheiratet, und es war grausame Ironie des Schicksals, dass seine schöne junge Frau vor ihm gestorben war.

Jetzt hatte er nur noch Daisy, und sein Bemühen um ihren Schutz war zur Besessenheit geworden. Fast alles war bei ihm zur Besessenheit geworden, vom anhaltenden Krieg gegen Enrico Mendoza bis zur Behandlung seiner Wäsche.

Decker wollte etwas sagen, aber Lovells sprunghafte Laune hatte sich gedreht.

»Erzählen Sie noch einmal, was sie mit ihrem Boss angestellt hat, als der sie gefeuert hat.«

Decker schilderte die Geschichte mit allen Einzelheiten, die ihm bekannt waren, und das Gesicht des alten Mannes brach in ein breites Grinsen aus.

»Sie ist schamlos wie ihre Mutter. Sophia konnte sich wie die größte Schlampe aufführen.« Seine Augen verschleierten sich für einen kurzen Moment, als er sich an seine tote Frau erinnerte. »Aber sie war auch eine feine Lady. Daisy hat alles von ihr, nicht wahr?«

Decker sah das Bild vor sich, wie er Daisy das letzte Mal gesehen hatte: Den Rock hochgeschoben, das Höschen auf ihren Schuhen.

»Die Ähnlichkeit ist verblüffend«, sagte er höflich und blickte zum großen Ölgemälde von Sophia. Sie saß aufrecht auf einem Stuhl, und das fließende weiße Kleid schien zu gouvernantenhaft, zu prüde für die leuchtenden haselnussbraunen Augen und das leicht verruchte Lächeln zu sein, das um ihre vollen Lippen lag und in Decker die Frage aufbrachte, welches Verhältnis sie mit dem Künstler gehabt hatte. Ja, die Ähnlichkeit von Mutter und Tochter war beträchtlich.

»Sie haben sich ihr doch nicht zu erkennen gegeben?«

»Sie haben mir gesagt, ich soll das nicht tun, Boss.« Gab

es das Phänomen, dass man innerlich schwitzte? Wenn ja, dann geschah das in diesem Moment mit Decker. Himmel, er steckte in Schwierigkeiten, wenn Daisy ein gutes Gedächtnis für Gesichter hatte.

Lovell bestand darauf, die Fotos zu sehen, und wurde bleich, als er seine Tochter auf zwei fast nackten Männern drapiert sah, selbst auch nur mit einem Hauch von Seide bekleidet. Dann stürzte er sich vom Bett und stürmte wie ein Elefantenbulle auf die Wand zu.

»Das ist dieser widerliche Mendoza-Spross! Verdammt, welches Spiel treibt er?« Lovell marschierte im Zimmer auf und ab und ließ seinem Zorn auf die Mendozas freien Lauf. Decker schaute aus dem Fenster und wartete darauf, dass die Tirade aufhörte. Er kannte das alles schon.

»Sie ist jetzt nicht mehr bei ihm«, sagte er ruhig, als Lovells Lamentieren ihn zu langweilen begann. »Er ist nicht mit ihr nach Denver geflogen.«

»Er könnte sie da treffen! Enrico Mendoza muss mich für einen blinden Trottel halten! Holen Sie ihn mir ans Telefon! Nein, fahren Sie mein Auto vor! Ich werde das von Mann zu Mann mit diesem Bastard austragen.« Er ging in sein Bad und ließ hinter sich die Tür ins Schloss krachen.

Decker dachte nicht daran, ihn von seinem Plan abzubringen. Eine halbe Stunde später fuhren sie zu Enrico Mendozas luxuriösem Büro im Herzen von Manhattan.

Er war erstaunlich rüde zur Empfangsdame und dann auch zu Mendozas Privatsekretärin. Unbeeindruckt von Lovells Auftreten, das an den Elefanten im Porzellanladen erinnerte, bot Enrico Mendoza frischen kolumbianischen Kaffee von einer seiner eigenen Plantagen an und nahm auch gelassen hin, als er blaffend abgewiesen wurde.

»Ich will wissen, was für'n Spiel Sie treiben, Mendoza. Sie arrangieren heimliche Treffen zwischen meiner Tochter und Ihrem Sohn.«

Mendoza führte gerade eine zierliche Kaffeetasse zum

Mund und hob eine dunkle Augenbraue. »Das ist eine Neuigkeit für mich. Wann haben sie sich getroffen?«

»Führen Sie mich nicht an der Nase herum! Sie waren gestern Abend zusammen. Er hat sie in einer Orgie missbraucht, kaum, dass ihr Flugzeug gelandet war, das sie aus England zurückgebracht hat. Verdammt!«

»Hat er sie am JFK abgeholt? Das war aber sehr fürsorglich von ihm. Wenn ich gewusst hätte, dass sie einfliegt, hätte ich sie selbst abgeholt.«

»Wo ist er? Ich will ihn selbst fragen.«

»Ich hätte nichts dagegen, dass Sie mit meinem Sohn reden, aber er ist nicht hier.«

»Wo ist er denn, zum Teufel?«

»Das geht Sie absolut nichts an. Aber eines kann ich Ihnen versichern – er ist nicht in Colorado. Das Jagen von Stürmen ist nicht gerade das, was er unter Freizeit versteht. Und mit dem gebotenen Respekt, Felix – ich finde, sie sind beide alt genug, um für sich allein zu entscheiden, was sie gemeinsam tun, ob sie sich nun ein Taxi teilen, ob sie sich zum Essen treffen oder ob sie die ganze Nacht durchvögeln.«

Lovells nahe beieinander liegende Augen verengten sich zu boshaften Schlitzen. »Glauben Sie, ich lasse zu, dass ein Balg von einem *spic* mit einem Drogendealer als Vater meine Tochter verdirbt?«

Mendoza sah eher amüsiert aus. Er zog eine lange Zigarre aus einem in Leder gebundenen Feuchtetui heraus und zündete sie genüsslich an.

»Eins habe ich immer an Ihnen bewundert, Felix – Ihre sehr ausgewogenen Ansichten über Ihre Mitmenschen.«

»Na und? Dann sagen Sie doch, dass es nicht stimmt!«

»Es ist mir verdammt egal, was Sie von uns halten«, sagte Mendoza betont langsam. »Ich habe auch nicht vor, mich vor einem Mann zu rechtfertigen, der so von Eifersucht zerfressen ist wie Sie. Daisy ist eine sehr attraktive und intelligente junge Frau. Sie hat es immer auf Besseres abgesehen, als Chico ihr bieten könnte.« Er erlaubte sich ein sanftes Lächeln. »Das hat sie offenbar nicht von ihrer Mutter geerbt.«

Gleichzeitig drückte er auf den versteckten Sicherheitsknopf unter dem Schreibtisch, als Lovell gerade die Kinnlade nach unten klappte, weil er den Sinn von Mendozas Anspielung erfasst hatte.

Die Tür wurde aufgestoßen, und zwei bullige Leibwächter standen blitzschnell da, als Lovell zu einem Schlag in Mendozas gelassenes Gesicht ausholen wollte. Einer von ihnen fing den Schlag ab, der andere stieß Lovell mit dem stahlharten Bauch um. Der alte Mann stolperte rückwärts und landete auf dem Boden. Als er aufschaute, hatte Mendoza immer noch den hochmütigen Blick im Gesicht.

»Sie sind erledigt, Mendoza«, raunte Lovell heiser und rappelte sich hoch. »Es wird mir gelingen, Sie für eine lange Zeit wegzuschließen.«

Mendoza starrte eisig zurück. »Es ist dumm, mir zu drohen, Felix. Sie wissen doch, wie wir Bastarde von Drogendealern mit unseren Feinden verfahren.«

Decker führte seinen Boss zur Tür und murmelte: »Gehen wir. Sie müssen ihn ignorieren. Er provoziert Sie absichtlich.« Beim Hinausgehen hörte er Mendozas Abschiedsworte, die Lovell Übelkeit verursachten.

»Daisy ist eine sehr schöne Frau«, sagte er. »Hoffen wir, dass das so bleibt.«

Im Auto schenkte Decker zwei Bourbon ein, einen für Lovell, den anderen für sich, um sich gegen Lovells unvermeidliche Tiraden zu stählen. Aber der alte Boss starrte nur düster ins Glas.

»Das würde sie nicht wirklich tun, oder? Er hat gelogen. Ja, so muss es sein.«

»Worüber gelogen?«

»Wachen Sie auf, Max! Er hat angedeutet, dass Daisy mit ihm schläft! Verdammt, er ist alt genug, ihr ...« Lovell konnte nicht weiterreden. Die Vorstellung war zu schrecklich für ihn. Sie wurde noch schlimmer dadurch, dass man Enrico seine neunundfünfzig Jahre nicht ansah, er wirkte mindestens zehn Jahre jünger. Lovell barg stöhnend den Kopf in seine Hände.

»Sie haben ihn doch gehört. Er will meinem kleinen Mädchen was antun. Es gibt nur eine Möglichkeit, das zu verhindern, Max. Sie folgen ihr auf Schritt und Tritt und sorgen dafür, dass ihr nichts geschieht. Aber sie darf nichts davon erfahren. Ich habe ihr gegenüber schon einmal mein Versprechen gebrochen, als ich Sie nach England geschickt habe. Wenn sie etwas wittert, wird sie nie wieder mit mir reden. Aber wenn Sie auch nur das Gefühl haben, dass sie in Gefahr sein könnte, schalten Sie sich ein, Max. Wir dürfen kein Risiko eingehen, so lange dieser Bastard noch frei herumläuft.«

Im Stillen fluchte Decker. Er wollte nichts mehr, als Daisy wiederzusehen, aber nicht unter diesen Umständen. Nur ein kleiner Fehler, ein kurzer Versprecher, und er konnte seinen Job und seine Eier abschreiben.

Aber er wusste nicht, wie er aus der Nummer herauskommen sollte. Zum zweiten Mal in seinem Leben ließ er seinen Schwanz über seinen Kopf bestimmen, und wieder würde er dafür bezahlen müssen.

Nachdem er Lovell zurück in sein Haus gebracht hatte, fuhr er in sein Apartment, packte den Koffer und überlegte, wem er den Kater anvertrauen konnte.

Viertes Kapitel

Daisy rief ihren Vater aus Denver an. Er klang verärgert, weil sie sich nicht sofort gemeldet hatte, als sie in New York eingetroffen war. Sie wich seinen Fragen aus, bei wem sie gewohnt hatte, und teilte ihm mit, dass sie eine Weile in New Jersey wohnen wollte. Wie sie vermutet hatte, nahm er diese Neuigkeit nicht gut auf, aber er war leicht besänftigt, als sie sich bereit erklärte, nach ihrem Urlaub ein paar Tage bei ihm zu verbringen.

Dann rief sie Chico an.

»He, was gibt's?«, fragte er behäbig. Er hörte sich *stoned* an. Im Hintergrund lärmten Männerstimmen. Es waren eher Knurrlaute als Stimmen.

»Das klingt nach einer lustigen Party.«

»Ja, stimmt. Wir haben mit einem geilen Spiel begonnen. Ich glaube, Jack gewinnt.« Er ließ den Hörer fallen, und es knackte in Daisys Ohr. »Hoppla, entschuldige«, sagte er kichernd. »He, Mann, sag hallo zu ihr.« Aus der Ferne hörte sie ein tiefes ›Hallo‹, dann meldete sich Chico wieder. »Hör zu, Schatz. Ich rede gern mit dir, aber wir sind dabei, uns zuzukoksen. Oh, ja, Mann, das tut gut, mach weiter ...«

»Dann will ich dich lieber mit deinen Freunden allein lassen«, sagte Daisy und legte auf. Sie wusste, dass er sie ärgern wollte, weil sie ihm ins Gewissen geredet hatte. Es fiel ihr schwer, sich einzugestehen, dass sie den Menschen, der aus ihm geworden war, nicht mehr mochte, aber sie war noch nicht bereit, ihn aufzugeben. Sie würde ein paar Tage warten und ihn dann wieder anrufen, und wenn sie nach New York zurückkehrte, würde sie das Thema wieder ansprechen.

Tag vier im Bus der *Storm Troopers.* Sie und die acht Mitreisenden schauten voller Hoffnung zu den dunklen Wolken am Horizont. Schon vor Reisebeginn waren sie vor schäbigen Hotels, schlechtem Essen und den langen Stunden im Bus gewarnt worden, stets begleitet von sehnsüchtigen Blicken zum Himmel.

Sie hatten in den vier Tagen noch keine Tornados gesehen, aber eine Menge über das Doppler Radarverfahren gehört – und über Mike Bradley, den berühmten Sturmjäger. Von einigen schien er wie ein Gott verehrt zu werden, auch von seinem älteren Bruder Keith, der die Tour organisierte. Aber als Daisy in den Bars, in denen sie allabendlich landeten, mit den Mitreisenden ins Gespräch kam, stellte sich heraus, dass nicht alle diese hohe Meinung von ihm hatten.

»Unprofessionell«, »unverantwortlich« und »Arschloch« waren noch die harmloseren Bezeichnungen, die einige von sich gaben, wenn Keith nicht in Hörweite war. Keiths Freundin Karen, die den Radarschirm überwachte, erstarrte jedes Mal, wenn Bradleys Name erwähnt wurde.

Die einzige andere allein stehende Frau auf der Tour war eine hübsche Blondine namens Clare. Mit ihren dreiundzwanzig Jahren schien sie zu glauben, dass jede Frau über dreißig erschossen werden sollte. Von Anfang an hatte sie Daisy für eine gefährliche Nebenbuhlerin gehalten. Clare machte keinen Hehl daraus, was ihr vornehmstes Ziel dieser Reise war – mit Mike Bradley zu schlafen.

Bei Keith hatte sie schon angefangen, ihre Reize auszustellen. Selbst wenn Karen dabei war, drückte sie ihm ihre Möpse ins Gesicht. Karen, eine ernste, zierliche Frau mit kleinen Brüsten, hatte leider keinen Humor. Nun ja, was gab's auch zu lachen, wenn man die ganze Zeit von Tiefdruckgebieten las und es mit einer nymphomanen Blondine zu tun hatte, die darauf aus war, ihr den Mann zu stehlen?

Was Daisy anging, so störte sie sich an gar nichts, auch nicht an Clare. Sie wusste, dass sie gut aussah, die kastanienbraunen langen Haare in zwei dicken Büschen hinter den Ohren gezähmt, die Beine in Lara Croft Stiefeln, darüber die knappen Khaki Shorts und die pinkfarbenen Lippen. Das würde ihre Aufmachung in den nächsten zehn Tagen sein.

An diesem Abend war es still in der Bar. Draußen hatte sich ein trockener, gewittriger Sturm gebildet. Einige der Sturmjäger, darunter auch Clare, waren mit Keith zu einer Klippe gegangen, um zu lernen, wie man Blitze fotografierte. Daisy blieb bei Karen zurück.

Sie unterhielten sich, aber Karen gab nicht viel von sich preis. Trotzdem revidierte Daisy ihre Meinung. Karen war nicht sauer, sie war verletzt, und Daisy schätzte, dass Mike Bradley der Schuldige war. Nach einer Weile gesellten sich noch zwei Leute zu ihnen, die Karen offenbar kannte, deshalb fühlte sie sich in ihrer Gesellschaft wohler. Daisy zuckte kaum merklich die Schultern, stand auf und wollte auf ihr Zimmer.

Vorher suchte sie noch die Toilette auf, und als sie zurückkam, hörte sie im Übergang zwischen der Bar und einem anderen Gebäudeteil seltsame Geräusche. Ihre Neugier war geweckt, und sie ging den Flur entlang. Schon nach wenigen Schritten wusste sie, dass sie sich nicht getäuscht hatte – die Geräusche deuteten auf heftige sexuelle Aktivitäten hin. Eine solche Gelegenheit wollte sie sich nicht entgehen lassen. Sie sah ein Fenster, darunter ein umgekippter Bierkasten. Daisy stellte sich darauf und blinzelte durchs Fenster.

Was sie sah, ließ sie beinahe vom Bierkasten fallen. Auf einem Billardtisch lag Clare, umgeben von wenigstens zehn Männern, darunter fast alle Mitglieder der Tour. Clares lange Beine waren weit gespreizt, ein Mann stand dazwischen und pumpte rhythmisch in sie hinein, während seine Hände ihre dicken Brüste wie einen Brotteig kneteten. Am Kopfende war sie mit dem Schaft eines anderen Mannes beschäftigt, der so tief in ihren Schlund trieb, dass sie aussah wie eine Python, die ihre Beute ganz verschluckt.

Die anderen Männer schauten zu, tranken oder masturbierten, und alle starrten lustvoll auf die Szene. Der Mann zwischen ihren Beinen begann lauter zu grunzen, dann stieß er ein unbeherrschtes Heulen aus, und sein Rücken bog sich nach hinten. Er schoss ab und trat zurück, und Daisy konnte Clares Pussy deutlich sehen, rosa bis dunkelrot, und weißer Samen schimmerte auf ihrer Haut.

Der Mann, den sie bisher im Mund gehabt hatte, stolperte um den Tisch herum und nahm die Position seines Vorgängers ein, während Clare den nächsten Mann zu sich winkte. Sie öffnete seinen Hosenstall und nahm den harten Schaft sofort in ihrem Mund.

Daisys Mund stand weit offen. Das war Fließbandarbeit, die Clare dort ablieferte, hart, brutal, gefühllos. So etwas hatte sie noch nicht gesehen.

Sie hatte keine Lust, dabei zu sein, aber sie spürte den Drang zur eigenen Erleichterung. Mit schnellen Schritten ging sie auf ihr Zimmer.

Sie wollte das erotische Kribbeln nicht verlieren und zog sofort ihren Slip aus. Er war ziemlich feucht geworden, und sie fühlte, wie geschwollen die Labien waren. In ihrer Tasche wühlte sie sich bis auf den Boden vor, wo sie den Vibrator wusste, den Val und Suzie ihr geschenkt hatten. Sie schlüpfte zwischen die kühlen Laken und schob den harten Stab in sich hinein.

Es war kühl und still in ihrem Zimmer. Der Ventilator an der Decke wehte sanfte Luftwellen über ihre Nippel. Ihr Finger lag auf dem Knopf, der den Motor des Vibrators einschaltete, aber zunächst war sie damit zufrieden, dass ihre inneren Muskeln das starre Gerät quetschten. Ihre Nippel waren so erregt, dass es ihr fast schon gekommen wäre, als sie mit einem Finger darüber glitt. Sensationelle Gefühle schossen durch ihren Körper, direkt zur Klitoris. Daisy wimmerte leise.

Sie streichelte mit einem Finger über die geschwollene Klitoris, während die andere Hand auf ihrer Brust blieb und über den Nippel strich. Eine Weile hielt sie sich auf der Kippe und genoss die sinnliche Lust ihrer Finger und des Latex, dann schaltete sie auf die erste Stufe der Fernbedienung.

Der Schaft in ihr begann sich langsam zu drehen. Sie bewegte sich mit ihm und sah die Bilder von Clare und den Männern vor sich, und danach wurden sie von Bildern des Mannes verdrängt, den sie in England kennen gelernt hatte. Sie sah sich gebeugt über dem Bierfass stehen und spürte wieder seinen riesigen Schaft.

Daisy spreizte die Beine weiter und drückte auf einen anderen Knopf. Der Vibrator begann zu pumpen, sie verdrehte die Augen, und aus ihrem Stöhnen wurden spitze Schreie. Ihre Finger rieben hektischer über die Klitoris, schneller und fester, und jetzt sah sie wieder den Mann vor sich. Sie neckte ihn, erlaubte ihm nicht, sie zu berühren, während sie es sich selbst besorgte und auf seinen strammen Schaft starrte, den er aus der Hose geholt hatte und in seiner Faust drückte, das Gesicht verzweifelt angestrengt.

Als es ihr kam, wurde sie von Schauern geschüttelt, die ihren ganzen Körper erfassten. Tief in ihr reihte sich eine Explosion an die andere. Erst als sie sich vor Erschöpfung kaum noch halten konnte, schaltete sie den Motor aus und zog den Vibrator langsam heraus.

»Himmel, bin ich gut mit diesem Ding«, keuchte sie laut, als sie sich befriedigt auf dem Bett ausstreckte.

»Ja, das finde ich auch«, sagte eine lakonische Stimme vom Bettende.

Sie war zu schockiert, um aufschreien zu können, deshalb kam sie nur langsam in eine sitzende Position hoch und hielt sich das Laken vor ihre Blöße. Im nächsten Moment glaubte sie an eine Halluzination. War ihre Klitoris eine Zauberlampe? Sie hatte sie berührt, und schon hatte sie den Mann hergezaubert, der die Hauptrolle in ihren Phantasien gespielt hatte, den Fremden aus der Bar in England.

Wie konnte das sein? Warum war er hier? Was wollte er von ihr? Wie hatte er sie gefunden? So viele Fragen, aber sie war viel zu entsetzt, sie zu stellen.

»Sie haben fünf Sekunden, bevor ich anfange zu schreien«, sagte sie mit zitternder Stimme.

»Ich tue Ihnen nichts. Ich ...« Er zögerte, den Satz zu beenden, und nach einer längeren Pause begann er erneut. »Ich heiße Max Decker und arbeite für Ihren Vater.«

»Für meinen Vater«, wiederholte sie dumpf.

»Ja. Haben Sie was dagegen, wenn ich ...?« Er trat um das Bett herum und wies auf einen Punkt am Bettende. Sie schüttelte den Kopf, und er setzte sich. »Er hat mich geschickt, um Sie zu suchen.«

»Sie haben mich auch schon in England gefunden. Warum haben Sie mir damals nicht gesagt?«

»Das konnte ich nicht mehr, nachdem ich ... ich meine, nachdem wir ... Also, mein Verhalten war nicht angemessen.«

Der zarte irische Akzent in seiner amerikanische Stimme ließ seine Worte fast wie eine Entschuldigung klingen, und sie stellte fest, dass sie ihm schon vergeben hatte. »Schon gut«, sagte sie. »Zum damaligen Zeitpunkt stand mir nicht der Sinn nach Essen und Tanz. Es war das erste Mal, dass mich ein Mann fünf Minuten nach dem Sex im Stich gelassen hat.«

»Das ist auch nicht mein normales Verhalten.«

»Aber ich nehme an, deshalb sind Sie nicht hier, oder?«

Er schien sich wieder daran zu erinnern, warum er hier war. »Ich bin hier, weil ich auf Sie aufpassen muss.«

»Oh, bitte!« Daisy verdrehte die Augen und warf sich rücklings aufs Bett. »In ein paar Wochen werde ich dreiunddreißig, da kann ich wirklich selbst auf mich aufpassen.«

Decker antwortete nicht. Sie folgte seinem Blick und bemerkte, dass das Laken von einer Brust gerutscht war. Der Nippel war immer noch steif und erregt. Sie bedeckte sich rasch.

»Sollen Sie aufpassen oder mich betrachten?«, fragte sie scharf.

»Sie können sich darauf verlassen, dass ich professionell mit der Situation umgehe.« Er hüstelte, um das Verlangen in seiner Stimme zu verbergen.

»Und in England? Ach ja, da waren Sie ja auf Urlaub.«

Er fuhr sich mit den Fingern durch die Haare, deutlich nervös, und ging im Zimmer auf und ab. »Er hat mir aufgetragen, Ihnen nichts zu sagen.«

»Das kann ich mir denken. Und warum haben Sie es mir sofort gesagt?«

»Ich hatte doch keine andere Wahl! Sonst hätten Sie zu schreien angefangen.«

»Nun, entschuldigen Sie mal, Sie Profi – was haben Sie am Ende meines Betts zu suchen? Jemand mit auch nur einem Hauch von Eigeninitiative hätte sich der Tour anonym angeschlossen und mich aus sicherer Distanz beobachtet. Aber Sie landen in meinem Zimmer. Nicht sehr originell, was?«

Er starrte sie wütend an. »Sie sollten in der Bar sein! Woher soll ich wissen, dass Sie ausgerechnet heute Abend so früh schon auf Ihr Zimmer gehen? Ich konnte mich hier im Zimmer verstecken oder im Bad – und wenn Sie mich dort entdeckt hätten, wäre der Schrei noch im Nachbarort zu hören gewesen.«

Sie legte den Kopf schief und sah ihn grinsend an. »Sie

haben Angst, was? Angst, dass ich Daddy anrufe und ihm sage, dass Sie sein Vertrauen missbraucht und« – ihre Augen weiteten sich in gespieltem Entsetzen – »sein kleines Mädchen gevögelt haben. Sie sollten wissen, was er mit Verrätern anstellt, Max Decker, aber ich wette, er würde sich für Sie eine ganz besondere Behandlung ausdenken.« Sie kuschelte sich tiefer in die Kissen. »Nun? Was wollen Sie jetzt tun?«

Decker war bleich geworden. »Soll ich mein eigenes Grab schaufeln und hineinspringen?«

»Keine Bange, so eine Hexe bin ich nun auch wieder nicht«, sagte sie mit Nachsicht. »Aber es stärkt meine Position Ihnen gegenüber, wenn ich Ihnen sage, Sie sollen mir aus den Augen gehen. Ich will wissen, was meinen Vater dazu gebracht hat, sein Versprechen zu brechen, indem er mir doch einen Wachhund hinterherschickt. Er weiß, dass ich meine Warnung ernst gemeint habe. Also, ich höre.«

»Er will nur, dass ich auf Sie aufpasse.«

»Das ist nicht gut genug. Strengen Sie sich mehr an.«

»Aber mehr gibt es dazu nicht zu sagen, Miss Lovell.«

»Nun, diesmal waren Sie wenigstens ehrlicher als in England«, sagte sie seufzend, »und nachdem, was wir schon gemeinsam erlebt haben, sollten wir uns mit dem Vornamen ansprechen.«

»Gern.« Decker stand auf und ging zur Tür. »Ich habe mich übrigens für die Tour angemeldet.«

»Wunderbar«, sagte sie giftig. »Wie viel hat Dad bezahlen müssen, um das in letzter Sekunde zu regeln?«

»Mehr als genug, das können Sie mir glauben.«

»Also gut, aber ich möchte Ihnen einen Rat geben. Wenn Sie mit uns reisen, sollten Sie sich uns anpassen. In diesem Anzug fallen Sie mehr auf als Tom Jones mit seiner gut gefüllten Hose.«

Unwillkürlich sah Decker an sich hinab und schloss sein Jackett.

»Bilden Sie sich nur nichts ein«, sagte sie lachend. »Ich kann mir nicht vorstellen, dass Dad Sie als Schutzengel eingestellt hat. Seit wann arbeiten Sie für ihn?«

»Lange genug, um zu wissen, was für ein Mann er ist. Wir sehen uns morgen.« Er wandte sich um und wollte gehen. Er sah so grimmig und frustriert aus, dass sie versucht war, ihn aus dem Gleichgewicht zu werfen.

»Warten Sie!«

Er wartete. Sie stieg aus dem Bett und ließ das Laken auf den Boden gleiten, so dass sie nackt vor ihm stand. Er rührte sich nicht von der Stelle, als sie sich ihm näherte. Sie schlang die Arme um seinen Nacken, fuhr mit der Zunge über seine Lippen und löste sich dann wieder von ihm.

Sein Atem ging schnell, aber er versuchte, sich nichts anmerken zu lassen. Mehr als alles andere wollte sie, dass er sie zurück aufs Bett drängte und sie nach Leibeskräften durchzog, aber sie wusste, dass er das nicht tun würde. Seine Selbstbeherrschung war fast unmenschlich, jedenfalls auf amerikanischem Boden.

»Ich möchte Sie warnen, Max Decker. Wenn Sie mir auf die eine oder andere Art in die Quere kommen, werde ich Dad anrufen.« Sie winkte ihm zu. »Bye.«

Er schien etwas sagen zu wollen, vielleicht auch nur einen Fluch ausstoßen, aber dann schritt er wortlos hinaus und schlug die Tür zu.

Daisy wälzte sich wieder auf den Rücken und nahm den Duft seines Rasierwassers wahr. Nach vier Tagen endloser Weizen- und Roggenfelder, staubiger Ebenen und verdreckter Männer in ausgebeulten Hosen war sein Duft wie ein frischer Windstoß, ein schwarzes Echo der Stadt, in der er wohnte. Sie sehnte sich nach der Zivilisation.

He, warte mal, rief sie sich gedanklich zur Ordnung. Spielt es denn plötzlich keine Rolle mehr, dass dein Vater ihn geschickt hat? Sie wollte schon nach dem Telefon greifen, aber dann zögerte sie. Decker würde in verdammten Schwierigkeiten stecken, wenn sie ihn jetzt reinritt. Das wollte sie nicht.

Sie drückte den Telefonhörer an sich und nahm sich vor zu warten. Warten und glücklich werden. Stürme brauten sich zusammen, nicht nur im Westen. Es konnte eine aufregende Tour werden.

Fünftes Kapitel

Kurz nach sieben Uhr am anderen Morgen rief Keith sie auf ihrem Zimmer an und sagte, sie wollten früh abfahren. Der Sturm, dessen Zusammenbrauen sie gestern Abend fotografiert hatten, entwickelte sich schneller als erwartet, und sie mussten zwei Stunden fahren, bis sie ihn erreichten, denn er zog Richtung Westen.

Die Männer standen vor dem kleinen Bus und starrten hungrig hinüber zu Clare, die frisch und unberührt wie eine Jungfrau aussah, wenn da nicht der leicht verruchte, selbstgefällige Blick gewesen wäre. Neugierig blickte sie zu Max Decker, als der seine Ledertasche zu der bunten Sammlung von Rucksäcken legte.

»Hört zu, Leute. Steve musste uns gestern Abend wegen einer dringenden Familienangelegenheit verlassen. Max hier hat seinen Platz übernommen. Er stammt aus New York«, fügte Keith hinzu, als erklärte das alles. Er stellte Max die einzelnen Tourmitglieder vor, und Daisy fiel auf, wie gut gelaunt und selbstsicher Keith plötzlich war. Das konnte etwas mit Clare zu tun haben, vielleicht aber auch mit der Summe, die ihr Vater für Max' Teilnahme hatte blechen müssen.

»Karen hat gerade mit dem Nationalen Wetterdienst gesprochen«, fuhr Keith fröhlich fort. »Das Sturmzentrum befindet sich an der Grenze von Texas und Colorado. Es sieht gut aus. Seid ihr alle für ein bisschen *action* bereit?«

Gutmütiges Klatschen war die Antwort. Decker schnitt eine Grimasse, und Daisy lachte ihn aus. Das würde ihm recht geschehen, wenn er eine Woche lang die Hölle eines Tornados erlebte.

Nun, die heißeste *action,* die Daisy an diesem Tag sah, spielte sich hinten im kleinen Bus ab, wo Clare den Männern vor und neben ihr heimliche Blowjobs anbot, während die anderen scheinbar nichts bemerkten.

Decker starrte aus dem Fenster, und aus seinen Kopfhörern klang so etwas wie Moby. Gelegentlich verlor er sich in der Musik, wie Daisy amüsiert bemerkte. Seine schläfrigen grünen Augen schlossen sich dann, und die schmalen eleganten Hände bewegten sich, als dirigierte er unter Wasser. Dann wurde ihm bewusst, was er tat, und hörte abrupt auf damit, und als er sich nervös umsah, traf er auf ihr Lächeln.

Den ganzen Tag über ging er ihr aus dem Weg. Er hatte auf ihren Rat gehört und trug weite Chinos und klobige Sandalen. Und – halleluja – keine Socken. Sein olivfarbenes Baumwollhemd unterstrich die Farbe seiner Augen und passte gut zu den Haaren, die dunkelrot waren und nicht braun, wie Daisy zuerst gedacht hatte. Das Hemd war bis zum Hals zugeknöpft, was sie nicht verstand. Warum konnte er sich nicht so lässig geben wie die anderen?

Verdammt, an wen erinnerte er sie? Clare machte sich an ihn heran, und Daisy hörte, wie er ihr sagte, er wäre Polizist. Er redete so überzeugend von seiner Arbeit, dass selbst Daisy überzeugt war. Clare fragte, ob er eine Waffe trüge, und seine knappe Antwort war, dass er sich im Urlaub befand.

Daisy wusste, dass er nicht nur auf Urlaub war. Innerlich schüttelte es sie, ohne zu wissen, ob sie sich beruhigt oder alarmiert fühlen sollte, weil sie von einem bewaffneten Mann beschattet wurde.

An diesem Abend waren die Männer zu sehr von Clares Reizen abgelenkt, um darüber enttäuscht zu sein, dass ihr Tornado sich immer noch vor ihnen versteckte. Max Decker redete nicht viel und begnügte sich damit, dem Bourbon zuzusprechen und sich im Hintergrund zu halten.

Daisy sah, dass er die einzelnen Tourmitglieder observierte, und mehr als einmal erwischte sie ihn dabei, wie er sie fixierte. Seine Blicke lösten widersprüchliche Empfindungen in ihr aus, und gelegentlich nahm sie ihn auch ins Visier. Einmal trafen sich ihre Blicke, sie wurde rot und sah rasch weg, aber sie verfluchte die elektrisierenden Funken, die zwischen ihnen flogen. Eigentlich hätte sie nach dem, was in England geschehen war, nicht überrascht sein dürfen – offenbar bedauerte er den Ausrutscher auf dem Parkplatz, aber genau deshalb empfand sie seine Signale als noch verwirrender.

»Bin ich noch auf Probe?«, fragte er sie später.

»Werden Sie mir ehrlich sagen, warum Sie hier sind?«

»Ich beschütze Sie.«

»Und ich glaube, dass Sie lügen, deshalb verlängert sich Ihre Probezeit. Und wenn Sie auch nur daran denken, sich morgen hinten im Bus einen blasen zu lassen, dann hänge ich sofort am Telefon.«

»Ich werde das sorgfältig in Erwägung ziehen, Miss Lovell.« Er stand auf und ging aus der Bar.

Daisy sah ihm nach, und die Vorstellung, dass Clare ihre feisten kurzen Finger auf ihn legen könnte, löste Übelkeit in ihr aus. Sie hörte kaum zu, als Keith vom folgenden Tag redete und in Aussicht stellte, dass Mike Bradley sich endlich herablassen würde, seine Aufwartung zu machen – wenn das Wetter es zuließ.

»Daisy? Ich sagte gerade, dass wir uns morgen auf die Jagd begeben können. Alles okay mit dir?« Keith sah sie besorgt an. Es war schwer, sich vorzustellen, wie er gestern so heftig in Clare gepumpt hatte. Es war, als hätte sich Paul McCartney mit Pamela Anderson eingelassen.

Daisy blinzelte, konzentrierte sich auf Keith, wurde aber gleich wieder von Decker abgelenkt, der draußen stand, das Handy am Ohr.

»Ja, klar. Großartig. Morgen jagen wir den Sturm.«

Ihr strahlendes Lächeln schien Keith zu überzeugen. Sie sah ihm an, dass er sie gern über seine Beziehung zu Decker befragen würde, aber er wusste nicht wie, und sie dachte nicht daran, von sich aus etwas zu sagen.

Später an diesem Abend wartete sie geduldig darauf, dass ihre Wanne voll lief. Sie war verschwitzt und nervös und wollte den Schmutz des Tages loswerden. Als der Schaum hoch genug gestiegen war, trat sie in die Wanne, und mit einem lauten Seufzer setzte sie sich ins Wasser. Die Kopfhörer über, sich zurücklegen und die Augen schließen. Mit kräftiger Stimme sang sie den Schlagertext mit: *Ich möchte mich bedanken für den besten Tag meines Lebens …*

Okay, Dido war sie nicht, aber sie wusste, dass niemand sie hören konnte, deshalb fiel der Unterschied nicht ins Gewicht. Sie ließ sich noch ein bisschen tiefer in die Wanne sinken, bis der Schaum ihr Kinn kitzelte. Trotz Deckers Anwesenheit auf der Tour würde sie gut schlafen.

Auch Max Decker saß in der Badewanne, aber er war bekleidet, und die Wanne war leer. Er wusste, er war verrückt, und nahm das so hin, während seine langen Beine schmerzten. Um diese Zeit könnte er das Ziehen in seinen Lenden von dem blonden Flittchen beheben lassen, denn jemand hatte ihm gesteckt, wo die allabendliche Orgie stattfand, aber er wusste, dass er hier glücklicher war als bei ihr.

Mit Daisys Drohung hatte das nichts zu tun. Im Gegenteil, er hatte sich seit Jahren nicht mehr so gefreut, als sie das gesagt hatte. Er drückte das Gesicht gegen die kühlen Fliesen und hörte Daisys warme, rauchige Stimme und das Plätschern ihres Badewassers. Nur eine dünne Wand war zwischen ihnen.

In seiner erhitzten Phantasie konnte er ihr zusehen, wie sie sich zwischen den Zehen wusch, wie sie die langen

Beine aus dem Wasser streckte und zusah, wie der Schaum an ihnen herablief. Sie fuhr mit sanften Händen über Bauch und Brüste, die Finger kreisten um die kleinen steifen Erhebungen, glitten zwischen ihre Beine und verharrten da.

»Daisy«, murmelte er leise, »oh, Daisy.«

Schließlich hörte er, wie sie aus der Wanne stieg, und dann war alles still. Decker zwang sich aus seiner beengten Lage hoch und begann sich auszuziehen. Auch er war müde von der Tagestour und hoch gestresst. Es würde eine lange Nacht werden.

Es war eine intensive, aber trockene Hitze. Er lag auf dem Rücken, die Hände unter dem Kopf verschränkt. Im Dunkel der Nacht hielt er die Augen geöffnet, sie starrten an die Decke, ohne etwas zu sehen.

Ohne das leiseste Geräusch öffnete sich die innere Tür. Er hätte nach seinem Revolver greifen müssen, aber er schaffte es nicht, sich zu rühren, wie gelähmt durch den Anblick.

Daisy stand in der Tür. Sie trug ein durchsichtiges weißes Hemd, das ganz knapp den Schoß bedeckte. Im schwachen Schein, der durchs Fenster eindrang, sah er, dass sie sonst nichts trug.

Sie schritt zum Ende des Betts und stand da, trank ihn mit den Augen. Mit sinnlicher Anmut zog sie das dünne Hemdchen über den Kopf. Er konnte die Umrisse ihrer vollen Brüste sehen, die delikaten Nippel, die sich herrlich aufgerichtet hatten, die Kurve der Taille, den geschwungenen Übergang zum Becken und das dunkle Dreieck weicher Haare zwischen den Schenkeln.

Er atmete schneller. Ihr Gesicht konnte er nicht sehen.

Wie eine Katze kroch sie aufs Bett, grätschte über seine Beine und beugte sich über ihn, bis er ihren Atem im Gesicht spürte. Kein Wort wurde gesprochen. Er konnte die Wärme ihres ganzen Körpers spüren, die sich in ihrer Mitte intensiv konzentrierte, und diese Mitte schwebte direkt über seinem Schoß.

Er lechzte danach, sie zu berühren, aber sie blieb außerhalb seiner Reichweite, als wollte sie mit ihm spielen. Als sie fühlte, dass er kaum noch an sich halten konnte, nahm sie seine Hände und hielt sie über seinem Kopf gefangen.

Er wehrte sich nicht gegen sie, denn er war auf die harten Nippel fixiert, die über seine Brust schabten, und auf die Hitze ihrer Pussy über seinem Schwanz. Ihr Körper bewegte sich flüssig, die Brüste wie Satin auf seiner Haut. Sein Kinn reckte sich kantig vor, als er erfolglos versuchte, sie anzufassen.

»Hexe«, murmelte er hilflos, als sie sich wie eine Schlange auf ihm wand. Sie blieb stumm und kommunizierte nur mit den Augen. Seine Frustration wuchs, je länger sie sich ihm verweigerte. Sie spielte auf ihm wie auf einem Instrument. Er gierte nach ihr mit einem Verlangen, das an Schmerz grenzte.

Als sie seine empfindliche Spitze einsaugte, schrie er wegen ihrer sengenden Hitze auf. Sie ritt ihn mit großem Geschick und setzte ihre geschickten inneren Muskeln ein, die seine Länge massierten und ihn härter machten, als er für möglich gehalten hatte. Er wollte sich so tief in ihr versenken, bis sie vor Lust aufschrie.

Er hielt es nicht länger aus. Die sensationellen Gefühle überwältigten ihn. Die Wärme ihrer Brüste und die nasse Enge ihrer Möse waren einfach zu großartig. Mit einem Schrei ergoss er sich, dann rief er sehnsüchtig ihren Namen.

Vorbei. Sie war weg.

Er richtete sich plötzlich auf, in Schweiß gebadet. Ein unangenehmes Gefühl ließ ihn nach unten schauen.

»Scheiße«, murmelte er entsetzt.

Das letzte Mal, als er einen feuchten Traum gehabt hatte, war er fünfzehn gewesen.

Früh am nächsten Tag. Jeder bis auf Daisy, Max und Karen sah ziemlich mitgenommen aus. Als Daisy den Bus betrat, warfen einige Männer ihr bewundernde Blicke zu. Sie sah großartig aus in einem knisternden weißen Leinenrock, und die Lara Croft Stiefel betonten ihre gebräunte Haut.

Clare sah man an, dass sie ihren Schönheitsschlaf vernachlässigt hatte. Ihre Augen waren verquollen, und ihr Schmollmund zeigte nach unten, erst recht, als sie Daisys helles Lachen hörte.

Keith hatte ihnen geraten, wenn sie gutes Essen fanden, sollten sie sich auffüllen, denn beim nächsten Halt gab es vielleicht nur eine lausige Mahlzeit. Also stopften sie sich mit Speck und Waffeln und Eiern voll, bevor sie nach New Mexiko aufbrachen. Hundert Meilen flogen vorbei, und die meisten Tourmitglieder waren in fröhlicher Stimmung.

Der Sturm braute sich zusammen, angetrieben von der Hitze der Wüste in New Mexiko. Interessant wurde es, als sie sich der texanischen Grenze näherten. Sie hielten am Ende einer langen Schlange anderer Sturmjäger an, vor sich den bedrohlich dunkelgrünen Horizont. Donner grollte um sie herum, und schwarze Wolken schienen an den Ähren des jungen Roggens zu knabbern.

Wie immer hatte Daisy die Minolta neben sich. Sie schoss ein paar Aufnahmen der gefährlichen Sturmfront, aber dann stellte sie fest, dass sie mehr davon hatte, wenn sie nur zuschaute. In New York sah eine Wolke wie die andere aus.

Decker zündete sich eine Zigarette an und ging in ihre Richtung.

»Ich werde noch verrückt«, sagte er gepresst. »Ich habe was von Superzellen gehört, von Echtzeitwetterradar, und jetzt höre ich auch noch vom Mutterschiff. Was, zum Teufel, habe ich denn darunter zu verstehen?«

Daisy musste lachen. »Sie sollten besser zuhören, Deck. Das Mutterschiff ist der Grund, warum wir heute hier sind.«

Decker verdrehte die Augen. »Himmel, ich glaube, ich bin in der Twilight Zone gelandet.«

»Schauen Sie.« Daisy zeigte zum aufgeblähten Himmel und wies ihn auf das Auge des Sturms hin, das gestern unter den Tourteilnehmern für eine Menge Aufregung gesorgt hatte. Jetzt standen sie da und starrten auf den Unterbauch des Sturms und rochen die Elektrizität, die in der Luft knisterte. Der äußere Rand der geballten Wolken war glatt und gestreift wie die Unterseite eines Raumschiffs der Außerirdischen. »Das ist das Mutterschiff, sehen Sie?«

»Ja, ich sehe es.« Es schien ihm egal zu sein, und Daisy hätte ihn am liebsten geschüttelt.

»Schauen Sie ganz genau hin! Wollen Sie mir sagen, dass Sie bei diesem Anblick nichts fühlen? Nicht die Kraft der Natur spüren, die sich da vorne zeigt?«

Seine Stimme klang so flach wie die Ebene vor ihnen. »Ich fühle nicht, dass es regnet, wenn es das ist, was Sie meinen.« Aber als sie wieder zu ihm sah, war sein Blick auf das Auge des Sturms gerichtet. Darüber erhob sich ein weißer Pilz, fast wie eine Atombombe, während die Basis wie gebürsteter Stahl aussah und immer dunkler wurde. In die Dunkelheit hinein zuckten grelle Blitze, nur wenige Meilen von ihnen entfernt.

»Weg vom Zaun!«, rief Keith, als Decker unabsichtlich gegen die Drähte stieß. Keith hatte ihnen zuvor von den Gefahren erzählt, von einem elektrischen Schlag getroffen zu werden, aber Decker war bei dem Vortrag noch nicht bei der Gruppe gewesen. Er wich erschrocken zurück, lehnte sich gegen den Bus und zündete sich die nächste Zigarette an. Er musste sich mit Nikotin im Voraus eindecken, weil sie anschließend wieder mit dem Bus fuhren, und im Bus durfte niemand rauchen.

Ein grollendes Dauerdonnern ließ sie zusammenfahren. Die tief hängenden Wolken schwebten über dem Highway.

Ein großer schwarzer Pickup raste an ihnen vorbei, dem Sturm entgegen. Das Kennzeichen des Pickups hieß WARRIOR, und fast alle wussten, dass es sich um das Fahrzeug von Mike Bradley handelte. Vor ihren Augen verschwand die Landschaft hinter einer Wand aus weißem Niederschlag.

»Hagel!«, rief Karen.

»Okay, alle zurück in den Bus! Bewegt euch, Leute, bewegt euch!«, rief Keith, und schon im nächsten Moment spürte Daisy einen kalten Windzug im Gesicht. Als sie vor der herannahenden Sturmfront davonfuhren, schlugen die ersten Eisbrocken wie Kugeln aufs Dach.

Daisy drehte sich um, aber die Straße war hinter einem weißgrauen Graupelschauer nicht mehr zu sehen. Hagelkörner, so groß wie Walnüsse, griffen den Bus mit ohrenbetäubendem Krach an, während der Sturm von hinten auf den kleinen Bus eindrosch, als wollte er ihn vertreiben wie eine lästige Fliege. Daisy war verängstigt und aufgeregt zugleich. Das war die Jagd, die sie hatte erleben wollen, aber es schien, dass die Natur jetzt sie jagte.

Sie fuhren durch eine kleine Stadt, in der die Menschen über die Straßen liefen, um Schutz zu suchen, oder nach Hause, um die Fensterläden zu schließen. Keith öffnete sein Fenster einen Spalt weit, damit sie alle die heulende Warnsirene hören konnten, die alle Einwohner auf den nahenden Tornado aufmerksam machen sollte.

Karen musste schreien, um sich Gehör zu verschaffen. Sie rief Keith zu, sie sollten schleunigst irgendwo einen Unterstand finden, und dann warf sie ihm vor, er hätte sie zu nahe an den Sturm herangeführt.

Keith parkte hinter einem großen öffentlichen Gebäude, das stabil genug schien, den Attacken zu widerstehen. Er stellte den Bus dicht vor einer hohen Mauer ab.

Decker nutzte die Gelegenheit und rutschte neben Daisy. Im ersten Moment war sie gerührt, aber dann erinnerte sie sich, dass er dafür bezahlt wurde. Sie hörten ein konstantes Geräusch, als ob ein Expresszug über eine Eisenbrücke führe.

»Wir müssen das jetzt aussitzen, Leute«, rief Keith. »Wir haben es mit einer typischen BGS zu tun.«

»Was ist eine BGS?«, rief jemand.

»Besonders gefährliche Situation«, rief Karen zurück und warf Keith einen wütenden Blick zu.

»Mit solchen Situationen kennen Sie sich ja gut aus«, murmelte Daisy zu Decker.

Er sah sie durchdringend an. »Sie auch.«

Trümmer flogen über die Straße. Irgendwas traf den Kleinbus mit ungeheurer Wucht. Instinktiv legte Decker einen Arm um Daisy, darauf vorbereitet, sie zu Boden zu ziehen und sich schützend über sie zu werfen, falls die Fenster zu Bruch gingen. Der Deckel einer Mülltonne wirbelte herum wie ein Frisbee, das ein Kind geschickt losgeschickt hatte, und prallte beängstigend laut aufs Dach.

Niemand zeigte irgendwelche Ängste, alle schienen sich großartig zu amüsieren. Keith schien hingerissen zu sein und starrte unentwegt aus dem Hinterfenster.

»Der Sturm ändert die Richtung«, sagte er schließlich. Decker zögerte ein wenig länger, als nötig gewesen wäre, bevor er den Arm von Daisys Schultern nahm.

»Nun, Leute, jetzt haben Sie es aus erster Hand erfahren, wie sich ein Tornado aus der Nähe anfühlt«, sagte Keith. Nach skeptischen Blicken zum Himmel stiegen alle aus, und Keith inspizierte den Bus. Es gab ein paar zusätzliche Beulen, aber sonst war nichts Ernsthaftes passiert.

Der Regen war angenehm warm. Im Hintergrund donnerte es noch, aber die gelegentliche Blitze waren nicht mehr so grell. Daisy schloss die Augen und hob ihr Gesicht zu den Regentropfen.

»Wenn Sie wieder mal in Urlaub fahren, dann bitte in die

Karibik, zwei Wochen am Strand«, sagte Decker mit gepresster Stimme.

Sie schlug die Augen auf und erwischte ihn dabei, wie er auf ihre Brüste starrte. Der Regen hatte dafür gesorgt, dass ihr weißes Baumwolltop fast durchsichtig geworden war. Als er merkte, dass sie ihn ertappt hatte, hielt er ihrem Blick stand, als wollte er ihr die Schuld für sein Starren geben.

»Sie verlieren doch nicht die Nerven, Deck?«, fragte sie und sah ihn grinsend an.

»Es braucht schon einiges mehr, ehe ich die Nerven verliere.«

»Was denn? Wenn Sie die Tochter vom Boss vögeln?«

Die glühende Hitze in seinen Augen sagte ihr, dass sie ins Schwarze getroffen hatte. Sie sah ihm nach, als er davonging, und fragte sich, in welcher Situation er seine Haltung verlieren würde. Mit seinen dunkelroten Haaren und dem irischen Blut musste er einen niedrigen Schmelzpunkt haben.

Keith durchbrach ihre Gedanken, als er verkündete, er wollte sie zu einem Essen in einem Fast Food Laden weiter unten an der Straße einladen. Als sie ihm folgten, hörte Daisy, wie Decker murmelte: »Himmel, jetzt will er uns vergiften.«

Sie bemerkte, dass Clare sich mit drei Männern verdrückte. Fünfzehn Minuten später gesellten sie sich zu ihnen, die Männer grinsend, während Clare sich über die Lippen leckte. Sie bedachte Daisy mit einem hochnäsigen Lächeln, als wollte sie fragen: Und wie viele hast du in letzter Zeit genießen können?

Daisy lächelte freundlich zurück. In ihren Phantasien hatte sie nichts dagegen, es mal mit mehreren Kerlen gleichzeitig zu versuchen, aber sie hatte ihre Prinzipien und dachte nicht daran, sie ohne Not zu brechen.

Nachdem sie das hinter sich gebracht hatten, was man bei großzügiger Auslegung als Mahlzeit bezeichnen konnte, folgten sie dem Sturm nach Westen. Sie erreichten den höchsten Punkt der Gegend, und Keith hielt den Bus an. Etwa zehn weitere Fahrzeuge standen schon am Straßenrand, und das erste gehörte Mike Bradley.

Daisy schlenderte durch die Menge, die begeistert auf die Ballung der dunklen Wolken starrte, irgendwelchen Vorträgen lauschte oder filmte und fotografierte. Auch Daisy schoss einige Bilder der Wolken, aber sie fand bald heraus, dass Menschen sie mehr interessierten als Landschaften, die sich unter den Wolkenbergen duckten.

In jeder Gruppe gab es genug kleine aufregende Dramen und ausdrucksstarke Gesichter, die viel mehr hergaben als die Jagd auf den Tornado. Nach einer Weile fand sie sich neben einem großen, durchtrainiert aussehenden Mann in modischer Sportkleidung – Mike Bradley, der Übermensch, der Tornados jagte. Er konnte kein anderer sein, auch wenn er nicht so glatt wirkte wie auf dem Bildschirm.

Seine weißblonden Haare unter einer Baseballmütze der Chicago Bulls waren kurz geschnitten, und sein Gesicht hatte die tiefe Bräune, die auf Winter auf Skiern und Sommer auf Surfbrettern hinwies. Stirnrunzelnd betrachtete er die Wolken, als ob er sich persönlich beleidigt fühlte, dass der Sturm vor ihnen floh. Daisy fotografierte ihn, als er nicht hinschaute, und ging dann auf ihn zu.

»Wie weit ist der Tornado entfernt?«, fragte sie. Die Wolken ballten sich wieder zusammen und wurden vom Sturm in ihre Richtung geblasen. Der Unterbauch der Wolken leuchtete in einem bedrohlichen Grün.

Er schien amüsiert, aber nicht auf eine freundliche Weise. »Warum? Haben Sie Angst, Ihre Haare könnten nass werden?«

»Arschloch«, murmelte sie.

»Ist alles okay?« Keith stand hinter ihnen. Mike klopfte ihm gutmütig auf den Rücken.

»Hallo, Bruder. Du hast heute Morgen ganz nah dran gerochen, was?«

»Ja, das kann man laut sagen«, warf Daisy ein. Mike Bradley sah sie mit neuem Interesse an.

»Das ist Daisy Mae. Sie ist in meiner Gruppe«, stellte Keith vor. »Daisy, das ist...«

»Ich weiß. In habe Sie in einer Show gesehen, die ›Schlechtes, schlimmes Scheißwetter‹ hieß oder so.«

»Daisy Mae«, murmelte Mike Bradley, drehte seine Charmedusche auf und hielt ihre Hand. Sie konnte förmlich hören, wie sich die kleinen Rädchen im Gehirn drehten. Keiths Aufmerksamkeit galt wieder dem Sturm, während Mike immer noch ihre Hand hielt. »Daisy könnte oder Daisy will?«[1]

»In Ihrem Fall heißt es: Daisy will nicht«, sagte sie und entzog ihm ihre Hand. Wenigstens nicht, so lange ich mich noch nicht entschieden habe, fügte sie stumm hinzu.

»Oh, Mann, schau dir das an!«, rief jemand, und sofort wurden Kameras und Fotoapparate wieder aktiv. Der Wirbel begann als elegantes weißes Seil, das sich schlängelnd zum Himmel hob und sich dann in einem Winkel von fünfundvierzig Grad beugte.

Daisy hörte, wie neben ihr jemand geräuschvoll die Luft einsog. Max Decker stand da, die Augen gebannt auf den Wirbel gerichtet. Impulsiv packte sie seinen Arm und drückte ihn. Er legte den Arm um ihre Schultern, vielleicht, weil er es für seine Pflicht hielt, aber es fühlte sich trotzdem gut an. Ihr Herz pochte vor Aufregung. Als der Wirbel sich senkte, klatschten alle vor Begeisterung. Daisy juchzte vor Vergnügen, als der Wirbel den Wüstensand aufnahm und ausgelassen über die Ebene tanzte.

Fasziniert von der Aufregung des Augenblicks schlang sie spontan die Arme um Decker und küsste ihn auf den

---

1 Wortspiel: Daisy Mae, phonetisch wie »Daisy may« – Daisy könnte (D. Üb.)

Mund. Ihre Zungen trafen sich, und einen Moment schien es, als würde die Erde sich nicht mehr drehen, als schwebten sie in ihrem privaten Universum.

Er löste sich zuerst von ihr. Der Blick seiner Augen drückte so etwas wie Abneigung aus. Am liebsten hätte sie ihm zugerufen: Was, zur Hölle, ist mit dir los?

»Entschuldigung«, murmelte er, und dann blieb ihr nichts anderes übrig, als sich wieder für den Tornado zu interessieren. Schließlich hatte sie zweitausend Dollar für das Erlebnis gezahlt. Um sie herum klatschten die Leute, begeistert vom Schauspiel der Natur.

An diesem Abend feierten sie den Erfolg auf typisch texanische Weise – Stier und Bier. Daisy beobachtete Keith, der Clare beobachtete, die sich an Decker heranmachte, der sie allerdings völlig ignorierte. Karen beobachtete Keith. Daisy wusste, dass es bald sehr hässliche Szenen geben würde, wenn Keith seine Hose nicht geschlossen halten konnte. Und Decker? Er saß bei seinem Bourbon und verdrückte ein großes Steak, an dem er sich köstlich labte. Nicht ein einziges Mal sah er zu ihr hinüber.

Nach dem Essen gingen sie in die Bar, in der lauter Trubel herrschte, voll mit Sturmjägern und Kaugummi kauenden Frauen, die mit der obligatorischen Uniform des Südwestens bekleidet waren – Jeans und Shirts. Flockige Haare, grell geschminkte Lippen, und um sie herum bereitwillige, behaarte Männer.

Daisy sah bewundernde Blicke einige dieser Männer. Sie bewegte die Schultern im Takt der Musik und hoffte, dass Decker etwas von dem männlichen Interesse mitbekam, das sie auslöste, aber im nächsten Augenblick fragte sie sich, warum es ihr so wichtig war, was er dachte. Sie bestellte sich einen Whisky *on the rocks* und schritt zur Musikbox in der Ecke. Sie drückte auf Claptons Version von *Black Magic Woman*.

»Gute Wahl«, raunte Decke hinter ihr. Sie freute sich über

sein Lob, aber die Freude währte nicht lange, denn sie sah Clare in seinem Schlepptau, voller Glitzer und guter Laune, die Brüste wie zur Schau herausgestellt.

Decker schien wütend darüber zu sein, dass sie ihn nicht aus ihren Klauen ließ. Wie eine Fussel, die sich immer wieder auf dem Kragen seines Jacketts zeigte. Aber es wurde deutlich, dass Clares Haut so dick wie Leder war, offenbar konnte sie sich nicht vorstellen, unerwünscht zu sein.

Daisy blickte hinüber zur Bar, wo Mike Bradley Hof hielt, umgeben von Groupies, männlich und weiblich. Er fing ihren Blick auf und lächelte, aber sie glaubte, dass sein Lächeln Clare gegolten hatte, die neben ihr stand und zwinkernd winkte.

»Mike sagt, dass die Navajo ihn ›Windkrieger‹ nennen, ist das nicht cool?«, zwitscherte Clare.

»Ich könnte mir bessere Namen für ihn ausdenken«, sagte Decker boshaft und ließ sie dann stehen.

Clare sah ihm hinterher. »Der Bursche gefällt mir. Er lässt sich durch nichts aus der Ruhe bringen.«

Das ist genau der Grund, warum ich ihn zu hassen beginne, dachte sie irritiert. Um ihm nicht auch hinterherzuschauen, blickte sie wieder zur Gruppe um Mike Bradley. Erneut trafen sich ihre Blicke, und diesmal war sie sicher, dass sein Lächeln ihr galt. Die Möglichkeiten, die sich dadurch eröffneten, schickten kleine Schauer auf den Grund ihres Magens.

Er war nicht ihr Typ, aber er sah auf eine brutale Art gut aus, und sie glaubte, was Grobes zu brauchen, um sich die seltsamen Gefühle aus dem Kopf blasen zu lassen, die sie für Max Decker entwickelte. Wenn Bradley das nächste Mal in ihre Richtung schaute, würde sie mit einem kühlen Lächeln antworten.

Clare plauderte über lauter belanglose Dinge und unterbrach ihre Rede ab und zu mit einem hübschen Lachen oder mit bedeutungsvollen Blicken in Mikes Richtung. Daisy verfolgte gespannt, wie Clare in ihrem Bemühen nicht nachließ, Bradley auf sich aufmerksam zu machen.

»Ich wüsste gern, welche Probleme Karen mit Mike hat«, murmelte Daisy, als sie es nicht länger ertragen konnte, dass Clare jede Sekunde beschrieb, die sie neben Mike beim Anblick des Wirbels erlebt hatte.

»Ich habe gehört, sie waren mal ein Paar. Sie waren verlobt, aber er hat sie betrogen«, vertraute Clare ihr an.

»Hat Keith dir das gesagt, als er dich flachgelegt hat?«, fragte Daisy.

Clare sah sie schuldbewusst und trotzig zugleich an. »Ach, das hat doch nichts mit Liebe zu tun, oder?« Sie warf die blonden Haare zurück. »Geschieht Karen ganz recht. Warum sitzt sie auch immer mit so einer sauren Miene herum? Ach, mir egal. Mike ist sowieso der schärfere Typ, er ist reicher und sieht besser aus. Bis zum Ende der Nacht werde ich ihn beschlagnahmen.«

»Vielleicht komme ich dir zuvor«, murmelte Daisy. »Nur zum Spaß.« Oder um es Decker zu zeigen, sagte eine leise Stimme in ihrem Kopf.

»Ich dachte, Max Decker wäre mehr dein Typ. Ich habe euch am Nachmittag knutschen sehen«, sagte Clare vorwurfsvoll.

»Glaube mir, Decker ist noch ein größerer Saftsack als Mike Bradley.«

»Ach? Wieso?« Ihre Augen leuchteten, begierig auf Informationen.

Daisy hatte zwar damit angefangen, aber jetzt stellte sie fest, dass sie nicht darüber sprechen wollte. »Gehört alles der Vergangenheit an«, sagte sie und schaute hinüber zu Mike Bradley. Er hob seine Bierflasche und lächelte. Leichte Beute, dachte Daisy und beschloss, es darauf ankommen zu lassen. Aber er sollte nicht glauben, dass sie es ihm leicht machen würde.

Sie ließ Clare sitzen und ging zur Theke, ein paar Schritte von der Gruppe um Bradley entfernt. Wenn er interessiert ist, dachte sie, würde er zu ihr kommen. Decker spielte mit zwei anderen Sturmjägern am Billardtisch. Es sah geschmeidig aus, wenn er sich weit über den Tisch beugte. Verdammt gut.

Er schaute auf, und ihre Blicke trafen sich, ehe er die Kugel im Loch versenkte. Eingebildeter Pinsel, dachte sie und nahm sich vor, diesen Blick im Kopf zu behalten. Es lag an seinen Augen. Solche grünen Augen gehören einem Engel oder einem Psychopathen. Endlich wusste sie, an wen er sie erinnerte.

»Der König von New York«, sprach sie zu sich selbst. »Christopher Walken.«

»Nein, Mike Bradley«, sagte eine Stimme an ihrem Ohr, und dann fiel ihr wieder ein, warum sie an der Theke stand. »Kann ich noch einen Drink für Sie bestellen?«

Sie betrachtete sein Gesicht aus nächster Nähe. Prägnante Züge, tief gebräunt, strahlende Zähne und eine schlanke Gestalt in Designerklamotten. Auch so ein Arschloch wie Jason, dachte sie, aber trotzdem verlockend. Sie lächelte süß.

»Miller Lite, aber auch nur, wenn Sie versprechen, weiterhin so gönnerhaft und unhöflich zu sein. Es macht mich an, wenn ich wie Dreck behandelt werde.«

Er schnipste die Finger, und in rekordverdächtiger Schnelligkeit standen zwei Bier vor ihnen. »Ich bin wirklich angespannt auf diesen Sturmjagden. Heute habe ich siebenhundert Meilen zurückgelegt, und alles, was ich habe, ist ein wunder Arsch und Bilder eines Wirbels, der nicht größer ist als der Schniedel von Mickey Mouse.«

Das sollte wohl nach einer Entschuldigung klingen. »Sind Sie oft hinter den Tornados her?«

»So oft ich kann, hauptsächlich zwischen Mai und August. Den Rest des Jahres bin ich mit Dokufilmen ausgelastet. Ich nehme an, Sie haben mich schon oft im TV gesehen.«

»Ich bin lange in England gewesen, deshalb kenne ich mich nicht so gut aus.«

Das wäre ein Stichwort für ihn gewesen, etwas über sie zu erfahren, aber – Überraschung – er nahm die Chance nicht wahr. »Ich arbeite nicht immer. Es gibt andere Dinge, bei denen ich mir meine Kicks hole.«

Sie lachte. »Ich wette, Sie warten jetzt darauf, dass ich Sie nach diesen Dingen frage, aber das werde ich nicht tun.«

»Wie Sie wollen. Ich springe Bungee und liebe das Paragleiten und ...«

»Snowboard im Winter und Surfen im Sommer?«, unterbrach sie ihn.

»Ja.« Er sah sie überrascht an. »Woher wissen Sie das?«

»Ich habe nur geraten. Sind Sie schon mal in einen Tornado gesprungen?« Das sollte ein Witz sein, aber einen alarmierenden Moment lang sah er sie ernst an. Sein Verstand sitzt bei ihm zwischen den Beinen, dachte sie.

»He, das wäre ein Knüller, was?« Er sah sie grinsend an.

»Ja, für einen total Irren. Und sonst noch etwas, Mr. Action Man?« Sie deutete auf seine breite Hand, bei der die Knöchel dick hervortraten. »Sieht nach ausgedehnten Übungen mit der rechten Hand aus.«

»He, Sie wollen sich über mich lustig machen.«

Daisy hob die Schultern. »Sie haben es nicht anders verdient. Ich bin zu vernünftig, um mich von einer Brücke zu werfen, ein elastisches Band um meine Fußknöchel. Oder überhaupt etwas zu tun, was mit dem Wort ›autsch‹ enden könnte.«

»Wie schade. Die Erwartung des Schmerzes ist das halbe Vergnügen.« Er betrachtete sie verführerisch, blickte an ihrem Körper hinab und wieder hinauf. Er lächelte in ihre

Augen. »Aber manchmal kann auch der Spaß der Schmerz sein. Es ist schwierig, mit einem Steifen zu surfen.«

Sie musste ein Lachen unterdrücken und erwiderte seinen verführerischen Blick. Mit der Zunge leckte sie leicht über den Rand des Whiskyglases. In seinen Augenwinkeln gab es recht attraktive Fältchen, aber man konnte sie nur sehen, wenn er lachte. Sie konnte die energische Kraft beinahe riechen, die von seinem athletischen Körper strahlte.

»Dann haben Sie auch noch keine Nummer beim Fallschirmspringen probiert?«

Bradley spuckte in sein Bier.

»Oder beim Bungeespringen? Ich dachte, Sie liebten das Abenteuer. Warum haben Sie das noch nicht versucht?«

Sie hatte ihn offenbar aus der Fassung gebracht, aber er steckte es gut weg. »Bisher hat sich das noch nicht ergeben. Sollte das ein Angebot sein? Zwei Erfahrungen zum Preis von einer?«

»Ich müsste Ihnen dafür eine Ohrfeige geben, Mr. Bradley.« Sie hatte den perfekten Tonfall einer schönen Südstaatlerin drauf und lächelte scheu. Aber das Lächeln fegte aus ihrem Gesicht, als sie sah, wie Clare sich mit Decker unterhielt. Bradley drehte sich um und sah sie.

»Ist das Ihr Mann?«

»Nein. Zurzeit habe ich keinen.« Sie schaute wieder lächelnd in Bradleys Gesicht.

»Ich kann nicht sagen, dass ich unglücklich darüber bin.«

»Und ich kann nicht sagen, ob Sie das hindern würde«, sagte sie, als Decker die andere Frau stehen ließ und zu ihnen an die Theke kam. »Dies ist Max. Er macht die Tour mit mir zusammen.«

»Ach?« Bradley betrachtete Deckers dunklen Anzug und schien nicht unbeeindruckt zu sein. »Ich glaube, ich habe noch nie einen Sturmjäger in einem Armani gesehen.«

Decker sah ihn kühl an. »Es ist kein Armani, aber ich will Ihre Ignoranz nicht überbewerten, schließlich kommen Sie aus Arkansas, nicht wahr?«

Bradley ließ sich nicht gern zurückweisen, das sah man ihm deutlich an. »Und Sie kommen aus der Bronx«, stieß er hervor, als wäre es das schlimmste Schimpfwort, das ihm einfiel.

»Mein Vater kam aus Belfast, und meine Mutter war Sizilianerin, deshalb wäre es vielleicht ratsamer, wenn Sie den Mund nicht so weit aufreißen.« Sein Lächeln sollte die Worte ein wenig dämpfen, aber die Warnung stand im Raum.

Daisy sah interessiert zu. Die Feindseligkeit der Männer war greifbar. Das selbstsichere Grinsen auf Bradleys Gesicht verriet seine Gewissheit, dem älteren dominanten Mann überlegen zu sein. Sie atmete tief durch, schloss die Augen und gab einen tiefen befriedigten Seufzer von sich.

»Ah, ich liebe den Geruch von Testosteron am Abend«, schnurrte sie.

Bradley ignorierte sie. »Sie sind wegen des Tornados hier, oder gibt es einen anderen Grund?«

»Der Tornado natürlich«, antwortete Decker. »Welchen Grund sollte es sonst geben?«

Bradley sah zu Daisy, oder genauer – auf ihre Brüste. Sie hoffte, er würde es nicht sagen, aber er sagte es.

»Oh, da fallen mir einige Dinge ein.«

»Ja, das glaube ich Ihnen sofort, und ich bin sicher, dass Sie mir eines Tages darüber berichten. Entschuldigen Sie mich.« Sein letzter Blick auf Daisy sagte alles. Wenn du dieses Arschloch wirklich willst, hast du es verdient.

Sie blickte ihm hinterher und dachte über die Zweideutigkeit seiner Bemerkung nach. Er war ein rätselhafter Mensch und viel wortgewandter, als sie ihm zugetraut hatte. Was die Schlagfertigkeit anging, war er Bradley überlegen.

»Nun, den sind wir los. Wollen wir das Prozedere abkürzen und auf mein Zimmer gehen?«

Sie hatte an ein bisschen Schmusen und Fummeln gedacht, an fiebriges Grabschen an der Bar, und sie hatte nicht ausschließen wollen, dass sich später mehr daraus ergeben könnte. Das unverblümte Angebot einer Nummer auf seinem Zimmer war mehr, als sie eigentlich geben wollte. Sie rang um Fassung und dachte schnell nach.

»Ich muss zuerst mal telefonieren«, sagte sie rasch, um Zeit zu gewinnen.

Bradley sah sie verärgert an. »Hat das nicht Zeit?«

Sie streckte sich. »Und du? Hast du Zeit?«, fragte sie und sah ihn herausfordernd an.

Sein Kinn schob sich vor. Sie wusste, dass sie ihm was bedeutete. »Zimmer einundzwanzig«, sagte sie so leise, dass nur er es hören konnte. »Ich brauche fünfzehn Minuten. Wenn du nicht so lange warten kannst, wird Clare bestimmt bereit sein, dir die Wartezeit zu verkürzen.«

In ihrem Zimmer überflog sie die Textnachrichten auf dem Handy. Es gab eine Nachricht von Chico. Kurz entschlossen rief sie ihn an und war erleichtert, dass er wieder ganz normal klang.

»Erzähle mir von deinen Männern. Hast du einen heißen Abend erlebt?«

»Noch nicht«, antwortete er lachend. »Aber frage mich in zehn Minuten noch einmal.«

Sie erzählte ihm von Mike Bradley und beschrieb sein gutes Aussehen.

»Was ist mit seinem Prügel? Weißt du, wie lang er ist?«

»Nein, noch nicht. Ich kann nur hoffen, dass es kein Wiener Würstchen ist. Wenn ich es herausfinde, sage ich dir Bescheid.«

»Ja, gut. Und sonst?«

Sie zögerte einen Moment zu lange.

»Oh, das heißt, es gibt noch jemanden«, schlussfolgerte Chico. »Komm schon, rück raus mit der Sprache.«

»Er ist sehr sonderbar und launisch.«

»Sonderbar und launisch? Und wieso erwähnst du ihn überhaupt?«

»Weil er mein persönlicher Leibwächter ist, kannst du dir das vorstellen? Mein Vater hat ihn mir geschickt, damit er auf mich aufpassen kann.«

»Himmel!«, rief Chico. »Wozu denn das?«

»Das sagt er mir nicht. Er durfte mir nicht einmal sagen, dass er überhaupt von meinem Vater geschickt wurde.« Sie berichtete von ihren bisherigen Gesprächen mit ihm.

Chico überlegte eine Weile, ehe er sich dazu äußerte. »Du hast also einen berühmten Surferknaben mit großem Ego, weißen Zähnen und einem Schwanz mit unbekanntem Umfang, sowie einen sonderbaren launischen Iren, empfindsam und gut bestückt. Also, ich an deiner Stelle wüsste, für wen ich mich entscheide. Lebe gefährlich, Mädchen.«

»Das hört sich gut an, Chico. Aber er hat Angst vor meinem Vater.«

»Liebling, würdest du bitte zwischen den Zeilen lesen? Ich habe genug männliche Chromosomen, um genau zu wissen, wie sie arbeiten und was sie im Mann bewegen. Glaube mir, dieser Mann fürchtet sich vor nichts.« Er seufzte ins Telefon. »Ich muss aufhören, Daisy. Alfonso wird jeden Moment hier sein, und ich bin nicht einmal angezogen.«

»Alfonso? Wer ist das denn?«

»Ich will nicht wieder deinen Sermon hören, Daisy Mae, aber ich sage dir trotzdem, dass ich ihn vor zwei Nächten im Red Room kennen gelernt habe.«

Sie hörte die Klingel.

»Er kann es gar nicht erwarten, das gutmütige Lamm. Ruf mich bald wieder an. Ich will hören, wie sehr dein Mr. Bradley deinen schönen Körper missbraucht hat.«

»Ja, ich werde dir alles haarklein erzählen, Chico. Mach's gut. Ich hab dich lieb.«

»Ja, ich dich auch. Ciao.«

Er legte auf, und Daisy war froh, dass er sich wieder wie der alte Chico anhörte. Wenn er nur seinen falschen englischen Akzent aufgäbe. Er passte wirklich nicht zu ihm.

Sechstes Kapitel

Decker stand draußen und rauchte eine Zigarette, als er Mike Bradley in die Richtung von Daisys Zimmer gehen sah. Er wünschte, er hätte sein Messer dabei, er könnte diesen Angeber kastrieren oder ihm wenigstens das selbstgefällige Grinsen aus dem Gesicht schneiden. Seinen einzigen Trost fand er im Wissen, dass Daisy ihn mehr benutzte als er sie. Daisy wollte ihr eigenes Ego stärken. War das auch ihr Motiv mit ihm in England gewesen? Das glaubte er nicht. Damals war es gegenseitig gewesen, ein intensives Treffen von verwandten Seelen, auch wenn es nur kurz angehalten hatte.

Er trat auf Bradley zu, als der gerade an die Tür klopfen wollte.

»He, Mad Max«, sagte Bradley fröhlich. »Versuchen Sie erst gar nicht, heute Abend bei ihr zu landen. Sie ist schon vergeben.«

»Was Sie nicht sagen.«

»Tut mir Leid, Freund, aber es ist so. Hören Sie auf mich und gehen Sie zum Fernsehen. Dann laufen Ihnen die hübschen Weiber scharenweise nach.« Er gluckste eitel, brach aber sofort ab, als er Deckers Blick wahrnahm.

»Sie begreifen nichts, was? Sie ist nicht an Ihnen interessiert, weil Sie ein Fernsehfritze sind, sondern weil sie ihre Neugier befriedigen will, das ist alles.«

»Nun, dann können Sie davon ausgehen, dass ich nicht nur ihre Neugier befriedige. Den Trip wird sie nicht so schnell vergessen.«

»Daran zweifle ich nicht, aber beileibe nicht aus dem Grund, den Sie glauben.« Decker zündete sich noch eine Zigarette an und blies den Rauch in die Nacht.

Bradley grinste. »Oh, ich verstehe. Auf Sie war sie noch nicht neugierig, was? Ist das Ihr Problem? Oder sie hat ihre Neugier befriedigt und hat genug von Ihnen?«

Decker trat ins Licht, damit Bradley sein Gesicht besser sehen konnte. »Ich wette, nächste Woche um diese Zeit wird sie sich nicht mehr an Ihren Namen erinnern.« Er ließ die Zigarette auf den Boden fallen und zertrat die Glut mit der Schuhspitze. Der symbolische Akt war unübersehbar. Decker ging wieder in die Dunkelheit.

Er fand eine ruhige Stelle und rief – wie jeden Abend – Felix Lovell an. Er war erschöpft und fühlte sich wie ausgewrungen, Schmerz und Verwirrung marterten sein Hirn – alles nur, weil er Teile des Telefongesprächs zwischen Daisy und Chico Mendoza gehört hatte. Aber wenn sie ihn liebte, wie sie behauptete, warum trieb sie es dann mit Mike Bradley?

Er berichtete Lovell, was am Tag abgelaufen war. Natürlich war der Boss nicht glücklich darüber, dass seine Tochter sich am Rand eines Tornados aufgehalten hatte, und natürlich gefiel ihm auch nicht, dass einer vom Fernsehen um Daisy scharwenzelte.

»Wie konnten Sie das zulassen?«, blaffte er Decker an.

»Ich kann nicht anonym bleiben, wenn ich mich noch näher an sie heranmache«, wandte Decker ein.

»Das ist das kleinere Problem. Beschützen Sie mein kleines Mädchen vor weiteren miesen Egomanen. Was ist mit Mendoza?«, fragte er gepresst.

Decker hatte sich schon vorher überlegt, ob er das Telefongespräch erwähnen sollte – er entschied sich dagegen. »Von ihm ist nichts zu sehen. Nein, alles ist in bester Ordnung.«

»Das glauben auch nur Sie!«

In der Dunkelheit lag Daisy auf dem Bett und ließ den Ventilator kühle Luft über ihren Körper fächern. Sie hatte sich für ein frivoles rot und cremefarbenes Rüschenhöschen entschieden, das an den Hüften von *broderie anglaise* gehalten wurde. Der passende BH hatte Träger mit gestickten Gänseblümchen; er drückte die Brüste auf eine einladende Weise hoch, als ob sie einen Mann locken wollten, das Gesicht zwischen die Kugeln zu drücken.

Sie hatte sich mit Allure besprüht und ihre langen Haare gebürstet, bis sie glänzten und knisterten. Wann Bradley nicht kam, würde sie sich ob all der Vorbereitungen wie eine Närrin fühlen. Aber er würde sich die Chance nicht entgehen lassen. Sie hatte ihn als gierigen Opportunisten eingestuft, deshalb hielt sie es nicht für ausgeschlossen, dass er auf dem Weg zu ihr auch noch Clare auf dem Parkplatz bumste.

Daisy hätte nichts dagegen gehabt, aber wenn sie Clares Poison an ihm wahrnehmen sollte, würde sie ihn zum Parkplatz zurückschicken.

Sie versuchte, ihren Herzschlag zu beruhigen, indem sie sich sinnliche Bilder ausmalte, wie er sich auszog und wie seine erfahrenen Hände über ihren Körper glitten. Mike, nicht Max. Denk dran, wenn es dir kommt, sagte eine leise, irritierende Stimme in ihrem Hinterkopf.

Sie hörte ein leises Klopfen an ihrer Tür, fast überlagert vom steten Summen der Klimaanlage. Daisy stellte sie ab, öffnete die Tür und huschte rasch zum Bett zurück. Sie legte sich auf die Seite und achtete darauf, dass alle ihre Kurven gut zur Geltung kamen.

»Nun, Mister Extreme, glauben Sie, mit mir fertig zu werden?«, fragte sie herausfordernd.

»Ich bin sehr zuversichtlich, Pussycat.«

Sie hörte, wie er die Tür schloss, dann spürte sie, wie sich hinter ihr die Matratze senkte und die Hand warm und selbstbewusst über ihren Bauch strich. Er nahm sie in die

Arme, und im nächsten Moment trafen sich ihre Münder zu einem tiefen Kuss. Draußen lachten die Leute, und durch die dünnen Vorhänge konnten sie die Schatten sehen.

Sie fragte sich, ob Max Decker unter den Leuten war, die an ihrem Fenster vorbeigingen. Vielleicht lauschte er. Himmel, hör auf damit, schalt sie sich.

Bradley streifte sich das T-Shirt über den Kopf. Weiche schwarze Härchen bildeten eine dichte Matte auf seiner Brust, und die kleinen rosigen Nippel sahen aus wie die Nasen von Welpen. Daisy fuhr mit den Händen durch den Flaum und leckte mit gespitzter Zunge über seine Nippel, die sich versteiften.

Er schob die weiten Jeans von den Hüften. Unter den dunklen Boxershorts drängte ein dicker, nicht besonders langer Schaft darauf, freigelassen zu werden, und als sie mit der Fingerspitze darüber glitt, bildete sich auf der Kuppe ein kleiner dunkler Fleck, der durch den Stoff der Boxer drang.

»Schamlose Frau«, ächzte er, als sie über ihn grätschte und seine Hände über seinem Kopf zusammenhielt.

»Ich will dich ansehen«, sagte sie. Ihr Mund hinterließ eine feuchte Spur von den Nippeln bis zum Nabel. Sie rutschte zwischen seine Knie, küsste die Lenden und achtete darauf, weder Schaft noch Hoden zu berühren. Er erschauerte leicht, dann hob er die Hüften an, und sie zog ihm die Shorts aus und warf sie quer durchs Zimmer. Sie erhob sich wieder und sah, wie er sie lustvoll anstarrte.

Sein Schaft pumpte gegen ihren Bauch, und ihr eigenes Geschlecht wurde noch nasser.

»Nicht schlecht«, sagte sie. Er bewegte sich nicht, und sie genoss die Wärme seines Körpers unter ihrem. »Liege nicht einfach so da, Bradley! Mach schon!«

Es befolgte ihre Aufforderung, ruckte hoch und rollte sie auf den Rücken. Seine Augen blickten gierig, als er ihre Brüste in seine großen Schaufelhände nahm.

»Weg damit!«, knurrte er und hakte ihren BH auf, ohne das teure exklusive Stücke auch nur eines Blickes zu würdigen. Er warf den BH durchs Zimmer, drückte die Brüste zusammen und leckte über die Nippel.

Trotz der abstoßenden Schlürfgeräusche ließ sie sich von seinem Eifer erregen, sie krümmte den Rücken, und wie ein Stromstoß schoss ihre Lust in ihre Klitoris. Sie war triefend nass, ihre Scham klebrig vom eigenen Honig. Sie konnte ihre Erregung riechen, die aus jeder überhitzten Pore kroch.

Er schien unverschämt zufrieden ob der heftigen Reaktion ihres Körpers, und im ersten Moment ärgerte sie sich über sein selbstgefälliges Verhalten. Sein Schaft fühlte sich gut an, wie er gegen ihre geschwollenen Labien drückte, aber so ein Gerät war nur so gut wie der Mann, der es einsetzte.

»Jetzt musst du mir nur noch zeigen, was du damit alles kannst«, sagte sie frech. Sie hielt sich am Kopfbett fest, als sie den Ärger über ihre Bemerkung in seinem Gesicht sah.

»Ich werde es dir zeigen, Lady.« Er streifte ihr Höschen ab und drehte sie auf den Bauch, und im nächsten Moment drang er so heftig in sie ein, dass sie tief in die Kissen gedrückt wurde. Wieder und wieder stieß er zu, bis ihre Schreie nachließen. Das Bett ruckte gegen die Wand, aber sie war zu sehr erregt, um über die Nachbarn nachzudenken.

»Ist das alles?«, keuchte sie. »Besorg's mir härter, Mann.«

Er stieß unerbittlich zu, dann drehte er sie wieder auf den Rücken und nahm die Missionarsstellung ein, pumpte eine Weile und nahm sie dann auf seinen Schoß. Sie krümmte den Rücken, lehnte sich zurück, stützte sich mit einer Hand auf dem Bett ab und schaute zu, wie sich ihre Körper in einem heißen sinnlichen Tanz bewegten.

Er trug sie, immer noch mit ihr vereint, zur Wand, stieß sie dagegen und nahm eine Brust in seinen Mund. Er ließ sie zurück aufs Bett fallen, und sie fühlte sich wie eine hilflose Gliederpuppe. Sie konnte sich nur noch an ihm festhalten und geschehen lassen, was er mit ihr anstellte.

Nach einer Weile bettelte sie darum, dass er aufhörte.

»Hast du genug?«, fragte er triumphierend und küsste sie auf Hals und Kehle. »Willst du, dass der böse Mike deine heiße Pussy löscht?«

»Oh, Himmel, ja!« Sie schmolz gegen ihn und weinte fast vor Erleichterung. »Gib mir deine Zunge. Zeige mir, wie gut du bist.«

Er lächelte dicht vor ihrem Mund. »Ich bin gut, sehr gut sogar«, raunte er heiser. »Ich weiß, was meine Frauen wollen.«

Sie löste den Mund von seinen Lippen. »Frauen?«, fragte sie spöttisch.

Er wusste, dass er einen Fehler begangen hatte. »Nun, du kannst dir denken …«

»Ja, ich kann. Ein Mann mit Erfahrung bringt eine Menge mehr Spaß.« Sie leckte über sein Kinn und spürte, wie der Schaft in ihr zuckte. Er warf sie aufs Bett zurück und zog den Schaft heraus. Ihre Pussy schien leer und verlassen, bis sie völlig unerwartet seine Zunge spürte.

Sie versuchte, ganz still zu bleiben. Nicht wälzen und wenden und stöhnen. Aber das war leichter gedacht als getan, denn er schien die längste Zunge auf dem Kontinent zu haben. Sie gab ihr Schamgefühl auf und öffnete sich ganz weit, um ihn weiden zu lassen. Er war nicht so gut, wie er gern von sich glaubte, aber ihr Körper gierte nach der Erlösung, dass selbst der unerfahrenste Liebhaber sie zum Höhepunkt gebracht hätte.

Sie spürte die Wellen des Orgasmus, wollte sie zurückdrängen, um die Zunge länger genießen zu können, wusste dann aber, dass es keinen Zweck hatte und ließ es geschehen. Sie stöhnte laut, spreizte die Schenkel so weit, dass es zu schmerzen begann, und sie zitterte und bebte am ganzen Körper. Er drückte all die Knöpfe, die bei ihr wirkten, und sie erlebte drei Höhepunkte hintereinander und überflutete ihn mit ihren Säften.

»Oh, verdammt«, ächzte sie, als er sich neben sie kniete. Es kostete sie enorme Anstrengung, die Augen zu öffnen, und dann konnte sie nur den dicken Schaft sehen, prall und beschnitten. Er führte ihn zu ihren Lippen und schob die Eichel hin und her.

»Hast du schon mal gehört, dass ein Mädchen eine Erholungspause braucht?«

»Wenn du die Kraft hast zu reden, hast du auch die Kraft, mich zu saugen.« Er schob den Penis wieder gegen ihre Lippen, und gehorsam wischte sie mit der Zunge über die Eichel. Er schmeckte nach Moschus und süß nach ihren eigenen Säften.

Mit einer Hand wühlte er in ihren Haaren. Es gefiel ihr nicht, wie er sie zu kontrollieren versuchte, in ihren Mund stieß und ihr keine Luft ließ. Sie wiegte die Hoden in ihrer Hand und kratzte mit den Fingernägeln über sein Skrotum, während der Mund saugte und leckte. Mikes Knie gaben nach, er warf sich neben sie aufs Bett und ließ sie fortfahren. Sie erkannte sein Stöhnen als das eines Mannes, den man den ganzen Tag saugen konnte – er würde nur dann fertig werden, wenn er wollte.

»Oh, ja, Baby, das tut gut«, stöhnte er, ausgestreckt auf dem Bett, die Augen geschlossen, begeistert von ihren kleinen Aufmerksamkeiten. Er rührte sich nicht von der Stelle, als sie ins Badezimmer ging, um den Mund auszuspülen. Sie kam zurück und fing den Schaft wieder ein.

Die extreme Kälte des Menthols, verbunden mit der Wärme ihrer Mundhöhle, ließ ihn verblüfft aufschreien. »Oh, Himmel, ja!«, ächzte er.

»Soll ich dich fertig machen?«, fragte sie mit verführerischer Stimme.

»Ich will dich fertig machen, du heiße Hexe«, murmelte er, packte ihre Beine und spreizte sie. Die rosige Pussy lächelte ihn einladend an. Er versenkte sich in ihr, und ihm war, als wäre er in eine heißes Bad getaucht.

»Nein, nicht auf meinen Hals!«, rief er ungehalten, als sie einen Kuss auf seinen Hals knutschte. »Auf dem Bildschirm sieht das grässlich aus!«

Sie wünschte, er hätte das nicht gesagt, aber sein Schaft fühlte sich stark in ihr an, deshalb konnte sie ihm verzeihen. Er pumpte in schönen, gleichmäßigen Zügen in sie hinein.

»Mehr«, flüsterte sie gierig. »Gib mehr, bitte, Mike.« Sie wusste kaum, was sie sagte, aber jedes Wort war, als gäbe sie ihm die Sporen. »Erinnerst du dich an die Bungeenummer? Stell dir deine Partnerin vor, nass und klebrig, gefangen in ihren Haltegurten. Sie kann sich nicht bewegen, während du in sie hineinstößt. Die Leute, die auf der Brücke stehen, halten die Luft an, als sie sehen, wie du sie nimmst. Zweihundert Fuß fallt ihr in die Tiefe, ihr seid aneinander gebunden und durch deinen Schaft vereint. Du kannst ihre warme Haut fühlen, du pochst in ihrer warmen Nässe, und sie klammert sich ängstlich an dich …«

»Du bist ein verrücktes Luder« ächzte er und verdrehte die Augen. Er pumpte noch härter in sie hinein.

»Ihr werdet wieder nach oben katapultiert, und dabei dringst du noch tiefer in sie ein. Bei jeder Bewegung nach oben geht es tiefer, und sie juchzt und schreit und quetscht dich mit ihren Muskeln. Sie will den letzten Tropfen aus dir herausholen …«

Daisy konnte nicht mehr weiterreden, sie spürte, wie er sich verkrampfte, offenbar angefeuert von ihrer Schilderung. Sein Gesicht war jetzt eine blanke Maske, die seine rohe Lust verbergen sollte, aber er hatte seinen Orgasmus schon zu lange zurückgedrängt.

»Eh … ah …«, stöhnte Bradley, als es ihm kam. Daisy spürte, wie ihr eigener Orgasmus sie überholte. Sie selbst war von der eigenen Schilderung nicht weniger erregt als Bradley, und sie merkte, dass es kein Entrinnen mehr gab.

Sie stieß einen lauten, kreischenden Schrei aus, und genau in diesem Moment schoss es aus Bradley heraus, und jeden Schub begleitete er mit einem tiefen tierischen Stöhnen. Einen Augenblick hielt er inne, sein Rücken krümmte sich, die Lippen zogen sich von den Zähnen zurück, dann brach er auf ihr zusammen.

»Du bist ein Original«, ächzte er glücklich, aber sie wusste nicht genau, ob er das zu ihr sagte oder zu sich selbst. Innerlich lächelte sie. Jason hatte so etwas Ähnliches auch gesagt.

Er rollte von ihr hinunter und legte sich auf den Rücken. Sein Atem ging noch schwer. Daisy kuschelte sich in die Kissen, befriedigt, glücklich und bereit für einen tiefen Nachtschlaf.

»Ich sehe dich beim Frühstück«, murmelte sie, als wollte sie sich verabschieden.

»Willst du, dass ich gehe?« Er klang fürbass erstaunt. Sie legte sich auf die Seite und sah ihn an.

»Ich will es leichter für dich machen, Bradley. Oder willst du die Nacht bei mir bleiben?«

Er rutschte näher zu ihr. »Ja.« Er küsste ihren Nacken und atmete den Duft ihrer Haare ein. »Ich mag dich, Daisy Mae. Erzählst du mir noch eine Gutenachtgeschichte?«

Mit dieser Entwicklung hatte sie nicht gerechnet. Sein Körper fühlte sich gut an. Sie lagen in der Löffelchenstellung, und es war ein wohliges Gefühl, jemanden neben sich im Bett zu haben.

»Wenn du darauf bestehst«, sagte sie gespielt gleichgültig. Sie hatte nichts dagegen, dass er sich wieder auf sie legte und in die Arme nahm.

Max Decker saß wieder in der Bar und starrte missmutig in sein Glas. Um ihn herum Musik und Gelächter, aber das interessierte ihn nicht – und trotzdem, es war besser als die Geräusche, die durch die dünne Wand seines Zimmers drangen.

»Kann ich dir Gesellschaft leisten?«

Er blickte auf und sah eine schlanke dunkelhaarige Frau in einem sehr kurzen weißen Rock. Eine der Huren, die das Hotel regelmäßig nach Freiern abgrasten. Sie war hübscher als die meisten, aber er war nicht in Stimmung zu flirten, und Gesellschaft wollte er auch nicht.

»Nein, danke.«

»Ach, komm schon, sei nicht so launisch.« Sie drückte sich an ihn. »Ich habe gesehen, wie du das scharfe langhaarige Mädchen den ganzen Abend angestarrt hast. Ich schätze, sie hat dich abblitzen lassen, was?«

»Erspare mir dein Angebot, Mädchen. Ich bin wirklich nicht in der richtigen Stimmung.«

»Fünfzig Dollar, dann bringe ich dir die richtige Stimmung schon bei.« Sie rutschte näher an ihn heran, und er konnte ihr schweres Parfum riechen und in ihrer engen Bluse die schwellenden Brüste sehen. »Na, was sagst du? Wenn wir laut genug sind, wird sie noch bereuen, dass sie dir einen Korb gegeben hat, glaubst du nicht auch?«

Ja, gar keine schlechte Idee, schoss es Decker durch den Kopf. Das Gesicht der brünetten Frau lag im Dunkel, aber er konnte sehen, dass ihre Haare gewellt und lang waren wie Daisys. Und ihre Beine waren auch so lang und erinnerten ihn an die sexy Stiefel, die Daisy immer trug.

Sie war nicht so groß wie Daisy, und ihr Parfum war viel zu schwer, aber ihr Angebot sprach seine Libido an. Der

Rock war zu kurz, ihr Lächeln zu erfahren, zu wissend. Doch sie war das Mittel zum Zweck, sich der bösen Lust zu entledigen, die sich in ihm gestaut hatte. Er stellte das Glas krachend auf der Theke ab und nickte der Frau kurz zu, und sie folgte ihm bereitwillig.

Draußen wimmerte sie verdutzt, als er sie in seine Arme zog und gegen die Hausmauer drückte, den Mund fest auf ihrer Kehle. Seine Hand griff unter den weißen Rock und umfasste ihre Backen, denn er hungerte plötzlich nach Fleisch und Blut.

»Langsam, mein Lieber. Zuerst das Geld.«

Er griff nach seiner Börse, zog einen Fünfziger heraus und steckte den Schein in ihre Bluse. Er hasst sich wegen seines Mangels an Selbstbeherrschung, aber der Drang, eine Frau in den Armen zu halten, war zu groß. Sie stolperten seinem Zimmer entgegen. Er spüre ihre Hände auf seinen Schenkeln, unter seinem Hemd und dann in seiner Hose.

Seine Gedanken waren bei Daisy, die nebenan lag, nur eine Wand von ihm entfernt.

»Zieh dich aus«, sagte er harsch, sobald er die Tür hinter sich abgeschlossen hatte.

»Gewöhnlich ziehe ich mich für den Kunden nicht aus«, sagte sie. Er drückte ihre Brüste zusammen und leckte im Tal dazwischen.

»Ich erhöhe auf hundert, wenn du es tust«, sagte er und hielt ihr noch einen Fünfziger hin. Rasch stieg sie aus dem kurzen Rock.

»Du kannst so laut sein, wie du willst«, sagte er und schob die enge Bluse von ihren Schultern. Ihre Brüste fielen aus einem zu kleinen BH aus Satin. Sie drehte ihm ihren festen Po zu, der nur noch vom schmalen Streifen des Strings bedeckt war. Er klatschte mit der flachen Hand auf ihre Backen und hinterließ einen rosigen Abdruck.

»Böses Mädchen«, murmelte er und schlug noch einmal zu. »Zeige mir alles von dir«, forderte er.

Gehorsam zog sie den String zur Seite, damit er die geschwollenen Labien sehen konnte. Am liebsten hätte er sein Gesicht in ihre Nacktheit gedrückt, aber dann wurde ihm bewusst, dass sie nicht Daisy Mae und vielleicht schon gefüllt mit dem Samen eines anderen Kunden war. Erschöpft ließ er sich aufs Bett sinken.

»Blas mich«, befahl er mit einer Stimme, die auch im Nebenzimmer zu hören sein musste.

Er griff an das metallene Bettgestell und sah zu, wie sich die Hure um seine Männlichkeit kümmerte. Er konnte nicht leugnen, dass sie von ihrer Arbeit eine Menge verstand, dachte er, die Augen fest geschlossen, um sich besser vorstellen zu können, dass es Daisy war, die ihren geschwungenen Mund über seinen harten Schaft stülpte.

Zweimal war er drauf und dran zu kommen, und jedes Mal gab er heisere Flüche von sich, die man auch nebenan gut hören würde. Er wusste, dass Daisy ihn hörte, denn er hatte ja auch ihre kleinen Schreie hören müssen, und jeder einzelne Laut von ihr hatte ihm das Herz ausgewrungen.

Er wies die Hure an, sich auf ihn zu setzen. Sie führte geschickt seinen Schaft ein und ließ die Hüften kreisen. »Komm, mein Schatz«, flüsterte sie mit rauchiger Stimme. »Stoß tief in mich rein.«

»Lauter!«, befahl er.

»Stoß tief in mich rein.«

»Lauter!«

Sie schrie ihn an, und er kippte sie auf den Rücken, immer noch tief in ihr. Mit seinen Stößen schabte die Spitze seines Schafts über den Grund ihrer Tiefe, und bei jedem heftigen Stoß krachte das Bett gegen die Wand. Für den Moment fühlte er so etwas wie Triumph, und dadurch wurde er noch härter. Er hatte das Gefühl, noch stundenlang aktiv sein zu können. Verdammt, er würde diesem

Luder nebenan beweisen, dass es ihn nicht bezwingen konnte.

Die Hure begann zu wimmern, erschöpft von seinem hartnäckigen Pumpen. Seine Ausdauer war unglaublich. Plötzlich hörte er im Nachbarzimmer das Bett quietschen. Für ihn war das der letzte Beweis dafür, dass sie ihn ebenso wahrnahmen wie er sie.

Es war der Ansporn, den er noch gebraucht hatte. Er und der Kerl nebenan pumpten um die Wette, während die Hure und Daisy nur noch apathisch auf den Betten lagen.

»Verdammtes Luder«, quetschte Max hervor. »Kannst du mich hören?«

Siebtes Kapitel

Am nächsten Morgen war der Himmel eine graue Masse, und es regnete kräftig. Daisy war froh, dass Bradley geblieben war. Sie hatten Decker und Clare Paroli geboten, und das nicht zu knapp. Es war kindisch und aufregend und ziemlich verwirrend gewesen, und sie überlegte, was er ihr damit überhaupt beweisen wollte.

Bradley, der Dummkopf, hatte keine Ahnung, dass sie ihn als lebendigen Vibrator benutzte. Als sie zusammen zum Frühstück gingen, plusterte er sich auf und legte besitzerstolz einen Arm um ihre Schultern. Aber in dem Moment, in dem sie das Restaurant betraten, schob Daisy seinen Arm weg, weil sie ahnte, dass Karen es gar nicht schätzen würde, sie so intim zu sehen. Offenbar kannte Bradley solche Skrupel nicht.

»Haben Sie gut geschlafen, Mad Max?«, rief er Decker zu, als sie an seinem Tisch vorbeigingen. Decker starrte sie an, antwortete aber nicht. Alle anderen Gäste im Frühstücksraum drehten sich nach ihnen um. Irritiert wich Daisy von ihm und ging in Richtung Toilette.

Als sie herauskam, trat Clare ihr in den Weg. Sie lächelte zwar, aber die Augen schauten unfreundlich.

»Max war nicht der Einzige, der euch gehört hat«, sagte sie. »Ich war fast die ganze Nacht bei ihm.«

»Haben wir euch gestört? Oh, das tut mir aber Leid.« Daisy grinste sie an und widerstand der Versuchung, ihr eine Faust in das hochnäsige Gesicht zu schlagen. Hinter Clare sah sie Max von der Seite. Er sah nicht aus wie jemand, der die Nacht in den Armen einer blonden Nymphomanin verbracht hatte. »Nun, ich an deiner Stelle würde nicht damit prahlen«, sagte sie bissig. »Wenn jemand so mies drauf ist, nachdem ich eine Nacht mit ihm geschlafen habe, weiß ich, dass ich etwas falsch gemacht habe.«

Clares Lippen pressten sich fest zusammen, dann zog sie sich rasch auf ihren Platz zurück. Daisy sah Bradley bei seinen Freunden sitzen, die ihm anerkennend auf die Schulter schlugen und flüsternd mit ihm redeten. Sie wandte sich ab, weil sie nicht wirklich wissen wollte, worüber die Männer sprachen. Im nächsten Moment stieß sie beinahe mit Karen zusammen.

»Schon gut, nichts passiert«, sagte Karen, als sie Daisys Verlegenheit bemerkte. »Lieber du als sie.« Sie wies auf Clare und ging weiter. Daisy und Decker begegneten sich an der Theke, wo sie das Frühstück bestellen mussten.

»Ich schätze, Sie haben nicht gut geschlafen«, sagte er.

Am liebsten hätte sie ihm den Kaffee ins Gesicht geschüttet. »Doch, habe ich. Jedenfalls besser als Sie. Und erwarten Sie keine Sympathie von mir, wenn Ihr Schniedel anfängt zu jucken«, gab sie zurück.

»Ich werde zur reinen Prophylaxe eine Salbe kaufen«, antwortete Decker lässig. »Und wenn es bei Ihnen juckt, helfe ich gern aus.«

Daisy hielt nichts davon, wortlos davonzugehen, aber beinahe hätte sie genau das getan. Dadurch, dass alle Augen auf sie gerichtet waren, wurde alles nur noch schlimmer. Sie wollte sich abwenden, aber Decker hielt sie am Arm fest.

»Felix hat nichts dagegen, dass ich meine Anonymität aufgebe, um Sie besser vor Ärschen wie Bradley zu bewahren«, sagte er.

»Ich schätze, er hat nicht gesagt, wie ich vor einem Arsch wie Ihnen beschützt werden kann, was? Glauben Sie mir, ich werde mit Mike auch ohne Ihre Hilfe fertig.«

»Das war in der Nacht ziemlich laut zu hören. Er hat Ausdauer, das muss man ihm lassen.«

»Ja, und endlich auch mal kein emotionaler Krüppel.« Sie ging an ihren Tisch zurück und wusste, dass er sie weiter beobachten würde.

»Wann hört ihr endlich auf, euch zu streiten? Ihr wisst doch beide, dass ihr zusammengehört«, sagte Karen.

»Wie, bitte?«

»Du und Max. Ich weiß, dass du Mike nur benutzt. Ich habe nichts dagegen – es wird höchste Zeit, dass er mal derjenige ist, der benutzt wird. Aber alle warten darauf, dass du dich endlich mit Max aussprichst. Und dass er es dir gründlich besorgt, denn erst dann können wir alle glücklich sein auf dieser Tour. Siehst du nicht, was er für dich empfindet?«

Daisy nippte am Orangensaft. »Mir war gar nicht bewusst, dass wir eine so hohe Aufmerksamkeit auf uns ziehen«, murmelte sie, obwohl sie es sehr wohl bemerkt hatte. Sie blickte hinüber zum Tisch, an dem Decker saß und *USA Today* las. Wenn er jetzt aufschaut, hat sie vielleicht Recht ... Aber das tat er nicht.

»Ich will's mal anders ausdrücken«, fuhr Karen fort. »Clara bot sich ihm praktisch auf dem Silbertablett an, aber er hatte nur Augen für dich. Die Hure war nur Ersatz für dich, das kannst du mir glauben.«

Daisy lachte. »Eine Hure?«

Karen nickte. »Er hat Clare gestern Abend einen Korb gegeben und sich stattdessen eine Prostituierte genommen.«

Genau in diesem Moment kamen Keith und seine Leute herein und verkündeten das Programm für den Tag. Der Sturm des vergangenen Tages war der einzige, den es derzeit gab, und es lohnte sich immer noch, ihm zu folgen.

Sie fuhren hundert Meilen lang, bevor sie zum Tanken anhielten und sich mit Kaffee stärkten. Der Regen hatte aufgehört, aber die Atmosphäre war schwül und erwartungsvoll. Einige Leute standen zusammen und spekulierten über den Sturm. Sie versuchten, seine nächsten Bewegungen vorauszuahnen. Die Luft stand fast, und ringsum herrschte eine Stille, in der ihre Stimmen auf dem Parkplatz als Echos zurückgeworfen wurden.

Daisy fühlte, wie der Dampf vom Asphalt aufstieg und um ihre nackten Beine waberte. Sie sah Decker an der Straße stehen und zum Himmel schauen. Etwas an seiner Haltung sagte ihr, dass er die Wolken las. Suchende Augen, das Gesicht leicht geneigt.

»Deck? Wie sieht es aus?« In seiner Nähe fühlte sie sich unbehaglich. Es schien, als wüsste er ganz genau, womit sie zu rechnen hatten. Donner grollte, aber die bleierne Wolke versprach bestenfalls ein leichtes Nieseln.

»Das Sturmtief sammelt sich wieder«, behauptete er. »Wir wissen nicht, was da oben abläuft, weil wir genau darunter stehen. Kann sein, dass sich noch ein Tornado bildet, der uns erwischt. Aber das wissen wir erst genau, wenn es für uns schon zu spät sein wird.«

Das hörte sich überzeugend an. Mike Bradley schritt auf sie zu, offenbar hatte er Deckers Prognose gehört.

»He, Stadtjunge, überlassen Sie die Vorhersagen den Experten, ja?«, rief er.

Auch Keith hatte Deckers Aussage gehört und ging auf ihn zu. »Woher wollen Sie das wissen, Max?«

»Wie der gute Mann schon sagte, ich gehöre nicht zu den Experten.« Er trat zum Bus. Daisy wollte ihm folgen, aber Mike hielt sie am Arm fest. Er griff sich einen Büschel Haare und ließ sie durch seine Finger gleiten.

»Ich sage es nicht gern, aber er hat Recht. Willst du mit mir fahren? Später holen wir die anderen wieder ein.«

Sie zögerte. Sie sah, dass Decker sie beobachtete, das Gesicht so finster wie der heranziehende Sturm. Das ärgerte sie, dass er an der Peripherie stand und ein Gesicht zog wie eine verletzte Seele. Wenn er sie haben wollte, dann sollte er es verdammt auch sagen.

»Das geht schon in Ordnung«, sagte Bradley. »Ich habe Keith versprechen müssen, auf deine Sicherheit zu achten.«

Sie schluckte und lachte ungläubig. »Du hast das alles schon vorher mit ihm geklärt?«

»Kommst du mit oder nicht?«

Decker stand immer noch da und strahlte nichts als Feindseligkeit aus. Sie zwang sich, ihre Beunruhigung über seine Sturmwarnung zu unterdrücken und wandte ihm entschlossen den Rücken zu.

»Ja, sicher. Warum nicht?« Sie warf den Kaffeebecher in den Mülleimer und ging hinunter zu Bradleys Truck. Er sprang neben sie, startete den Motor und preschte davon. Im Rückspiegel konnte sie sehen, wie der Bus der Sturmjäger immer kleiner wurde. Im Funkgerät knackte es, dann meldete sich ein Navigator, der im Truck hinter ihrem saß und Bradley anwies, an der nächsten Kreuzung links abzubiegen. Der Highway streckte sich wie ein graues Band vor ihnen.

Bradley nahm Daisys Hand und drückte sie gegen seinen Schoß. Ihre Handfläche rieb über eine große steife Beule.

»Den Steifen habe ich schon den ganzen Morgen gehabt. Kannst du mir nicht helfen?«

»Jetzt?« Sie sah ihn ungläubig an. Die Wolken hingen immer schwerer und tiefer, und die Straße war schon nicht mehr deutlich zu sehen. Sie fuhren in eine harte Regenfront hinein.

Er sah Daisy grinsend an. »Ich habe immer einen Steifen, wenn ich einer heißen Sache auf der Spur bin«, sagte er, »aber dies ist das erste Mal, dass sich was dagegen tun lässt.« Er schob seine Shorts hinunter und enthüllte seine Erektion, die wie eine Erdbeere auf Stelzen aussah. »Komm schon, Baby, lege deine Hand um meinen Stab.«

So vulgär, dachte sie traurig, aber sie legte eine Hand um die Wurzel seines Schafts und rieb gedankenlos auf und ab, auf und ab. Er war sehr hart, und auf Bradleys Gesicht zeichnete sich seine Erregung ab. Nur mit Mühe gelang es ihm, sich wieder auf die Straße zu konzentrieren.

Seine Geilheit sprang auf sie über. Vielleicht lag es auch an der Gefahr, die sie umgab. Sie sprach nicht, weil sie nicht wusste, ob das Funkgerät eingeschaltet war. Spontan hob sie ihr T-Shirt, damit er ihre harten Nippel sehen konnte. Mit der freien Hand fuhr sie sich über die Brüste.

Bradley sah sie verzweifelt an. »Ich will dich nehmen«, knirschte er, während sie weiter den Schaft rieb und die freie Hand zur Klitoris schob.

Sie sah, dass ihm das Fahren immer schwerer fiel. Der Regen klatschte jetzt gegen die Windschutzscheibe, und Bradley musste die Wischer schneller einstellen. Dann hörte sie Hagelkörner, die gegen das Blech prasselten.

Im Funkgerät knackte es wieder, und Daisy zuckte erschrocken, als ob die anderen sehen könnten, was sie im Fahrerhaus anstellte. Sie schob das T-Shirt wieder hinunter und bedeckte ihre Brüste. Erst jetzt nahm sie wahr, wie schnell sich das Wetter drastisch verschlechtert hatte. Decker hatte Recht gehabt. Im Funkgerät knirschte es.

»He, Mike, wenn diese Wolkenwand vor euch ihre Geschwindigkeit beibehält, hältst du genau aufs Auge des Sturms zu«, warnte Keith.

»Roger.« Bradley brach die Verbindung ab und fuhr weiter, aber von nun an konzentrierte er sich auf das, was außerhalb des Trucks geschah.

»Das klang ernst, was Keith gesagt hat«, murmelte Daisy und sah nach hinten. Sie waren auf sich allein gestellt. Die Scheinwerfer der anderen Fahrzeuge wurden vom dampfenden Regen verschluckt. »Du willst doch nicht wirklich ins Zentrum des Sturms fahren?«

Er grinste. »Warum denn nicht? Ich habe von Mutter Natur noch nie einen Blowjob erhalten.«

»Mike, du musst zurück! Du bist dem Zentrum schon zu

nahe!« Keiths Stimme war voller Panik. Bradley schaltete ihn ab und lenkte den Truck auf einen schmalen Feldweg, der auf einer Seite von Bäumen begrenzt wurde. Das Fahrzeug holperte über den unebenen Weg, und Daisys Zähne klapperten, als sie von einem Schlagloch ins andere sackten.

Der Hagel wurde stärker und klatschte immer lauter und heftiger gegen die Windschutzscheibe. Daisy fürchtete, die faustgroßen Eisklumpen könnten die Scheibe zum Platzen bringen. Dann dröhnte eine aufgeregte Stimme im Innern des Trucks.

»Er erhebt sich vom Boden! Wie ein riesiges Seil. Südliche Richtung, achtundzwanzig Grad. Kannst du den Wirbel sehen?«

»Nein, noch nicht.«

Die Bäume hörten auf, und vor ihnen erstreckten sich Felder und Wiesen. Der Hagel setzte von einer Sekunde zur nächsten aus und wurde von sintflutartigem Regen abgelöst. Sie befanden sich jetzt in der Wolkenwand, und rechts von ihnen, höchstens eine halbe Meile entfernt, braute sich der Wirbel zusammen und warf mit Schutt und Trümmern um sich – wie ein Kind, das in einem Wutanfall sein Spielzeug in die Luft schleudert.

Bradley blieb am Rand des Wirbels, er lenkte mit einer Hand und hielt mit der anderen die Videokamera. »Himmel, ist das ein schöner Anblick. Siehst du es, Daisy? Mike Bradley bietet dir deinen eigenen exklusiven Wirbelwind.«

Daisy hielt sich mit beiden Händen an ihrem Sitz fest und hielt den Angstschrei zurück, der in ihrer Kehle saß. Mit einer Faszination des Schreckens starrte sie auf den Tornado, der in eleganten Bewegungen und Drehungen über die Felder brauste.

»Aber näher können wir nicht heran!«, schrie sie, um sich über dem kreischenden Heulen des Sturms verständlich zu machen. Ein Holzteil krachte auf die Kühlerhaube, und jetzt stieß Daisy ihren Schrei aus.

Bradley grinste sie an. »Du hast doch keine Angst?«

Im Funkgerät knisterte es. »Mike, komm da raus! Du hast keine Chance, wenn der Wirbel auf euch zukommt.«

»Sage mir mal, wo ich bin.«

»In dreißig Sekunden erreichst du den Highway. Aber schnell, sonst überholt er dich.«

Bradley stellte die hysterische Stimme ab und trat das Gaspedal durch. »Bist du angeschnallt?«, fragte er Daisy, die nur nicken konnte. Ihre Augen waren auf das Naturschauspiel gerichtet. Wie ein gewaltiger Staubsauger fütterte sich der Wirbel mit Sand und Dreck, hob alles hoch und spuckte es mit einer unglaublichen Kraft wieder aus. Schöne, entsetzliche, tödliche Bilder.

Neben ihr juchzte und lachte Bradley, der seinen Spaß dabei hatte, den Tornado zu reizen. Daisy schaute über seine Schulter zurück und wünschte, sie hätte es nicht getan.

»Er kommt näher!«, schrie sie.

Sein Gesichtsausdruck veränderte sich jäh. »Verdammt.« Er trat wieder das Gaspedal durch, und ohne abzubremsen raste er auf den Highway. Der Truck geriet ins Schleudern, und um ein Haar wäre er auf der anderen Seite über die Böschung geschossen. Er warf einen kurzen Blick in den Spiegel. »Der Wirbel jagt uns hinterher!«

In seinen Augen funkelte es irre. Die Tachonadel zitterte um die fünfundsiebzig Meilen. Vor ihnen wölbte sich eine Unterführung über die Fahrbahn. Daisy sah das Weiß ihrer Knöchel. Sie wollte ihn anschreien, dass er sie in diese brenzlige Situation gebracht hatte, aber sie blieb stumm, weil sie seine Konzentration nicht stören wollte.

Die gemauerte Röhre der Unterführung lockte wie eine Oase in der Wüste. Als sie in sie hineinfuhren, trat er hart auf die Bremse. Sie stiegen beide aus. Der Sturm zerrte an ihren Haaren und bauschte ihre Kleider. Sie rannten einen Hang hinauf. Er schob sie nach vorn, drückte sie zu Boden und legte sich auf sie. Der Boden war schmutzig und hart, aber der warme Fleischbolzen, den sie in der Kerbe ihrer Backen spürte, war härter. Sie spürte Bradleys heißen Atem im Ohr.

»Jetzt kannst du vollenden, was du angefangen hast«, forderte er sie auf.

»Das ist kaum der richtige Moment«, rief sie, als er eine Hand unter ihren Rock schob und in ihr Höschen eindrang. In sich spürte sie ein hysterisches Lachen, das nicht herauswollte. Er zerriss ihr Höschen und spreizte ihre Beine. Himmel, er wollte es wirklich tun, während sich von hinten der Tornado näherte. Das heiße Pochen seines Schafts verwirrte ihre Sinne, das Heulen des Sturms ließ ihre Ohren taub werden.

Bradley stieß zu. »Reite mit dem Wind, Baby«, schrie er dröhnend, und Daisy spürte, wie sehr sie eine Erleichterung brauchte.

Der Tornado donnerte gegen die Unterführung und spuckte Staub und Zorn.

»Ja, Baby, komm, gib dein Bestes!«, schrie Bradley und setzte seine ungestümen Angriffe fort. Der Truck wurde nach hinten geschoben, angesaugt von der Kraft des Tornados.

Unter dem Schutz der Brücke schrie Daisy gegen den Sturm an, und Bradley trieb immer heftiger in sie hinein. Der Truck wurde um die eigene Achse gedreht. Daisy bockte von unten gegen Bradley, als der sich ergoss, und sie fühlte eine wilde Befriedigung, erzeugt vom prallen Schaft und der schrecklichen Gefahr, in der sie steckten.

Eine lange Zeit blieben sie reglos liegen, und beide keuchten schwer.

»Das war ein intensives Gefühl«, sagte Bradley schließlich. Der Tornado hatte sich gelegt, er hatte aufgegeben.

Bradley erhob sich von Daisy, und sie spuckte Staub und Dreck aus. Ihre Knie und Handflächen waren wund gescheuert. Jetzt erst setzte der Schock ein – der Tornado hätte sie töten können.

Sie brauchte dringend was zu trinken. Mit viel Alkohol am liebsten. Bradley hatte sie schon vergessen, er war zurückgelaufen und sah zum Himmel. Die Wolken hoben sich rotierend, aber sie waren längst nicht mehr so schwarz. Der Tornado zog weiter, weg von ihnen.

Daisy humpelte zum Truck und hoffte, dass sie wenigstens eine Wasserflasche fand. Auf der Ladefläche fand sie eine Flasche Evian. Sie spülte sich den Mund aus.

Aus dem Funkgerät drang Karens Stimme. Sie wollte wissen, ob sie noch da wären. Daisy rief Bradley, da sie keine Ahnung hatte, was sie sagen sollte.

»Ja, wir sind okay. Der Tornado tobte direkt über uns. Ein wahnsinniger Anblick, und das meiste habe ich auf Video. Das wird ein preisverdächtiger Film sein, sage ich dir.«

»Das ist mir im Augenblick egal«, sagte Karen kühl. »Ist mit Daisy Lovell alles in Ordnung? Keith macht sich vor Sorge fast in die Hose.«

Er warf einen Blick auf Daisy. »Sie ist in Ordnung.« Er zeigte zum Handschuhfach, in dem sie eine Packung Kleenex fand. Sie säuberte sich und begann mit den klebrigen Oberschenkeln. Bradley gab die Koordinaten ihres Standorts durch, dann warteten sie, bis die anderen Fahrzeuge zu ihnen stießen. Er zog Daisy in seine Arme.

»Baby, du bist ja so heiß.« Sein Kuss war tief und feucht und endete erst, als der Konvoi der anderen Trucks neben ihnen anhielt. Aus dem letzten Van sprang eine Gestalt heraus und rannte auf sie zu. Daisy war noch benommen und nahm irgendwie wahr, wie Max Decker sich Bradley schnappte, ihn an der Kehle packte und mit dem Rücken gegen den Truck schleuderte. Er holte mit einer Faust aus, offenbar bereit, das Gesicht des Fernsehmanns zu Brei zu schlagen.

»Verdammter Idiot! Sie hätte im Tornado umkommen können!«

Zum ersten Mal erkannte Bradley, wozu Decker fähig war. Die Angst in Bradleys Augen war kein schöner Anblick. Er sah sich fieberhaft nach Hilfe aus seiner Gruppe um, aber niemand trat vor. Alle schienen wie erstarrt dazustehen.

»Haltet mir diesen Verrückten vom Leib!«, krächzte er.

»Decker, lassen Sie ihn los«, sagte Daisy und legte eine Hand auf seinen Arm. Einen Moment sah es so aus, als hätte er ihre Anwesenheit gar nicht bemerkt, aber dann stieß er Bradley voller Wut und Verachtung von sich. Decker stakste davon, und Bradley sah sein Image als Macho gefährdet. Mit einem zornigen Aufschrei rannte er Decker hinterher.

Decker ahnte den Angriff von hinten, er krümmte im letzten Moment den Rücken, rollte Bradley über seine Schulter und warf ihn in den Dreck. Bevor Bradley sich aufrichten konnte, stand Decker über ihm. Mit einem geschickten Dreh seines Handgelenks lag plötzlich eine dünne Klinge in seiner Hand. Er hielt sie unter Bradleys Kinngrübchen, aber nur eine Sekunde lang, dann verschwand die Klinge wieder im Ärmel. Auf dem Kinn bildete sich ein winziger Blutstropfen. Decker ging davon und sah nicht hin, als Bradley mühevoll auf die Füße kam.

»Jemand sollte den Kerl anzeigen«, sagte Bradley heiser und zittrig. Er wischte sich übers Kinn.

»Nun, es war nicht dein klügster Schachzug, was?«, sagte Keith vorwurfsvoll. Er klang gepresst, mehr wie der ältere Bruder, der er war, und von seiner früheren Bewunderung war nichts mehr zu hören.

Bradley rieb sich den Hals. »Und wenn schon. Haltet mir jedenfalls den Psychopathen vom Leib.« Er warf Daisy einen bösen Blick zu. »Sage deinem Schutzengel, dass er sich besser beherrschen muss.«

»Du bist noch leicht davongekommen«, gab sie zurück und ging hinüber zu Decker, der den anderen den Rücken zugewandt hatte und über die Ebene schaute. Sein Rücken war kerzengerade, und man konnte die Anspannung ahnen, die ihn erfasst hatte.

»Sind Sie in Ordnung?«, fragte sie.

Decker sah sie an. »Das sollte ich Sie fragen. Ich wette, er hat Sie nicht danach gefragt.«

»Ja, stimmt, hat er nicht. Aber ich habe immer gewusst, dass er ein Arsch ist.«

»Und warum haben Sie dann mit ihm geschlafen?«

»Ich will nicht, dass Sie mich vernehmen. Nach so einem Erlebnis bin ich nicht in der Stimmung dazu.«

»Aber so ein Erlebnis bringt Sie offenbar in Stimmung, Mike Bradley zu bumsen.«

»Du kannst mich mal, Decker!«

»Nein, du kannst mich!«

Seine Stimme klang wie ein Peitschenschlag, laut genug, dass alle zu ihnen schauten. Sie sahen gerade noch, wie Decker wütend gegen einen Zaunpfahl trat, ehe er sich umdrehte und zurück in den Bus ging. Karen hatte frischen Kaffee aufgeschüttet und bot ihn Daisy zusammen mit einigen antiseptischen Tüchern an.

»Lass mich das mal ansehen«, sagte sie und untersuchte Daisys gerötete Hände und Knie. »Bist du sicher, dass alles in Ordnung ist?« Sie hörte sich ehrlich besorgt an.

»Ich werde es überleben«, antwortete Daisy trocken. »Aber unser Mike … nun ja, das hellste Köpfchen ist er nicht.« Sie betupfte die Hautabschürfungen mit den Tüchern, dann schlürfte sie den Kaffee und bedankte sich bei Karen.

»Ich hätte dich vorher vor ihm warnen sollen. Er benutzt die Leute. Andere Menschen interessieren ihn überhaupt nicht«, sagte Karen mit Wut im Bauch.

Daisy hob die Schultern. »Schon gut. Bisher habe ich meinen Spaß auf der Tour gehabt.«

In Karens Lachen schwang Verbitterung mit. »Ich wünschte, das könnte ich auch sagen. Keith läuft hechelnd dieser Schlampe hinterher und scheint vergessen zu haben, dass ich überhaupt dabei bin.«

»Dann ist er ein größerer Arsch als sein Bruder, und er hat dich nicht verdient.«

»Danke.« Karen sah sie freundlicher an als vorher.

Trotz Daisys Versicherung, dass ihr nichts fehlte und sie *Storm Troopers* nicht wegen Vernachlässigung der Aufsichtspflicht verklagen würde, beschloss Keith, dass sie eine Pause dringend benötigten. Das Hotel, das er fand, hatte einen Pool und eine Steakbar, die von den Truckern oft frequentiert wurden, die von der Westküste kamen oder dorthin unterwegs waren. Als die Sonne am Nachmittag herauskam, belagerten die Sturmjäger das blaue Wasser des Swimming Pools. Sie tranken Bier und benahmen sich wie ganz normale Touristen.

Decker hielt sich nicht am Pool auf, wahrscheinlich wollte er lästigen Fragen aus dem Weg gehen, wieso er sich plötzlich so gut mit dem Wetter auskannte. Und auch seine herbeigezauberte Klinge wäre Gesprächsstoff geworden.

Aber er hatte sich auf ein Stück Brachland zurückgezogen und trainierte, einen schlanken Zaunpfahl mit dem Messer zu treffen. Daisy konnte den dunklen Fleck auf seinem Hemd zwischen den Schulterblättern sehen, als er fünf bis sieben Meter vom Pfahl zurückging und das Messer fliegen ließ. Er traf das schmale Ziel mit einer Genauigkeit, die sie schaudern ließ. Immer und immer wieder. Sie war versucht, zu ihm zu gehen, aber sie wollte sich nicht wieder schnarrend zurückweisen lassen.

Bradley ließ sich auch nicht sehen, was sie ärgerte. Er hätte wenigstens sagen können, dass es ihm Leid täte, aber wie Karen ihn geschildert hatte, war ihm eine Entschuldigung nicht zuzutrauen. Sie kaute auf ihrer Enttäuschung herum, die sich bald zu Rachegefühlen auswuchs, und ganz allmählich nahm eine böse, aufregende Idee Gestalt an. Beinahe fühlte sie sich wie damals im Büro von Jason Cordell.

Sie ging die Idee in Gedanken noch einmal durch und wandte sich dann an Karen, die neben ihr am Pool lag und ihre Beine mit Sonnencreme einrieb.

»Was hältst du davon, wenn wir Mike eine Lektion erteilen?«, flüsterte sie.

»Was hast du vor?«

Daisy raunte ihr die Idee zu. Karens Gesicht zeigte zuerst Ungläubigkeit, dann begann sie zu strahlen. »Kann sein, dass es ihn scharf macht«, sagte sie dann.

»Nun, das ist gut für uns, aber es braucht nicht gut für ihn zu sein, oder?«

Karen zögerte, aber nur einen kurzen Moment lang. Sie lächelte, und das ganze Gesicht hellte sich auf. »Wir werden dafür sorgen, dass es für ihn keine gute Erfahrung wird.«

In dem Moment betrat der Mann, über den sie gerade sprachen, die Bildfläche. Er schritt auf Daisy zu, offenbar von Keith zu einer förmlichen Entschuldigung verdonnert, aber sie konnte in seinem Gesicht ablesen, wie schwer es ihm fiel. Sie ließ ihn ein paar Sekunden leiden, ehe sie seine peinlich gezwungene Rede mit einer knappen Handbewegung abschnitt.

»Vergiss bloß nicht, dass die nächste Frau, mit der du das machst, deinen Arsch vor Gericht zerren wird, und dann wirst du bluten, bis du keinen Cent mehr auf dem Konto hast.« Sie lächelte, als wollte sie ihren Worten die Schärfe nehmen. »Hör zu, um zu zeigen, dass ich dir nicht mehr böse bin, möchte ich heute Abend gern feiern. Da gibt es jemanden, der mitmachen möchte.« Sie wies mit dem Kopf zu Karen, die in der Nähe auf ihrer Liege saß. »Natürlich nur, wenn du willst.«

Bradley schluckte aufgeregt und sah hinüber zu Karen, die ihn liebevoll anlächelte. Ihre kleinen hohen Brüste und der feste Po steckten in einem winzigen blauen Bikini. Er entspannte sich. »Klar bin ich interessiert.«

»Okay, dann kommen wir heute Abend auf dein Zimmer.« Sie entließ ihn mit einem verführerischen Lächeln. »Verschwinde, Big Mike. Wir Ladys müssen unsere Energie für später konservieren.«

»Ich freue mich schon darauf«, sagte er grinsend.

»Hat er angebissen?«, fragte Karen, als Daisy sich wieder neben sie legte.

Daisy hob die Augenbrauen. »Bei den Ködern ...«

Gegen vier Uhr am Nachmittag brannte die Sonne noch heißer. Daisy ließ Karen am Pool zurück und schlenderte auf eine kleine Anhöhe, die im Schatten von Bäumen und Sträuchern lag und das Motel überblickte. Sie las in *American Psycho*. Von ihrem Aussichtsplatz konnte sie die monströsen Achtzehntonner sehen, die auf den Parkplatz einbogen.

Die Fahrer sahen neben ihren Fahrzeugen klein wie Ameisen aus. Die meisten Trucker waren hagerer Gestalt, und Daisy fragte sich, womit sie sich fit hielten, wenn sie die ganze Woche unterwegs waren. Einer von ihnen stach ihr besonders ins Auge, als er aus seinem schwarzen Truck mit der rotgelben Aufschrift *Spunky Wieners* stieg. Er war klein und drahtig und trug dunkelblaue Wranglers und ein schwarzes ärmelloses Hemd. Als ob er spürte, dass er beobachtet wurde, drehte er sich um, sah Daisy in die Augen und grinste.

»Hallo, Sweetheart. Wie sieht's aus?«

»Sehr gut, danke«, rief sie zurück. Einen Moment lang

hoffte sie, dass er zu ihr kommen würde, aber das tat er nicht. Er winkte ihr zu und ging ins Restaurant.

Ein paar Minuten später trat er wieder ins Freie. Er hatte zwei Coladosen und eine Papiertüte bei sich und ging auf Daisys Platz im Schatten zu.

»Kann ich mich zu dir setzen?«

Sie klappte ihr Buch zu. »Ja, klar.«

»Ich dachte, das würde dir gefallen.« Er reichte ihr eine Diät Cola. »Auch einen Doughnut?«

Sie nickte, griff in die Tüte, die er ihr hinhielt, und bedankte sich artig.

»Ich bin Ricky. Und du?«

»Daisy Mae«, sagte sie und biss ein Stück des Gebäcks ab, das mit feinem Zimtzucker bestreut war.

»Ich wette, du hast schon alle Witze über deinen Namen gehört.«

»Ja.« Daisy leckte den Zucker von den Fingern.

»Habe ich mir gedacht. Okay, von mir wirst du keine hören.«

Er war an ihrer Tour interessiert und wollte wissen, warum sie dabei war. Sie war daran interessiert zu erfahren, warum ein Mann so ein Leben wählte, das ihn zu wochenlanger Einsamkeit verdammte. Er war unterwegs nach Phoenix, um tiefgefrorene Hotdogs abzuliefern, und danach würde er Freunde in Flagstaff besuchen.

Nicht nur, dass sie seine Gesellschaft als angenehm empfand, er sah auch gut aus. Er war nicht so groß wie sie, war aber drahtig und gebräunt. Unter dem Hemdausschnitt lugten krause schwarze Haare hervor. Seine Muskeln waren stark ausgeprägt, und natürlich fragte sie sich, wie hart er an anderen Stellen war.

Während sie sich unterhielten, dachte Daisy an Phoenix, an eine Sonne, die heißer war als hier, und an die Freiheit, zu essen, zu pinkeln und zu singen, wann immer sie wollte. Sie hatte genug von der Tour. Sturmjagen war nicht so aufregend, wie sie sich das erhofft hatte. Zu viele Stunden im Bus, zu lange Stunden warten, dass etwas geschah. Und zuviel Max Decker, der sie auf Schritt und Tritt verfolgte.

Dann war da noch ihr Racheplan gegen Mike Bradley. Das würde er ihr eine lange Zeit nicht verzeihen, deshalb wäre es gar nicht so schlecht, für eine Weile unauffindbar zu sein. Sie freundete sich immer mehr mit diesem Gedanken an, und als sie die Coladose geleert hatte, stand ihr Entschluss fest.

»Ricky«, fragte sie, »wann fährst du weiter?«

»Heute Abend, nach einem guten Steak und einer Mütze Schlaf. Willst du mit mir fahren?«

So einfach war das. Um Mitternacht auf dem Parkplatz.

Achtes Kapitel

Daisys letzte Mahlzeit als Sturmjägerin war riesig und köstlich, genau richtig für ihren Abschied, den niemand ahnte. Sie war überzeugt, die richtige Entscheidung getroffen zu haben, und freute sich auf ihr neues Abenteuer. Den ganzen Abend beobachtete sie Mike Bradley, der sein Steak mit Heißhunger vertilgte. Sie konnte seine Erregung riechen, wenn er sie oder Karen anschaute. Nach dem Essen näherte er sich Daisy, das Gesicht heiß und erregt.

»Ich habe einen Steifen, weil ich euch den ganzen Abend beobachtet habe. Wann kommt ihr zu mir?«

»Gib uns noch ein paar Minuten. Wir müssen noch die Nase pudern«, flüsterte Daisy ihm zu und drückte unauffällig gegen seinen Schaft. Unter der weiten Hose war er hart wie ein Baumstamm.

Sie packte ihre Sachen für den großen Aufbruch, tauschte mit Karen die Telefonnummern aus und ging dann mit ihr zu Bradleys Zimmer. Daisy hatte drei Strumpfhosen in ihrem Gepäck, eine Sprühdose mit Rasierschaum und eine Packung mit Einmalklingen. Karen hatte einen Plastikbeutel mit Eiswürfeln in der Hand.

Unter den kurzen Khakis trug Daisy einen schwarzen String, während Karen unter dem T-Shirt auf den BH verzichtet hatte. Unter den Shorts trug sie ein mädchenhaft weißes Höschen. Sie hatte Daisy vorher das Höschen gezeigt und gestanden, dass sie noch nie einen String getragen hätte. Daisy versicherte ihr, dass sie im weißen Höschen großartig und sexy aussah, und das genügte schon, um ihr Selbstbewusstsein zu kräftigen.

»So etwas habe ich noch nie getan«, vertraute sie Daisy

an, als sie sich seiner Tür näherten. »Was ist, wenn ich mich absolut blöde anstelle?«

»Ich werde darüber kein Urteil fällen«, sagte Daisy und drückte ihre Hand. »Du gehst zu ihm, vögelst ihn und hast deinen Spaß dabei. Den hast du verdient.«

Karen sah sie strahlend an. »Ja, genau so mache ich es. Er kann mir sonst den Buckel runterrutschen.«

»So ist es richtig«, antwortete Daisy grinsend und klopfte an Bradleys Tür.

Er öffnete und rieb sich die Hände in froher Erwartung.

»He, Kaz. Ich habe immer gewusst, dass du mal zurückkommst, um dir mehr von dem zu holen, was dir so sehr gefallen hat.« Sie schockierte ihn, indem sie mit einer Hand zwischen seine Beine ging. »Oh, verdammt! Hast du dich von ihr anlernen lassen?« Er wies mit dem Kopf auf Daisy.

»Du hast mir nie eine Gelegenheit gegeben, mein volles Potenzial einzubringen«, erwiderte Karen.

Daisy war stolz auf sie. Mit einem Kuss begrüßte sie Bradley, und als sie eine Hand gegen seinen Schoß drückte, spürte sie, wie hart er schon war.

Bradley starrte sie an, als wären Weihnachten und Ostern auf einen Tag gefallen. Karen zog an der Kordel seiner weißen Shorts und ließ sie auf den Boden fallen. Er stand da, die Hände in die Hüften gestemmt, wie ein junger Sonnengott, und sein Penis erhob sich aus dem schwarzen Nest seiner Haare, hart, aggressiv und dick geädert. Die beiden Frauen gingen um ihn herum, streichelten seine Backen und wiegten die Hoden in ihren Händen. Sie waren schwer und voll.

»Genug für uns beide«, sagte Karen zu Daisy.

»Und mehr«, fügte Bradley protzend hinzu.

»Höre auf anzugeben und lege dich aufs Bett«, sagte Daisy und schob ihn rückwärts, bis er sich auf die Matratze setzte. Sie stand über ihm, schob ihre Shorts nach unten und rieb den String zwischen die Labien.

»Oh, was für eine köstliche Pussy«, stöhnte er und fuhr mit den Händen über ihre Schenkel.

Karen griff eine Hand von ihm und band sie an den Bettpfosten. Dann nahm sie die andere Hand und band sie ebenfalls fest. Er ließ es willig geschehen, fasziniert von Daisys Brüsten, die beinahe aus dem winzigen BH fielen. Sein Schaft zuckte gegen den Bauch, während sie ihre Finger nässte und mit ihren Nippeln spielte, die vom Speichel glänzten.

»Wir wollen dich heute Abend auf eine ganz besondere Weise verwöhnen«, sagte sie und ließ ihre Brüste über sein Gesicht streifen. Sie wollte ihn ablenken, damit er nicht wahrnahm, dass Karen nun seine Fußgelenke an das Bettgestell fesselte. Es war schon zu spät, als er bemerkte, dass er sich kaum noch bewegen konnte.

»Auf welche Weise denn?«, fragte er und rutschte herum, bis er eine bequeme Lage gefunden hatte. Immense Lust und leichte Besorgnis spiegelten sich auf seinem Gesicht wider. Der Penis war nicht mehr ganz so hart wie eben noch.

Karen kniete sich zwischen seine gespreizten Schenkel und nahm ihn in den Mund. Sie war mit einer Begeisterung dabei, die Daisy zum gespannten Zuschauen verlockte.

»Du könntest Clare noch ein paar Tipps geben«, sagte sie. Karen lächelte. Bradley versuchte, die Hüften anzuheben und tiefer in Karens Mund zu stoßen, aber seine Bewegungen waren deutlich eingeschränkt. Als Karen das erste Zucken im Schaft spürte, quetschte sie die Wurzel zwischen Daumen und Zeigefinger ab, und Bradley ließ sich enttäuscht fallen. Daisy sah, dass er wütend wurde.

»Bindet mich los, ihr verdammten Huren«, schnarrte er.

Daisy schüttelte tadelnd den Kopf. »Ich glaube nicht,

dass du dich in einer Position befindest, in der es klug ist, uns zu beschimpfen, Bradley.«

Als sie nach dem Rasierschaum griff, war in seinen Augen ein erstes Begreifen zu erkennen. Sie schüttelte die Dose, dann versprühte sie den Schaum über seine Brust. In diesem Moment begann er zu schreien.

Karen schob ihm ihr Höschen in den Mund, und aus den Schreien wurde ein wütendes, gedämpftes Murren. Sein Gesicht nahm eine purpurne Farbe an. Karen rieb langsam an seinem Schaft entlang, um ihn für Daisy hart zu halten, die sich über ihm postierte und behutsam sinken ließ. Sie genoss die gemischten Gefühle auf seinem Gesicht.

Als sie sich seine Männlichkeit ganz einverleibt hatte, blieb sie ruhig sitzen, quetschte sie mit den Muskeln und ließ sich von Karen einen Rasierer reichen. Bradley begann wild zu zucken, aber das führte nur dazu, dass er sich noch tiefer in Daisys enge Pussy bohrte.

»Wenn du nicht still liegen bleibst, könntest du dich verletzten«, mahnte Karen.

»Das wird ihn nicht stören, Karen. Er hat selbst gesagt, dass die Erwartung des Schmerzes schon das halbe Vergnügen ist.« Daisy gelang es, ihre Gier zu verbergen, die der dicke Schaft in ihr ausgelöst hatte.

Karen stand mit einem Handtuch, einer Schüssel mit warmem Wasser und einem Waschlappen bereit. Daisy rasierte Bradleys Brustkorb mit langen, ebenmäßigen Strichen. Um seine Brustwarzen herum ging sie besonders behutsam vor. Bradleys Augen platzten fast vor Zorn, aber er traute sich nicht, auch nur einen Finger zu bewegen.

Wenn Daisy spürte, dass er sich zu entspannen begann, massierte sie ihn mit den inneren Muskeln, und prompt pulsierte es wieder in seinem Schaft. Angesichts seiner Demütigung musste er sich von seiner Libido verraten fühlen.

Als Daisy seinen Brustkorb rasiert hatte, sah er ungewöhnlich nackt und sehr glatt aus. Daisy erhob sich und rutschte an seinen Beinen hinunter. »Was meinst du, Karen? An dieser Stelle auch mit dem Rasierer oder lieber mit Wachs?«

Bradley schüttelte entsetzt den Kopf. Daisy griff in ihre Tasche und zog eine Tube mit Enthaarungscreme heraus. »Damit dauert es nur ein paar Minuten«, sagte sie und trug die Creme auf die Schamhaare und auf die Hoden auf. Sie blickte auf ihre Uhr. »Zeit für eine kleine Pause, was meinst du?«

Sie schalteten den Fernseher ein, knabberten ein paar Leckereien aus der Minibar und spülten sie mit Bacardi Breezers hinunter. Sie sprachen über den bisherigen Verlauf der Tour und ignorierten Bradley, der hilflos auf dem Bett lag, schlaff und abgespannt. Schließlich sah Daisy wieder auf die Uhr.

»Okay, sehen wir mal, wie weit wir sind.«

Karen holte wieder eine Schüssel mit warmem Wasser, und gemeinsam wuschen sie die Creme ab. Die Schamhaare lösten sich mit der Creme, und in seiner Nacktheit sah Bradleys ehedem so stolzer Schaft wie der Schniedel eines kleinen Jungen aus. Die Creme roch nicht besonders angenehm, und Karen rümpfte die Nase.

»Der Geruch verfliegt rasch«, sagte Daisy und begann, die babyrosa Hoden sanft zu drücken. Sie griff nach einer Plastikflasche mit Öl und rieb Hoden und Penis damit ein, der sich bald wieder aufrichtete.

Karen setzte sich auf ihn und begann zu reiten. Sie fand ihren Rhythmus, der zu ihrer Lust passte, und ignorierte seine wilden verzweifelten Stöße von unten.

»Oh, das tut gut«, keuchte sie und rieb ihre Klitoris. Es dauerte nicht lange, bis sie sich zu einem hektischen Höhepunkt gebracht hatte. Ihre kurzen Haare wischten durch Bradleys Gesicht. Sie war noch außer Atem, als sie sich von ihm erhob. »Probiere du ihn mal«, sagte sie zu Daisy.

Sie schüttelte den Kopf. »Das könnte ihm so passen. Ich weiß nicht, ob ich mich beherrschen kann, und dann kommt es ihm zum Schluss auch noch. Diese Freude hätte er nicht verdient.«

Die beiden Frauen zogen sich an. »Hast du noch Lust auf ein Bier?«, fragte Karen.

»Ja, warum nicht?« Sie gingen zur Tür und drehten sich noch einmal nach Bradley um. Sein Schaft stand noch senkrecht und wies zur Zimmerdecke.

»Das hast du verdient, weil du dich uns gegenüber immer wie ein Arsch verhalten hast«, sagte Daisy und warf ein paar Eiswürfel in seinen Schoß.

Karen und Daisy umarmten sich. »Ich danke dir«, sagte Karen. »Ich habe Mike Bradley endlich hinter mir gelassen.«

»Gut. Und was ist mit Keith?«

Karen grinste. »Ich will ihn sowieso abschießen, aber vorher will ich noch ein bisschen Spaß mit ihm haben.« Sie schaute durch die verstaubten Netzvorhänge. »Ricky wartet schon.« Dann: »Oh, verdammt, da kommt Max.«

Daisy schob ihre gepackte Tasche unters Bett, und Karen versteckte sich im Badezimmer. Daisy öffnete einen Zopf und kämmte sich die Haare, als es an die Tür klopfte.

»Was wollen Sie?«, fragte sie grober, als sie gewollt hatte.

Seine Stimme klang nicht höflicher. »Mit wem haben Sie vorhin geredet?«

Er war misstrauisch, das hörte sie heraus. Sie kämmte weiter und hoffte, dass die beruhigende Tätigkeit ihre Nerven stabilisierte. »Mit jemandem, der sehr nett ist und sich im Gegensatz zu Ihnen nicht aufdrängt.« Sie hoffte, nicht zu schuldbewusst zu klingen. »War es das, was Sie mich fragen wollten?«

»Ich wollte mich nur überzeugen, ob alles in Ordnung ist.«

»Alles ist in Ordnung. Es ist doch gar nicht so, dass Sie das interessiert, also hören Sie auf, mir Besorgnis vorzuspielen.«

»Aber ich mache mir Sorgen. Heute wären Sie fast ums Leben gekommen. Hat Ihre heutige Feindseligkeit was mit gestern Abend zu tun?«

»Fahren Sie zur Hölle, Decker.«

»Da treffen wir uns dann«, gab er laut zurück und ging.

Durch die Gardine sah Daisy ihm nach. Es kam ihr so vor, als stünde Rickys Truck eine Meile weit weg. Wenn Decker sah, wie sie bei ihm einstieg, wusste nur der liebe Gott, was Decker anstellen würde, um sie aufzuhalten. Sie atmete durch und fühlte sich so nervös wie eine Sprinterin vor dem olympischen Endlauf. Karen schaute auch durchs Fenster. Decker war immer noch da draußen und ging unruhig auf und ab.

»Ich werde ihn ablenken, während du dich verdrückst«, sagte Karen. »Wir sehen uns vielleicht irgendwo mal.« Sie umarmten sich, dann ging Karen.

Daisy sah, dass sie sich mit Decker unterhielt und zur Bar zeigte. Decker warf noch einen Blick auf Daisys Motelfenster, dann folgte er Karen. Daisy öffnete die Tür, und mit pochendem Herzen rannte sie auf Rickys Truck zu. Ihr war, als wären alle Hell's Angels hinter ihr her.

Ricky saß hinter dem Lenkrad. Er hatte den Motor gestartet und eine Tür geöffnet. Er grinste breit, als könnte er sein Glück nicht glauben, als sie ihre Tasche hineinwarf. Er riet ihr, sich zu bücken, dann zog er hinaus auf den Highway. Als die Motellichter hinter ihnen verschwanden, hob sich Daisys Stimmung. Ricky war ein angenehmer Zeitgenosse; es würde eine kurzweilige Fahrt nach Phoenix sein.

Nach einer Weile ging sie seine CD-Sammlung durch. Offenbar hatte er es mit den Frauen. Belinda Carlisle, Shania Twain. Aber dann fand sie eine brauchbare CD. *Texas.* Die hatte sie auch zu Hause. Zu Hause? Nur der Himmel wusste, wo ihr Zuhause in Zukunft sein würde. Ihr Vater würde zum wütenden Stier werden, wenn er erfuhr, dass Decker sie verloren hatte.

Später dachte sie darüber nach, wie Decker reagierte, wenn er bemerkte, dass sie verschwunden war. Was konnte er tun? Verdammt, es war Zeit, Decker zu vergessen. Sie musste ihn aus ihren Gedanken verdrängen. Es gab schönere Dinge, an die sie denken konnte.

Das Führerhaus war beinahe besser ausgestattet als ihre Wohnung in England. Kleines Fernsehgerät mit integriertem Videoabspielgerät, ausziehbares Bett und Kühlschrank. Rund um die Fenster hingen Amateurfotos von Frauenschößen in Höschen, viel erotischer, als wären sie nackt. Er sah, wie sie die Fotos musterte.

»Ich liebe Pussys«, sagte er ein wenig verschämt.

»Das finde ich tröstlich, Ricky.«

Sie fuhren den leeren Highway entlang, und es hatte was Hypnotisches, wie die weißen Linien unter dem Truck verschwanden. Schließlich schlief Daisy ein, und sie merkte erst, dass der Truck anhielt, als die hydraulischen Bremsen zischten. Sie standen vor einer Tankstelle und einem kleinen Motel. Es war kurz vor Sonnenaufgang, ein zarter roter Streifen hatte sich hinter ihnen am Horizont gebildet.

»Pinkelpause«, sagte Ricky. »Außerdem muss ich tanken.«

Daisy sprang heraus, um sich die Füße zu vertreten. Es war noch dunkel, aber sie konnte die Hitze spüren, die vom Asphalt aufstieg. Abgesehen vom baufälligen Motel, der Leuchte über den Zapfsäulen und dem roten Neonpfeil, der auf die Tankstelle hinwies, gab es keine Beleuchtung.

Sie schlenderte hinüber zur Bar. Rockmusik dröhnte aus dem Lokal, Guns 'n' Roses. Auf dem Parkplatz standen mindestens noch zehn weitere Trucks. Die Fahrer standen wahrscheinlich alle an der Theke, entspannten sich und stärkten sich vor der Weiterfahrt.

Ihre Vermutung stimmte. Als sie die Bar betrat, wandten sich zehn Augenpaare in ihre Richtung. Trucker aller Gewichtsklassen standen da, von mager bis fettleibig. Sie starrten sie an, bis sie sich nackt fühlte. Erst jetzt wurde ihr bewusst, dass sie den Po ein wenig zu betont geschwenkt hatte, als sie hereingekommen war. Sie ging zur Toilette und versuchte, jede Provokation zu vermeiden. Trotzdem verfolgten die Männer jede Bewegung von ihr.

Sie benutzte die Toilette und klatschte sich kaltes Wasser ins Gesicht. Einige Tropfen breiteten sich auf dem dünnen Jerseytop aus. Die dunklen Wassertropfen und der leichte Feuchtigkeitsfilm auf ihrer Haut ließen sie noch heißer aussehen.

Die Trucker hatten sie angestarrt, als hätten sie noch nie eine Frau gesehen. Einige von ihnen hatten wahrscheinlich seit Wochen keine Frau mehr gehabt, und jetzt befand sie sich mitten unter ihnen, duftete nach Rosen und strahlte eine frische Sinnlichkeit aus, der nur wenige widerstehen konnten. Daisy hätte Wetten angenommen: Sie wusste, woran diese Kerle dachten. Sie bauschte ihre Haare auf, drückte ihre Nippel und ging in die Bar zurück.

Genießt es, Jungs, dachte sie und schlenderte lässig durch die Bar. Alle hatten sie im Visier, als sie zwei Limo bestellte und dann hinausging, um Ricky zu finden.

Zwei andere Trucks wurden betankt, und Ricky stand da und unterhielt sich mit den Fahrern. Die Luft schmeckte nach Öl und Staub. Daisy spazierte um die Zapfsäulen herum. Es war ein Impuls, der sie dazu brachte, einen Zapfhahn aus der Verankerung zu heben und zwischen ihre Schenkel zu führen. Sie wusste, dass niemand sie sehen konnte und ritt lüstern auf Schlauch und Hahn. Ihre Phantasien gingen mit ihr durch. Sie stellte sich den Hahn als riesiger Vibrator vor.

Genau in diesem Moment stand Ricky vor ihr. Sein Mund klappte auf. »Was ist das denn? Himmel, was für eine scharfe Braut!«

Hilflos setzte sie das fort, was sie begonnen hatte. Sie hob ihren Rock, und er konnte ihr Höschen sehen. Im nächsten Moment war er bei ihr, seine Finger auf ihrer Klitoris. Sie griff mit einer Hand an seinen Schoß und mit der anderen Hand zog sie das Top nach unten. Ricky bückte sich und saugte an ihren Nippeln.

»Jetzt bist du ganz schmutzig«, ächzte er heiser. »Ich buche uns ein Zimmer mit Dusche.«

Er lief zur Kasse, um die Tankrechnung zu bezahlen, und als er zurückkam, gab er ihr einen Schlüssel und sagte: »Ich muss den Bock wegfahren. Bleibe hier, rühre dich nicht von der Stelle. Ich will dich säubern, meine kleine Schlampe.«

Das Zimmer war kaum größer als eine Schiffskabine, aber es war kühl und sauber, hatte ein breites Bett und eine Dusche. Sie wartete auf ihn, bibbernd und erregt, ihre Nippel so hart wie Kieselsteine. Dies war es, was sie wollte – spontanen Sex mit einem netten Mann, nicht anonymes, mechanisches Bumsen. Ihr Entschluss, mit Ricky nach Phoenix zu fahren, war von ihrer Sympathie für diesen Mann beeinflusst worden. Die Beule in den Wranglers versprach einiges. Und dazu war er ein angenehmer Kerl, das zählte eine Menge.

Ricky war bald wieder bei ihr, schloss die Tür hinter sich ab und rieb sich die Hände. »Ins Bad«, befahl er und schob sie in den Nebenraum. Sie streifte die Schuhe ab, ließ den Rock auf den Boden fallen und bückte sich, um ihn aufzuheben. Sie ließ sich Zeit damit, denn er sollte ihre runden Backen sehen. Der weiße String war ölverschmiert.

»Lass dein Top an«, sagte er und schob sie unter die

Dusche. Das T-Shirt wurde sofort durchsichtig, als die Wasserstrahlen niederprasselten. Daisy krümmte den Rücken und bot ihm ihre Brüste an. Er nuckelte an ihnen und schob eine Hand zwischen ihre Schenkel. Er fummelte eine Weile, dann streifte er ihr den String ab und warf ihn ins Zimmer. Er streichelte ihre Oberschenkel und den Po. Die Finger glitten kurz in die Spalte, während das Wasser den Schmutz abspülte.

»Jetzt kannst du dein Top ausziehen.«

Sie zog es von den Brüsten und offenbarte ihm die festen harten Warzen. Er hielt die Seife in den Händen und ließ sie schäumen.

»Du bist nicht weniger schmutzig als ich«, sagte sie. »Ich werde dich waschen.«

Er schlängelte sich aus dem T-Shirt und schob seine Jeans nach unten. Sein Bauch war hart und flach. Eine dünne Haarspur lief vom Nabel zur Peniswurzel, und dort bildeten die Haare einen wild wachsenden Busch.

Sie nahm die Seife, und mit dem Schaum streichelte sie behutsam über seine Hoden, die sich heiß und prall anfühlten. Den Schaft ließ sie zunächst noch unberührt, aber sie spürte, wie er gegen ihren Bauch klopfte, heiß, steif, bereit.

Sie kniete sich vor ihn, wusch seine Schenkel und richtete sich wieder auf. Sie drehte ihn um, wusch seinen Rücken und die Backen und drang mit einem Finger spielerisch in die Kerbe. Dabei presste sie die Brüste gegen seinen Rücken, damit er spürte, wie hart ihre Nippel waren. Er drehte sich um und nahm sie in die Arme.

Ihre Körper rieben aneinander wie glitschige Aale, und da er kleiner war als sie, konnte er ohne Mühe an ihren Brustwarzen nuckeln und seinen Schaft zwischen ihre Schenkel schieben. In den Spiegelkacheln konnte er die rote Penisspitze zwischen ihren Backen hervorlugen sehen. Seine Hand glitt an ihr hinunter, und er fand ihr Geschlecht offen und glitschig von ihren eigenen Säften. Zwei Finger schob er hinein, rieb sanft, fuhr ein und aus und spürte, wie ihre Knie zu zittern begannen.

Daisy rieb mit der Seife über seinen Schaft, und er stieß rhythmisch gegen ihre Hand und begann zu stöhnen. Er wich zurück. Das Wasser spülte den Schaum von den Körpern. Daisy drehte sich um und präsentierte ihm die geschwollenen Labien ihrer Pussy.

»Oh, Himmel, köstlich wie ein Pfirsich«, stöhnte er und stieß in sie hinein. Ihre Klitoris pulsierte dankbar ob seiner Härte und des Umfangs. Sie spreizte die Beine weiter, um ihn tiefer eindringen zu lassen. Die Penisspitze stieß gegen die Gebärmutter, und sie musste ihm sagen, er sollte nicht so stürmisch sein. Er reagierte sofort, und sie langte mit einer Hand nach unten und streichelte sich.

»Ich werde bald kommen, wenn wir so weitermachen«, keuchte Ricky, ohne seinen Rhythmus abzubrechen.

»Ich dachte, darum geht es«, gab sie erhitzt zurück und stieß ihm die Hüften entgegen.

»Ja, aber doch nicht so. Ich will dich schmecken.« Er löste sich von ihr und trat aus der Dusche, dann reichte er ihr ein Badetuch und begann sich trocken zu rubbeln.

Plötzlich schoss eine Idee durch Daisys Kopf. »Hast du was dagegen, wenn ich ein paar Fotos schieße?«

In ihrer Kamera befand sich noch der Schwarzweißfilm mit den Sturmfotos. Der Kontrast des pochenden dunklen Schafts vor dem weißen Badetuch reizte sie. Aufgeregt liefen sie zum Bett.

»Setz dich auf mein Gesicht«, sagte er.

Sie kroch über ihn und knipste den aufrecht ragenden Schaft. Das Bild würde dem Betrachter ihre Position verraten. Seine Zunge wischte über ihre Klitoris, und Daisy stöhnte und keuchte und vergaß, weitere Fotos zu schießen. Sie legte die Kamera weg, nahm ihn in die Hand und saugte die pralle Eichel ein, die Augen vor Lust geschlossen. Er erforschte ihre Höhle, und sie fuhr mit der Zunge an seinem Schaft auf und ab. Sie waren beide zu träge, um sich in eine andere Position zu begeben, deshalb blieben sie in der Neunundsechziger Stellung. Daisy würgte, als er von unten zustieß, aber sie wollte soviel von ihm aufnehmen, wie sie im Mund unterbringen konnte. Ihr Körper wand und schlängelte sich, und dann spürte sie das Vibrieren in seinem Schaft und wusste, dass er bald kommen würde.

Sie hob den Kopf, bis der zuckende Penis im Freien stand. Ricky sollte sich eine Weile auf seine Arbeit konzentrieren. Seine Zunge wirbelte um die Klitoris, und sein Speichel rann kühlend über ihre Schenkel. Er war nicht der erfahrenste Mann in dieser Spezialität, aber schließlich fand er den richtigen Fleck, und im nächsten Moment überflutete sie sein Gesicht mit ihren Säften.

Zitternd nahm sie seinen Schaft wieder in den Mund, und dabei spürte und hörte sie seine ekstatischen Laute. Sie saugte kräftiger, bis er nicht mehr an sich halten konnte. Sie schluckte und keuchte und schaute erschöpft zu ihm hoch.

»Nicht schlecht, was?«

Neuntes Kapitel

Kurz nach sieben Uhr brachen sie auf, damit er pünktlich in Phoenix eintraf. Unterwegs redeten sie viel und tranken Limo, während draußen die felsige Landschaft vorbeiflog. Sie rief Karen an und war ein wenig enttäuscht, als sie hörte, dass Decker nicht Amok gelaufen war. Er war zurück im Motel geblieben und hatte die Tour mit ihnen nicht fortgesetzt.

Sie wollte erzählen, wie es mit Ricky gelaufen war, aber dann kehrte er von der Toilette zurück, deshalb beendete sie das Gespräch, nachdem sie sich verabredet hatten, sich Ende des Monats in New York zu treffen.

Das Geschäftliche war erledigt, also konnte sie zum gemütlichen Teil übergehen. Sie drehte sich in ihrem Sitz, spreizte die Beine und ließ den Rock so hoch hinaufrutschen, dass Ricky ihr Höschen sehen konnte. Sie wusste, das würde ihn verrückt machen.

»Ich wünschte, du würdest dich benehmen.«

Sie kuschelte sich an ihn und fuhr mit einer Hand über seine Beine. »Ich kann nichts dafür«, sagte sie. »Wenn ich dir zusehe, wie du diese Bestie bändigst, dann werde ich einfach geil.« Sie fügte leise hinzu: »Geil und nass.«

Er schluckte, und unter dem schwarzen Hemd hüpfte sein Adamsapfel. Sie streckte sich auf dem Sitz, legte den Kopf auf seinen Schenkel und zog den Rock hoch, damit er einen ungehinderten Blick auf ihre nur dünn verdeckte Pussy hatte. Das Lenkrad zitterte in seinen Händen. Sie fuhr mit einem Finger in ihr Höschen und streichelte sich selbst, wobei sie leise stöhnte. Der Truck schwankte hin und her.

»Verdammt, du bringst uns noch beide auf den Friedhof«, ächzte er, aber dann hatte er wieder die Kontrolle über sein Fahrzeug. Sie zog ihr Höschen zur Seite und streichelte mit der Spitze des Zeigefingers über ihre Klitoris, während sie seine Hand zu ihren Brüsten brachte.

Er zupfte ihre Nippel und hatte Mühe, den Blick auf der Straße zu halten, während sie die Klitoris attackierte und sich vorstellte, wie sich der Schaft in seiner Hose aufrichtete. Sie war so sehr mit ihren Phantasien beschäftigt, dass ihr erst später auffiel, dass Ricky den Truck angehalten hatte.

Er stieg aus, lief auf die andere Seite, stieg ein, schob die Jeans nach unten und trieb seinen Steifen in sie hinein.

»Du kannst so etwas nicht tun und erwarten, dass ich nur zuschaue«, keuchte er und pumpte wie besessen. Es dauerte nicht einmal zwölf Stöße, sein Gesicht war verzerrt vor Lust, und sie schrie bei jedem Stoß laut auf. Schnell und heftig war der kurze Akt, er ließ sie erst atemlos zurück, dann kicherten sie wie die Kinder.

»Ich habe es wirklich eilig auf dieser Fahrt«, stöhnte er. »Von nun an versteckst du deine Pussy, bis wir Phoenix erreicht haben. Dann gebe ich dir das, was du wirklich verdient hast.«

Später an diesem Tag verabschiedete sie sich von ihm in Phoenix. Sie hatte einen gefährlich aussehenden schwarzen Ford Camaro für fünfhundert Dollar von Rickys Schwager gekauft, der am Stadtrand einen Gebrauchtwagenhandel betrieb. Auf die Idee mit dem eigenen Auto war sie gekommen, nachdem sie die Preise für Mietwagen studiert hatte. Da sie ohnehin irgendwann nach Hause fahren musste, waren die fünfhundert Dollar gut angelegt, denn Fliegen war auch teuer geworden.

Aber zunächst fuhr sie nach Norden in die Wildnis von

Arizona. Unterwegs rief sie ihre alte Freundin Sonja Lopez an, die sie ungezählte Male schon eingeladen hatte, aber irgendwie hatte es sich nie ergeben. Nun versprach ihr Daisy am Telefon, sie innerhalb der nächsten Woche zu besuchen, und sie versprach auch, »ein paar saftige Storys« mitzubringen. Sonja lachte ihr schmutziges Lachen und versprach ihrerseits, für genug Männer zu sorgen, die sie bei Laune halten würden.

Daisy warf ihre Tasche auf den Rücksitz des alten Camaro und spürte ein bewegendes Gefühl von Freiheit, aber dieses Gefühl hielt nicht lange an. Wo immer sie anhielt, empfand sie eine vage Leere, eine nagende Unzufriedenheit. Es war ihr, als liefe ihr die Zeit davon. Aber sie fuhr weiter und sah sich eine Touristenattraktion nach der nächsten an. Es fiel ihr schwer, es sich einzugestehen, aber sie fühlte sich einsam. Sie wusste, dass sie auf der Suche war, aber sie wusste nicht genau wonach. He, werde erwachsen, schalt sie sich, genieße das, was du erlebst. Meist half die Schelte, manchmal aber nicht.

In der Nähe der Painted Desert hielt sie an einem Laden an, der Geode verkaufte, und da sie bisher noch kein Souvenir gekauft hatte, wollte sie diesmal zuschlagen. Der Laden war kaum mehr als ein Schuppen am Fuß rotgelber Sanddünen. Daisy fand eine Holzkiste mit kleinen und größeren Steinen. Für fünf Dollar konnte man sich einen Stein aussuchen, den der unfreundliche Mexikaner hinter einer elektrischen Säge durchschneiden würde, damit man sich am Anblick der Kristalle, die sich um den Hohlraum im Innern des Vulkangesteins gebildet hatten, erfreuen konnte. Sie nahm einen Stein nach dem anderen in die Hand und spürte, dass jemand sie von der Seite beobachtete.

»Du musst nach den leichten Steinen suchen. Wenn der Stein leichter ist, als man bei seiner Größe annehmen sollte, hast du einen guten Griff getan.«

Sie drehte sich zur Seite und sah einen großen Mann mit

einem zerzausten Bart und einem roten Tuch um den Kopf. Der muskulöse Unterkörper war nackt unter der Lederweste, auf der *The Real Outlaws – Houston Chapter* stand. Der Mann sah gemein und gierig aus, aber die dunklen Augen lächelten. Sie glaubte, ihn vorher schon am Meteor Crater gesehen zu haben.

Daisy legte einen grauen ballrunden Stein in seine Hand. »Was hältst du von dem?«

Er wog ihn in der Hand. »Ein bisschen schwer. Nimm lieber den hier.« Er reichte ihr einen anderen Stein. Für sie sahen beide gleich aus. Der Mann lächelte und ging weiter. Sie entschied sich für seine Empfehlung und zahlte.

Der Mexikaner zersägte die Geode. Daisy wusste nicht, was sie erwarten sollte, deshalb sah sie gespannt zu, wie die Funken stoben und die Säge durch den Stein glitt wie das Messer durch Butter. Der Mexikaner hielt ihr die beiden Hälften hin.

»Sie haben Glück«, sagte er. Daisy starrte gebannt auf die glitzernden Kristalle, die sich um den Hohlraum gebildet hatten. Der Mann sprühte einen Lack auf, der die Farben noch mehr leuchten ließ, bräunlich am Rand, kräftig blau zur Mitte hin. Sie bedankte sich, kaufte noch eine Limo aus dem Kühlschrank und ging zufrieden zu ihrem Auto zurück. Als sie dicht davor stand, hörte sie das Dröhnen einer Harley Davidson, die sich ihr näherte.

»Wie war der Stein von innen?« Es war der Mann aus dem Laden. Sie hatte ihn fast schon vergessen.

Sie zeigte ihm die beiden Steinhälften. »Du kennst dich gut mit Steinen aus, was? Danke.«

»Gern geschehen. Ich bin übrigens Tex.«

Sie betrachtete ihn, wie er selbstsicher und breitbeinig auf seiner großen Maschine mit der hohen Lenkstange saß, beinahe lag, weil der Sitz sich weit hinten befand. Er sah vielversprechend aus, aber in diesem Moment wollte sie allein sein. Das muss an den Hormonen liegen, dachte sie lächelnd.

»Natürlich bist du einer«, sagte sie grinsend, stieg ein und preschte davon. Tex verschwand im Staub.

Sie band ihre wilden Locken in einen losen Pferdeschwanz und trat das Gaspedal durch, während sie die dörrende Hitze der Wüstenluft einatmete. Ihre Haut war in den letzten Tagen zu einem dunklen Karamellbraun geworden, und die Sonne hatte goldene Strähnen in ihr kastanienbraunes Haare gebleicht. Sie trug nur ein Bikinitop und kurze Shorts, und sie genoss die fröhlichen Hupen vorbeifahrender Männer, als sie am Straßenrand anhielt, um ihre Limo zu trinken.

Das einzige Geräusch in der flirrenden Hitze kam von einem fernen Zug, der sich offenbar näherte. Sie stieg auf die Kühlerhaube des Camaro und zeigte dem Lokführer ihre festen Brüste. Er zog zweimal am Pfeifsignal, das wohl als Beifall gelten sollte. Es war ein langer Güterzug, wahrscheinlich unterwegs nach Chicago, und sie lachte über ihr freches Benehmen.

Sie spürte wieder eine Erregung, die ihren Körper in der heißen Sonne erfasste, und sie musste an den schmächtigen Ricky mit seinem fetten Schaft denken. Und an den Biker mit den freundlichen, einladenden Augen. Manchmal bist du wirklich doof, schimpfte sie, als ihr klar wurde, dass sie eine Gelegenheit verpasst hatte. Sie drückte wieder das Gaspedal durch und folgte der schnurgeraden Straße. Kein Mensch war unterwegs, draußen nur sie und die Telegrafenmasten.

Nach ein paar Stunden sah sie rotierende blaue Lichter hinter sich, dann hörte sie auch schon die Polizeisirene. Daisy hatte keine Ahnung, seit wann er sie schon mit dem Motorrad verfolgte. Sie hatte die Musik voll aufgedreht und an Ricky gedacht – nicht an die Polizei.

»Wo, zum Teufel, bist du denn hergekommen?«, murmelte sie, als sie langsam auf die Bremse ging und schließlich rechts heranfuhr. Das schwere blauweiße Motorrad war mit *Arizona State Trooper* beschriftet und mit mehr Spiegeln und Lampen ausgestattet, als sie zählen konnte.

Der Mann, der gemächlich auf sie zukam, sah in der dunklen Uniform und dem großen schwarzen Helm wie ein Alien aus, und er schien ein ganzes Waffenarsenal mit sich herumzutragen. Sie stieg aus dem Auto, damit sie die volle Wirkung ihres minimal bekleideten Körpers vermitteln konnte.

»Sie müssen unter Ihren Klamotten meinen, Sie würden in der Hölle braten«, sagte sie. Sein Gesicht konnte sie nicht sehen, aber er hatte einen athletischen Körper mit breiten Schultern und schlanken Hüften.

»Ist Ihnen bewusst, wie schnell Sie gefahren sind, Ma'am?«

Sie biss sich auf die Lippe und sah ihn schuldbewusst an. »Nein, eigentlich nicht. Ich bin längere Zeit in England gewesen, und da drüben fährt man allgemein schneller. Ich schätze, ich habe nicht auf den Tacho geschaut. Tut mir Leid.«

Es war schwer zu sagen, ob ihre Entschuldigung ihn anrührte oder nicht. Unter dem schwarzen Visier hätte er sich weglachen können, ohne dass sie etwas bemerkt hätte. Aber sie bezweifelte, dass er so ein Typ war. Seine Lippen, der einzige Teil des Gesichts, den sie sehen konnte, waren dünn und gepresst.

»Lassen Sie mich Ihre Papiere sehen, Ma'am.«

Sie kniete sich auf den Fahrersitz und streckte eine Hand nach dem Handschuhfach aus. Natürlich war ihr bewusst, dass sie ihm eine Menge von ihren blassen runden Backen zeigte, die sie bisher noch nicht der Sonne ausgesetzt hatte. Sie verharrte etwas länger in dieser Stellung, als notwendig gewesen wäre, denn instinktiv spürte sie, dass er sie beäugte.

»Da habe ich alles«, sagte sie und richtete sich wieder auf. »War ich wirklich zu schnell?«

»Schnell genug, dass ich Ihnen Geld abknöpfen werde, Ma'am.« Er sah sich ihre Papiere ohne jedes Interesse an und reichte sie wieder zurück.

»Das wollen Sie doch nicht wirklich. Ich meine, es ist so schön hier draußen, und weit und breit ist niemand zu sehen.« In diesem Moment jagten drei Harleys vorbei. Einer der Fahrer schrie ihr was zu. Es war Tex. »Nun ja, mal abgesehen von denen.«

Sie steckte ihre Hände in die Gesäßtaschen der Shorts, denn sie wusste, dass dadurch ihre Brüste noch stärker betont wurden. Der Polizist sah sie ausdruckslos an, aber sie konnte eine Wölbung in seiner Hose sehen, die anfangs nicht da gewesen war. Wegen ihrer Sonnenbrille konnte er die Richtung ihrer Blicke nicht erkennen, außerdem ahnte sie, dass er seinen Blick auf ihre Brüste gerichtet hatte, die das kleine bronzefarbene Top fast sprengten.

»Es tut mir wirklich Leid. Bei dieser Hitze ist es leicht, mal was zu vergessen, geht das Ihnen nicht auch so?«

Seine Zunge wischte langsam über seine Lippen. »Treten Sie hinüber an den Felsen, bitte.«

Sie zögerte einen Moment lang.

»Widersetzen Sie sich meiner Anordnung, Ma'am?«, fragte er mit strenger Stimme.

»Nein, Officer.« Sie trat gehorsam hinüber zu einem großen Sandsteinfelsen, etwa zwanzig Schritte von der Straße entfernt. Der Trooper führte sie am Arm auf die Rückseite des Felsbrockens, wo man sie von der Straße aus nicht sehen würde.

»Ich möchte Sie nicht in Verlegenheit bringen, Ma'am, aber ich muss eine Leibesvisitation bei Ihnen vornehmen.«

»Nun, das ist schnell geschehen«, sagte sie grinsend und sah an sich hinunter. Der Polizist drehte sie herum, mit dem Gesicht zum Felsen und drückte sie gegen den Stein. Er stellte ihre Füße auseinander und fuhr mit den Händen ihren Körper entlang.

»Filzen Sie mich, Officer?«

»Arizona kann ein gefährliches, gewalttätiges Pflaster sein, Ma'am. Wir können nicht vorsichtig genug sein.« Seine Stimme klang sachlich, aber seine Hände wärmten sich an der Aufgabe. Als sie von den Knien über die Innenseiten ihrer Schenkel glitten, versteifte sie sich. Die Fingerspitzen tasteten sich immer höher.

»Ma'am, ich muss Sie bitten, Ihre Shorts auszuziehen.« Ihm war anzuhören, dass er keinen Widerspruch duldete.

Sie knöpfte die Shorts auf und ließ sie die Beine hinunterrutschen. Ihr Gesicht war feuerrot. Er blickte immer noch ausdruckslos, auch als er die Hand in ihr Höschen schob. Daisy wusste nicht, ob sie lachen oder weinen sollte. Der Kerl trug noch den verdammten Helm, so dass sie seine Reaktion nicht ablesen konnte.

»Ich könnte Sie wegen Rasens, Gefährdung des Straßenverkehrs und Widerstands festnehmen«, sagte er streng.

Daisy hörte den Konjunktiv und wusste, dass es einen Verhandlungsspielraum gab. Sie musste etwas anbieten, denn ihr Vater würde durchdrehen, wenn sie ihn aus dem Gefängnis anrufen und um Hilfe anbetteln musste. Sie probierte ein hilfloses Kleinmädchenlächeln.

»Kann ich das nicht mit einem Blowjob gutmachen?«

Einen schrecklichen Moment lang dachte sie, er würde auch noch Bestechung der Liste ihrer Missetaten hinzufügen, aber er lächelte nur.

»Auf die Knie«, forderte er, öffnete den Hosenstall und holte einen breiten, dicken Penis heraus, der ihr das Wasser im Mund zusammenlaufen ließ. Obszön stak er aus der dunklen Hose heraus, wie der fette Stängel einer grotesken Blume. Sie kniete sich auf den Boden.

»Das ist aber ein gewaltiger Schlagstock«, schnurrte sie und legte eine Hand um den dicken Schaft.

Er lehnte sich zurück gegen den Felsen und zuckte, als sie zu saugen begann. Sie nahm ihn tief auf und freute sich über sein lautes Stöhnen. Sie wollte ihm zeigen, was sie konnte, legte eine Hand unter seine Hoden und drückte sanft zu, während sie das Saugen noch verstärkte. Der Polizist ruckte unkontrolliert mit den Hüften vor und zurück, dann stieß er einen lauten Schrei aus und ergoss sich über ihren Brüsten. Abrupt steckte er den abschlaffenden Penis zurück in die Hose.

»Danke, Ma'am«, sagte er mit altmodischer Höflichkeit, über die sie am liebsten laut gelacht hätte. Dann fügte er streng hinzu: »Wenn ich Sie noch einmal erwische, wird die Strafe höher sein.«

»Ich werde daran denken, Officer«, gab sie zurück. Er sah sie durch das dunkle Visier an, dann schritt er etwas staksig zu seinem Motorrad.

Mit den Shorts wischte sich Daisy sauber, dann warf sie sich ein kurzes schwarzes Kleid über. Einen Moment lang war sie versucht, sich selbst einen Höhepunkt zu besorgen, aber dann entschied sie sich dagegen. Wer wusste schon, was der Abend noch brachte.

In einer Entfernung von etwa fünfzig Meilen gab es ein Motel, in dem sie übernachten wollte. Dort gab es eine Bar und einen kleinen Supermarkt, in dem sie sich mit Vorräten für die nächsten Tage eindecken konnte.

Nach nur wenigen Meilen sah sie die drei Harleys am Straßenrand geparkt, die sie passiert hatten, als sie mit dem Polizisten zu verhandeln begonnen hatte. Als die Biker das Auto hörten, stellten sie sich mitten auf die Straße, so dass Daisy gezwungen war anzuhalten.

Der hagere große Mann mit dem Namen Tex schlenderte zu ihr. »Hallo, Chickie. Hast du Ärger mit dem Bullen gehabt?«

»Eigentlich nicht. Ich bin mit ihm klargekommen.« Hinter der Sonnenbrille schien er freundlich zu lächeln, obwohl sie das nicht genau erkennen konnte, und ein wenig unbehaglich war ihr schon zumute. Sie befand sich mitten im Nichts, und außer den dreien war weit und breit keine Menschenseele zu sehen. Auf der anderen Seite sah er besser aus, als sie ihn in Erinnerung hatte, und seine Freunde waren auch nicht zu verachten. Sie konnte nichts dagegen ausrichten, dass ihre Klitoris zu pochen begann.

»Seid ihr auf Urlaub, Jungs?«

Er nickte. »Wir fahren die Tour von der Ostküste und wieder zurück. Oben an der Straße schlagen wir unser Lager auf. Willst du auf ein Bier zu uns kommen?«

Sie betrachtete die beiden anderen Typen, ähnlich gekleidet wie Tex, schön gebräunt, die dicken Bizeps mit Tätowierungen verziert. Trotz ihrer Bedenken hielt das Pochen in ihrem Schoß an. »Ja, warum nicht?«

Sie folgte ihnen, als sie vom Highway abbogen und eine Bar an einer Straße ansteuerten, die ins Nirgendwo führte. Die Bar war eine baufällige Bude, und davor waren einige Zelte aufgebaut. Laute Musik drang aus der schäbigen Bar, die offenbar keinen Namen hatte. Daisys neue Freunde fanden eine Stelle, die von den anderen weiter weg lag; die Männer breiteten ihre Westen auf dem Boden aus und richteten ein Lager her.

»Ich bin Tex, wenn du dich daran noch erinnerst«, sagte der Große und reichte ihr ein kaltes Bier.

»Ich erinnere mich.« Sie wandten sich an die beiden anderen. »Und was ist mit euch? Habt ihr auch einschüchternde Machonamen?«

JD nickte, und der junge Wayne sah verlegen drein. Er sah besser aus als seine Kumpel. In Hollywood hätte man ihn für einen Schauspieler halten können.

»Wie heißt du?«, fragte er.

»Daisy Mae.«

»Du nimmst uns auf den Arm«, rief JD und lachte ungläubig.

Sie legte eine Hand auf ihr Herz. »Nein, ich heiße seit meiner Geburt so.«

»Und wonach suchst du hier draußen, Daisy Mae?«, fragte Tex. Er sah sie mit einen hungrigen Blick an, den sie schon oft bei Männern gesehen hatte.

»Nach einem bisschen Spaß«, antwortete sie und sah ihn über die grüne Bierflasche an. Tex prostete ihr zu und grinste wie ein Pirat, der den Schatz gehoben hat.

Sie saßen den ganzen Nachmittag da, redeten und tranken, und die Kerle rauchten Joints. Ab und zu gesellten sich andere Leute zu ihnen, aber als es Abend wurde, waren sie wieder unter sich. Am folgenden Tag trafen weitere Biker aus anderen Bezirken ein. Sie wollten sich an einem Spanferkel laben, der Ort wurde geheim gehalten, weil sie den Überfall einer verfeindeten Gang befürchteten.

»Wir beschützen dich vor brutalen Typen«, sagte JD, wobei er ihren Schenkel drückte.

Er war der Mann, der ihr gefährlich werden konnte, dachte sie; Dreitagebart, strähnige Haare, verblichenes T-Shirt von Kurt Cobain, die Augen blau und durchdringend.

»Da bin ich mir sicher«, sagte Daisy lächelnd. Sie hatte keine Angst mehr vor diesen strammen Männern, die nach Schweiß, Leder und Motoröl rochen. Es lag an ihr, sich diesem Trio zu stellen. Sie nahm sich vor, es langsam anzugehen.

Hinter den Hügeln war die Sonne untergegangen, und die Zikaden begannen ihr Konzert.

»Ich habe noch nie auf einem Motorrad gesessen«, sagte sie. »Wer von euch Jungs lässt mich mal mitfahren?« Ihr Blick war auf Wayne gerichtet.

»Du kannst gern mit mir fahren«, sagte er leise. Er stand auf und führte sie zu seiner Harley. Aus der Nähe sahen die Maschinen noch beeindruckender aus.

»So etwas habe ich noch nie zwischen den Beinen gehabt«, murmelte Daisy.

»Du wirst dich schnell daran gewöhnen. Lege deine Arme um mich. Ich werde defensiv fahren, du kannst mir vertrauen.« Waynes Stimme war samten wie Honig. Er schwang sich auf sein Bike und wartete darauf, dass sie sich hinter ihn setzte.

»Das will ich auch hoffen.«

Sie hob ihr Kleid an, bis es fast über dem Höschen war, und setzte sich. Sie schlang die Arme um Wayne und hielt sich fest.

»Gut so?«

»Ja, so ist's fein, Puppe. Halt dich fest.«

Das Dröhnen der Maschine fuhr durch ihren ganzen Körper, als er hinaus in die Nacht fuhr. Ihre Haare wehten wie Fahnen im Wind, und sie schlang die Arme um ihn, als hinge ihr Leben davon ab. Es war, als stünde sie unter Schock.

Als sie sich an die Kraft des Bikes gewöhnt hatte, begann sie sich leicht zu entspannen, und dann folgte eine Phase, in der sie das Pochen der Maschine unter ihren Backen genoss. Sie wurde keck und konnte nicht widerstehen, mit einer Hand an Waynes Schoß zu greifen. Jetzt hielt sie sich an der Schwellung fest, die sie unter seiner Hose spürte.

Die Harley schlingerte leicht, als er den Reißverschluss seiner Jeans öffnete. Er überließ es ihr, in den Schlitz zu greifen und ein langes hartes Glied herauszuholen. Sie war neugierig, wie sich so ein Ding im Fahrtwind und bei dieser Geschwindigkeit anfühlte. Ihre Hand schloss sich um den Schaft und rieb ihn härter.

Sie zog ihr Kleid hoch und sein T-Shirt, damit er ihre nackte warme Haut auf dem Rücken spüren konnte. Sein Körper zuckte, und die Harley beschleunigte. Daisy setzte das Reiben fort, und er war hilflos und konnte nur das genießen, was sie ihm gewährte.

Er verlangsamte das Bike, hielt an und stieg ab. Der Schaft wedelte durch die Öffnung seiner Jeans.

»Du bist ein böses Mädchen«, wies er sie zurecht, zog sie in seine Arme und gab ihr einen langen Kuss. »Hast du Lust auf einen richtigen Ritt?«

Sie wusste nicht genau, was er meinte, aber sie nickte. Er schob sie auf dem Sitz nach vorn und setzte sich hinter sie. Sie spürte, wie der Schaft gegen ihre Backen drückte. Er hob ihren Po an und zog das Höschen zur Seite.

»Setz dich drauf«, sagte er.

»Ich weiß nicht, wie das gelingen soll«, murmelte sie voller Skepsis und beugte sich vor. Sie spürte, wie er einfädelte – kein schwieriges Unterfangen, denn nach dem breitbeinigen Sitzen klaffte sie weit auseinander. Sie fühlte sich unglaublich unsicher und unglaublich erregt.

»Jetzt kannst du mich nicht mehr mit unanständigen Sachen überraschen, Pussycat. Halt dich fest.« Er trat die Harley an. Der Motor röhrte auf, und sie spürte die pochende Kraft zwischen ihren Schenkeln, die Kraft der Maschine und die Kraft seines Schafts, der ihr ins Herz zu dringen schien. Die Harley schoss davon. Der Wind peitschte ihr Gesicht, und sie musste Augen und Lippen fest schließen.

Seine Arme boten einen Sicherheitsrahmen für ihren Körper, aber die Furcht, die sie trotzdem spürte, erinnerte sie an ihr Bangen beim Tornado unter der Brücke. Sie quetschte ihn mit ihren inneren Muskeln, zwang ihn tiefer hinein und spreizte die Beine noch weiter. Himmel, sie trieben es bei fünfzig ..., nein, bei siebzig Sachen – jetzt waren es hundert ... oh, Gott.

Sie hielt sich verkrampft am Lenker fest, kreischte vor Angst und konzentrierte sich auf die Bewegungen des Schafts und auf das köstliche Pochen des Metalls zwischen den Schenkeln. Sie wollte gern kommen, traute sich aber nicht, denn sie sah die Gefahr, dass er die Kontrolle über den heißen Ofen verlor. Das Bike raste durch ein Schlagloch, was dazu führte, dass er noch tiefer in sie hineingetrieben wurde.

Die Harley preschte weiter, und Wayne schoss mit der Wucht eines Vulkanausbruchs in sie hinein und schrie seinen Triumph in ihr Ohr. Der Wind attackierte die entblößte Klitoris und die steifen Nippel. Die Kraftlosigkeit ihrer Gliedmaßen nahm zu, sie konnte sich nicht mehr halten, schrie vor Lust und Entsetzen und sackte nach vorn, während sie von den Wellen des Orgasmus überspült wurde.

Er hielt die Harley an, erschöpft und glücklich und noch außer Atem. Sie rutschte vom Sitz und stöhnte: »Das war eine Premiere für mich.«

Zehntes Kapitel

Am nächsten Tag lag Daisy faul in der Sonne, mitten unter drei Männern, die sich rührend um sie bemühten. Sie erzählte von ihren Erlebnissen beim Sturmjagen, während sich um sie herum eine Volksfeststimmung entwickelte. An zwei verschiedenen Stellen wurden Spanferkel über großen Feuern geröstet. Seit gestern riss der Strom der Biker nicht ab, unter ihnen Magier und Schwertschlucker, Jongleure und Stuntmen. Es roch nach geröstetem Schweinefleisch, nach Holz und Asche – und nach den Auspuffgasen.

Je später es wurde, desto mehr zogen sich die alten Biker mit ihren Familien zurück, während die jungen Wilden das Kampftrinken begannen. Die Gruppe um Daisy war größer geworden, unter anderen gehörte auch Gina dazu, eine Frau mit dunkler Haut und zähem Wesen. Sie begegnete Daisy beinahe feindselig, was sie nicht verstand. Aber dann fand sie heraus, dass Gina und Tex ein Paar waren.

Nachdem sie das erfahren hatte, hielt sie sich demonstrativ von Tex zurück. Sie wich aus, wenn er sie küssen wollte, und sie schob seinen Arm von ihrer Schulter. Sie hatte wirklich keine Lust, einer anderen Frau den Mann zu stehlen.

Daisy trug ein schlichtes weißes Kleid an diesem Abend, das ihre gebräunte Haut besonders hervorhob. Die festen Brüste stießen gegen den dünnen Stoff. In der Kühle des Abends versteiften sich ihre Nippel, als sie zur Bar ging, sie sahen dick und fast obszön aus, obwohl sie einen Wonderbra trug.

Das Kleid schwang um ihre nackten Schenkel. Daisy hatte ihre langen Haare gebürstet, sie bildeten einen glänzenden Vorhang und waren auf einer Seite mit einer Lilie verziert. Für das schäbige Rasthaus mitten in der Wüste sah sie zu weiblich und zu exotisch aus, aber sie fühlte sich gut und bereit für alles, was der Abend noch bieten würde.

Lüsternes Pfeifen empfing sie, als sie die Bar betrat. Zu Ginas Verärgerung gab Tex ihr hastig einen Kuss auf die Wange. Daisy bedauerte, dass sie die Ursache für Ginas Unbehagen war. Gina schien ein fröhlicher Mensch zu sein, und wenn sie lächelte, sah sie warmherzig aus. Ein echtes Rockbaby mit glatten schwarzen Haaren, die locker auf die Schultern fielen. Sie hatte breite Lippen, die das kleine herzförmige Gesicht beherrschten.

Ihr kurzes schwarzes Kleid war aus Leder, fast rückenfrei, der Ausschnitt tief. Von Harleys verstand sie eine Menge, schließlich besaß sie selbst eine. Tex sollte froh sein, mit so einer Frau liiert zu sein, dachte Daisy. Das würde sie ihm später sagen, wenn der Bourbon ihre Zunge gelockert hatte.

In der Bar spielte eine Band, und die Sängerin schmetterte Shania Twains *Feel Like A Woman* mit genug Enthusiasmus, dass der Mangel an Talent wettgemacht wurde. Unter den zuckenden roten und grünen Lichtern tanzten schon einige Paare. JD wies auf einen Tisch in einer dunklen Ecke, der gerade frei geworden war. Sie gingen hin, und Wayne hielt Daisys Hand. Er war ein lieber Kerl, fand sie, gutmütig wie ein ausgewachsener Retriever. Er zog sie auf seinen Schoß.

»Du hast doch nichts dagegen, Daisy?«

Sie rutschte auf seinem Schoß hin und her. Sein Koppel mit der Fahne der Konföderierten bohrte sich hart in ihr Fleisch. »Vielleicht kannst du dieses Ding ausziehen«, ächzte sie. »Es bohrt sich immer tiefer.« Sie ruckte wieder von einer Backe auf die andere und spürte den Puls in seinem Schoß. Er stieß geräuschvoll den Atem aus.

JD zog sie auf seinen Schoß. »Gefällt es dir hier besser?

Wenn du bei mir was spürst, was sich tiefer bohrt, wirst du deine Freude daran haben.«

Sie schwang mit den Pobacken von einer Seite zur anderen und spürte, dass er hart wie Stein war.

»Da, wo es zählt, bist du nicht weniger hart«, sagte sie kichernd. »Es gefällt mir, die verschiedenen Möglichkeiten zu testen.«

»Die hast du gerade schon hinter dir«, sagte Gina scharf. »Mehr Möglichkeiten hast du nicht.«

Sie saß auf Tex' Schoß und massierte ihn auch mit ihren Backen. Tex grinste. Ihm gefiel es offenbar, dass zwei Frauen um ihn wetteiferten. Daisy lächelte wie eine Friedensstifterin, um Gina zu zeigen, dass sie nichts Böses im Schilde führte, dann stand sie auf und ging zur Toilette.

Als sie aus ihrer Kabine trat, wartete Gina auf sie und zog an einem Joint. Den Rauch blies sie ins Daisys Gesicht.

»Warum bist du hier? Du gehörst nicht zu uns.«

Daisy stand vor dem Spiegel und zog die Lippen nach. »Nein, stimmt. Ich will nur ein bisschen Spaß.«

»Tex ist mein Mann. Wenn du Spaß haben willst, suche dir einen anderen.«

»Ich habe erst im Laufe des Tages gehört, dass du mit ihm liiert bist. Und wie du gesehen hast, habe ich mich ihm nicht an den Hals geworfen.«

Dazu fiel Gina nichts ein. Sie rauchte weiter und betrachtete Daisy, als wäre sie eine Preiskuh.

»He, es gefällt mir nicht, wie du mich anstarrst«, sagte Daisy. »Wenn es dich glücklich macht, werde ich morgen früh verschwinden.«

»Mir wäre es am liebsten, du würdest sofort verschwinden.«

»He, wenn du einen Hennenkampf haben willst, kannst du ihn haben, aber ich persönlich finde, wir sollten Tex nicht die Befriedigung geben, uns um ihn kämpfen zu sehen. Dann schwillt ihm der Kamm. Wenn du glaubst, ich sei deine Konkurrentin, dann irrst du dich. Ich finde, wir könnten uns wunderbar ergänzen. Mir gefällt übrigens dein Kleid.«

Gina sah verwirrt aus und wusste nicht so recht, wie sie das Kompliment nehmen sollte. »Eh …, danke. Ich habe dasselbe über dein Kleid gedacht.«

»Danke. Wir könnten tauschen, oder? Das würde die Männer überraschen.«

Gina lachte. »Bist du immer so nett und unkompliziert?«

»Glaube mir, ich bin es nicht immer. Aber ich hasse Streit.«

Gina reichte ihr die Kippe des Joints und nahm einen frischen aus einer flachen Blechdose, die sie in der Handtasche aufbewahrte.

»Also, Hippiemädchen, dann erzähl mal, wie es aussieht, wenn du nicht so nett bist.«

Daisy begriff das als Test, und so erzählte sie von Jason Cordell in England und von Mike Bradley, dem Wettermann. Ginas Grinsen wurde immer breiter.

»Cool«, sagte sie bewundernd. »Ich bin froh, dass du dich von Tex zurückgezogen hast. Einige der Luder hier kennen keine Grenzen, verstehst du? Aber du bist anständig, und deshalb bin ich bereit, aber nur heute Abend, ihn mit dir zu teilen. Aber das soll nicht zur Gewohnheit werden.«

Daisy sog den Rauch aus der Kippe und spürte, wie ein besänftigendes Gefühl in ihre Knochen zog. »Sollen wir jetzt die Kleider tauschen?«

Sie gingen in zwei benachbarte Kabinen, zogen sich aus und warfen das Kleid jeweils über die Trennwand. Daisy gab Gina auch ihren BH. Er war viel zu klein, aber besser als gar nichts.

Gina stand zuerst draußen. Ihre Brüste füllten den Wonderbra bis zum Äußersten aus. Sie dehnte und streckte sich vor dem Spiegel.

»Himmel, man kann mein Höschen sehen«, jammerte sie. Unter dem weißen Kleid zeichnete sich das kleine schwarze Dreieck ihres Strings deutlich ab. Es war kein guter Anblick, fand Daisy.

»Du musst es ausziehen«, sagte sie. »So kannst du nicht rausgehen.«

Gina zögerte, dann zuckte sie die Achseln, zog das Höschen aus und steckte es in ihre kleine Handtasche. Jetzt wirkte das Kleid erst richtig. Sie drehte sich wieder vor dem Spiegel und sah, dass der Stoff jede Bewegung des Körpers mitmachte.

Daisy war längst nicht so angetan von Ginas Kleid. Das weiche Leder, heiß von ihrem Körper, war ein bisschen zu weit, sie versank im Innern. Sie hob die Brüste leicht an, damit sie in die Körbchen passten. Nein, so verlockend wie Gina sah sie nicht aus, fand sie.

»He, warte mal«, sagte Gina, die sich hinter sie gestellt hatte und an den Schnüren zog, die schlaff auf dem nackten Rücken durchhingen. Gina zog fest an ihnen, legte ihre Hände unter Daisys Brüste und hob sie an, bis sie fast aus dem Ausschnitt purzelten. Sie ließ die Hände länger unter den Brüsten, als notwendig gewesen wäre, und im Spiegel trafen sich ihre Blicke.

»Du siehst wirklich heiß darin aus«, murmelte Gina und schmiegte ihren Schoß gegen Daisys Po.

Daisy errötete, ein wenig konfus wegen der erregenden Gefühle, die Ginas Hände ausgelöst hatten.

Sie musste zugeben, dass die wenigen Handgriffe für eine kleine Sensation gesorgt hatten – durch die engeren Schnüre saß das Leder wie angegossen, es modellierte ihren Körper wie eine zweite Haut. Ihre Taille war winzig, und die Brüste sahen wie bei Barbie aus.

Ohne Vorwarnung küsste Gina sie auf den Mund. Die Zunge stocherte sinnlich zwischen Daisys Lippen. Daisy war von ihrer Reaktion schockiert, denn ohne zu überlegen stieß ihre Zunge gegen Ginas, als wäre es die natürlichste Sache der Welt. Offenbar hatten Joint und Whisky alle Bedenken weggespült.

»Das habe ich noch nie getan«, flüsterte sie danach und wurde rot wie eine Verrückte.

»Du hast dich gut gehalten«, lobte Gina. »Komm, ich will sehen, welcher von den Kerlen was zu bieten hat.«

Die Männer blickten verdutzt drein, als die Frauen nach fast einer Stunde wieder zurück in die Bar traten. Sie klatschten und pfiffen anerkennend.

»Wir dachten schon, ihr hättet euch gegenseitig umgebracht«, sagte Tex und fuhr mit beiden Händen über Ginas Kurven. »Das Kleid steht dir großartig, Babe.«

JD zog Daisy auf seinen Schoß und legte ihre Hand auf seinen Schritt. Er war steinhart.

»Ich weiß Bescheid«, sagte Daisy grinsend und drückte kurz zu. Ein weiterer Mann hatte sich zu ihnen gesetzt. JD stellte ihn als Flynn vor. Er war adretter als die anderen und lächelte Daisy so vertraut an, dass sie glauben musste, sie wären sich schon einmal begegnet. Er hatte kurz geschorene blonde Haare, und unter der ärmellosen Baumwollweste war sein Oberkörper nackt. Durch seine beeindruckenden Bizeps zogen sich dicke Venen.

Daisy streckte eine Hand aus und beugte sich vor, damit er ihren Ausschnitt besser bewundern konnte. Sie schätzte, dass Tex, JD und Wayne – vor allem Wayne – erzählt hatten, was alles mit der schwarzhaarigen Neuen anzustellen war. Flynn strahlte eine lässige Kraft aus, die größer schien als die der drei Biker zusammen. Sie erschauerte, als sie sich vorstellte, wie es sich wohl anfühlte, von seinem durchtrainierten Körper genommen zu werden.

»Ich hoffe, Sie brechen nicht weitere Gesetze, Miss Lovell«, sagte er und blinzelte ihr zu.

Plötzlich wusste sie, woher sie ihn kannte. Er war der State Trooper, den sie gestern Morgen kennen gelernt hatte.

Ihr Gesicht wurde tiefrot, und alle lachten, bis sie resigniert die Hände hob. »Ich bekenne mich schuldig.«

Sie diskutierten über die schwindende Gefahr, dass es noch Ärger geben könnte. Allgemeine Meinung war, dass die gegnerische Clique jetzt nicht mehr angreifen würde, es war schon zu spät. Flynn hatte die Nachricht mitgebracht, dass es gegen Mittag in Salt Lake City eine Menge Tumult unter Rockern gegeben hatte.

Ab und zu presste Daisy ihre Pobacken abwechselnd gegen den steifen Schaft, und als Reaktion darauf ruckte JD von unten gegen ihren Po. Die schwüle Atmosphäre schwoll an, und alles deutete auf eine interessante Nacht, vor allem, da Gina den Barbesitzer kannte.

»Daisy, mein Schatz, bekomme ich einen Kuss?«, fragte Flynn und streckte die Arme nach ihr aus.

Sie wechselte folgsam von JDs auf Flynns Schoß und schlang die Arme um seinen Hals. Er hatte die Statur eines Bodybuilders, was sie unter der Polizeiuniform nicht erkannt hatte. Dicker Nacken und breiter Brustkorb, der sich unter ihren Fingerspitzen glatt anfühlte. Seine Zunge schmeckte ihre, während seine Arme sie wie ein Schraubstock umfassten.

Er küsste gut, tief und beharrlich und mit nicht zu viel Speichel. Seine Jeans waren so eng, dass sie die dicke Beule in seiner Hose spürte. Sie drückte ihre Zunge gegen seine und erregte ihn noch mehr.

»Oh, Baby, nein«, stöhnte er und schob sie von seinem Schoß. »Ich muss aufstehen.«

»Tut mir Leid. Habe ich deinen Schlagstock gekrümmt?«, fragte sie mit unschuldiger Miene. Die Männer hielten sich den Bauch vor Lachen, und Wayne schnappte sich Daisy.

»He, Leute, Jed sagt, wir können die andere Bar benutzen«, rief Gina.

Während die anderen aufstanden, ließ sich Wayne noch etwas Zeit. Er hielt Daisy fest und küsste sie schmatzend.

Dabei rieb er seinen Schoß gegen ihren. Als sie sich schließlich voneinander lösten, konnte er sich vor Gier kaum noch auf den Beinen halten.

»Komm, mein Liebling«, flüsterte Daisy und sah die auffällige Schwellung durch die verschlissene Jeans. Sie tippte mit den Fingern dagegen, und er packte ihre Hand und drückte sie fester auf seine Erektion.

Die andere Bar war ein Abklatsch der ersten, nur kleiner und mit bequemeren Sesseln. Als sich hinter ihnen die Tür schloss, war die sexuelle Atmosphäre greifbar. Zwischen Wayne und JD gab es einen heimlichen Konkurrenzkampf um Daisy; beide ließen sie nicht aus den Augen und flankierten sie. Tex rieb sich die Hände und begab sich sofort hinter die Theke.

»Okay, Leute, jetzt beginnt die Party erst richtig. Wild Turkey für alle?« Er öffnete eine Flasche und setzte sie an den Mund. Daisy stand vor der Theke und fühlte eine Vielzahl von Händen, die ihr über den Po streichelten. Ihr Kleid wurde hochgehoben, und Hände schoben sich zwischen ihre Beine. Sie setzte die Füße ein wenig weiter auseinander und drückte provozierend den Po heraus. Es war erregend, von so vielen Händen gestreichelt zu werden. Ein vorwitziger Finger drang zwischen die geschwollenen Labien.

»Sie ist nass wie der Michigan See«, verkündete JD, während sie sich gegen seinen Finger drückte und wand und ihren Bourbon trank, als ob nichts passierte.

Gina lehnte sich neben sie über die Theke. Sie sahen sich an und wirkten wie zwei Frauen, die ganz normal miteinander plauderten. Sie ließen sich nicht anmerken, dass ihre Backen von kundigen Männerhänden bearbeitet wurden.

Tex stieg zwischen den beiden Frauen auf die Theke, kniete sich, öffnete den Hosenstall und holte den respektablen Schaft heraus. Daisy holte die Kamera hervor und fotografierte ihn. Sie fing den feurigen Schaft und den behaarten Hodensack ganz aus der Nähe ein. Dann legte sie die Kamera hin, nahm einen Eiswürfel aus ihrem Glas und rieb ihn über Tex' Schaft, während Gina der Spur des Eiswürfels mit der Zunge folgte und schließlich die Eichel in den Mund nahm.

Zur gleichen Zeit spürte Daisy von hinten einen anderen Eindringling, größer als der Finger, der bisher ihre feuchte Höhle erforscht hatte. Es war Wayne, der seinen Schaft an ihr rieb. Gina ließ sich auf die Knie sinken und fuhr mit der Zunge über Waynes Schaft. Daisy fiel fast um, als sie eine Zunge auf ihrer Klitoris spürte. Sie sah hinunter und traf Ginas schelmischen Blick. Ohne den Blickkontakt abzubrechen, ließ sie die Zunge über den fetten Fleischknopf tanzen. Daisys Schultern zitterten. Sie biss sich auf die Lippen, um ihre Erregung für sich zu behalten. Am liebsten würde Daisy sich auf den Boden legen, damit Gina mehr Platz hatte. Es war eine neue Erfahrung für sie, und sie wollte sie auskosten.

Gina leckte mit kräftigen Zügen ihrer Zunge, erst über Daisys pochende Klitoris, dann über Waynes pralle Eichel. Daisy ließ sich immer tiefer sinken und ahnte, dass sie nicht mehr die Kraft hatte, sich aufrecht zu halten. Waynes Schaft drang in sie ein, und Gina hörte nicht auf, sie mit der Zunge zu verwöhnen. Wayne stieß immer kräftiger zu, und Daisy warf den Kopf wie in Trance von einer Seite auf die andere, verrückt vor Lust.

Er kam mit voller Wucht, begleitet von einem Schrei, der sich wie Triumphgeheul anhörte. Eine Weile hielt er noch den pumpenden Rhythmus bei, dann wurde er langsamer, und schließlich rutschte er aus Daisy hinaus. Gina schob sich geschickt zwischen seine Beine und leckte ihn sauber.

Sie setzten sich in die Sessel. Gina saß gespreizt auf Tex' Schoß und nahm ihn tief in sich auf. JD und Flynn starrten hungrig auf Daisy, aber sie gab ihnen zu verstehen, dass sie eine Verschnaufpause brauchte. Träge sah sie Tex und Gina zu. Verdammt, die beiden liebten sich. Man merkte es auf den ersten Blick, ihr Akt hatte eine ganz andere Qualität. Daisy wollte auch jemanden haben, den sie liebte. Sie hatte genug vom Bumsen, sie wollte Gefühle erleben, Liebe machen.

In ihrer Melancholie kämpfte sie gegen Tränen an. Die Bar war verräuchert, es roch nach Schweiß, und alles war starr vor Dreck. Nicht wirklich ihre Szene. Was suchte sie hier überhaupt? Sie wollte dringend an die frische Luft und stolperte auf die Tür zu.

»He, wohin gehst du?«, hörte sie Wayne fragen.

Die Tür wurde von draußen aufgestoßen. Sechs Männer stürmten herein, und Daisy begriff sofort, dass es sich um die gegnerische Bande handeln musste. Sie sah Messer und Schlagringe. Es war zu spät, um sich zu verstecken – sie war den Kerlen am nächsten.

Tex und Gina waren aufgesprungen und versuchten verzweifelt, ihre Kleider zu richten. Die Augen der sechs Männer waren auf Daisy und Gina gerichtet.

»Jetzt seid ihr dran, Schlampen.«

»Verpisst euch!«, rief Gina wütend.

Daisy hörte es zweimal klicken. JD und Wayne hatten auch ihre Klappmesser gezogen. Flynn schob Gina in die Schatten und zischte ihr zu, sie sollte sich nicht von der Stelle rühren.

»Wir wollen nur die Schlampen«, sagte der Anführer, ging an Daisy vorbei und knallte ohne jeden Anlass seine Faust gegen Tex' Kinn. Er stolperte rückwärts gegen zwei der Eindringlinge, die schnappten ihn, schwenkten ihn einige Male an Schultern und Beinen und warfen ihn durchs Fenster.

Der Lärm des berstenden Glases war ohrenbetäubend und überlagerte Ginas verzweifelten Schrei. Voller Wut stieß sie ihre Faust in das Gesicht des Mannes, der ihr am nächsten stand. Der Kerl fiel über seine eigenen Füße und landete in einem Sessel. Bevor Gina mit einer leeren Wild Turkey Flasche ihre Arbeit vollenden konnte, wurde sie von einem anderen Kerl von hinten gepackt. Der Angreifer hielt sie fest, obwohl sie um sich trat, und schleppte sie zur Tür. Er war dreimal so schwer wie sie, hatte einen schmierigen Pferdeschwanz und einen zotteligen Vollbart.

Daisy schüttelte sich angewidert. Die arme Gina hatte gegen das Ekelpaket keine Chance.

Es war, als wäre die Hölle ausgebrochen. JD und Wayne ließen die Fäuste fliegen, und Daisy sah, dass die Situation nicht neu für sie war. Sie wichen den Messern der Gegner geschickt aus. Flynn legte sich gleich mit zwei Mann an und erledigte die Sache überzeugend. Einer klappte über der Theke zusammen und sah wie eine Uhr von Dali aus. Der andere blieb auf dem Boden liegen, aber Daisy sah, wie er eine kleine Klinge in der Hand hielt.

»Pass auf, Flynn!«, rief sie entsetzt, als der Gangster mit der Klinge gegen Flynns Bein ausholte. Flynn stürzte zu Boden und hielt sich die Wade. Daisy drehte sich nach einer Waffe um und fand eine leere Flasche Wild Turkey. Sie zerschmetterte auf dem kahlen Kopf des Messerhelden, aber der schüttelte nur kurz den dicken Schädel, ließ dann von Flynn ab und wandte sich Daisy zu.

»Komm her, meine Schöne. Papa wird dir zeigen, wer der Boss ist.« Er war blitzschnell vom Boden hoch, schob Daisy mit der Wucht seines Körpers in eine Ecke und hielt ihr die Klinge an die Kehle. Hinter ihm standen drei seiner Kumpane, die bisher alles schadlos überstanden hatten.

Wayne war zu Tex auf den Hof gelaufen. JD lag bewusstlos auf dem Boden, Blut sickerte aus einer Schulterwunde. Auch Flynn schien das Bewusstsein verloren zu haben, die Blutlache an seinem Bein wurde immer größer.

Der Kahlkopf grinste Daisy triumphierend an, während

sie versuchte, die Situation zu erfassen. Es sah nicht gut aus für sie.

»Ja, meine Schöne, jetzt besorgen wir es deiner Pussy, wie es sich gehört.«

Daisy versuchte, klaren Verstand zu behalten. Er stand ihr zu nahe, um ihm ein Knie in die Weichteile zu rammen. Seine fette Hand grabschte an ihrem Kleid herum und zog es hoch. Seine Kumpane grinsten lüstern und warteten offenbar, dass der Kahlkopf sie aufforderte, sich am Spaß zu beteiligen.

Und dann geschah das Wunder.

Sie selbst erkannte nicht das metallische Klicken, als ein Sicherheitshebel umgelegt wurde, aber die Gangster erkannten es. Ihre Gesichter wurden bleich. Sie drehten sich vorsichtig zur Tür um, wo ein Mann stand, der seine Halbautomatic auf ihre Köpfe richtete.

»Lass die Puppe los und haut ab. Sofort.«

Sie schickte ein stummes Dankgebet zum Himmel. Max Decker hatte endlich gezeigt, dass er das Geld wert war, das sein Vater ihm zahlte. Aber das änderte nichts an der Tatsache, dass einer gegen vier kämpfte. Trotzdem – noch nie hatte sie sich so sehr gefreut, jemanden zu sehen.

Die Gangster hatten sich wieder gefangen und lachten verächtlich. Der Glatzkopf sagte herausfordernd: »Glaubst du, du kannst uns alle ausschalten, bevor wir dir die Haut in Streifen geschnitten haben?«

Er drehte Daisy so, dass sie die Mitte seines Körpers abdeckte. Er legte einen Arm um ihren Hals und drückte zu. Sie spürte das kalte Metall der Klinge jetzt in ihrem Rücken. »Oder sollen wir sie abstechen?«

»Das wollt ihr nicht wirklich«, sagte Decker leise.

»Ich werde ihr die Kehle eindrücken, damit sie nicht schreien kann, und dann bumsen wir sie so lange, bis sie einen Arzt braucht. Du kannst einen Platz in der ersten

Reihe haben, wenn du willst, und wenn wir mit ihr fertig sind, nehmen wir dich auseinander.«

Der große behaarte Kerl, der Gina nach draußen gebracht hatte, kam wieder herein und wartete in der Tür. Decker war ein paar Schritte in die Bar hineingegangen und konnte den Mann in seinem Rücken nicht sehen. Daisy konnte ihn nicht warnen, weil ihre Stimmbänder durch den muskulösen Unterarm wie gelähmt waren.

Sie versuchte verzweifelt, ihn mit den Augen auf den Angreifer aufmerksam zu machen, aber Decker gab nicht zu erkennen, das er ihre Blicke richtig gedeutet hatte.

»Sie ist die Tochter eines der reichsten Männer in New York«, sagte er mit ruhiger Stimme. »Wenn er euch findet, und er wird euch finden, wird er euch die Eier abschneiden und zum Frühstück servieren. Und spätestens zum Mittagessen werden ihr ihn anflehen, euch umzubringen.«

Wieder lachte der Kerl, der Daisy im Griff hatte. »Er wird uns nicht finden. Wir sind Outlaws und immer auf der Rolle.«

Decker lächelte das erste Mal. Es war ein Lächeln, das Daisys Blut gerinnen ließ. In diesem Moment begriff sie, warum ihr Vater ihn engagiert hatte.

»Ja, kann sein«, sagte Decker, und dann drückte er ab, ein, zwei, drei, vier Mal. Er wirbelte herum und attackierte den fünften Mann mit dem Messer im Ärmel. In weniger als fünf Sekunden war die Situation bereinigt. Der Mann hinter ihm krachte gegen die Tür, den Elfenbeingriff des Messers zwischen den Rippen. Die vier Männer, die Daisy umringt hatten, fielen um wie gefällte Bäume. Der Arm um ihre Kehle fiel von ihr ab wie eine tote Schlange. Daisy stand da, zitternd und fassungslos. Die Männer lagen übereinander und bewegten sich nicht mehr. Verspätet stieß sie einen schrillen Schrei aus.

Decker packte sie und zog sie über die Körper hinweg. Sie trat auf eine Hand, und der Mann, dem sie gehörte, begann zu stöhnen. Decker fuhr herum und richtete seine Waffe auf den Mann.

»Warte! Nein!«, rief Daisy. »Er gehört zu uns!« Sie kniete sich neben Flynn. »Bist du okay?«

»Ja, klar. Ich werde das klären. Sieh zu, dass du hier rauskommst.« Er war bleich vor Schmerz, aber sie sah, dass er überleben würde. »Und achte auf die Geschwindigkeitsgrenze«, fügte er lächelnd hinzu.

»Ja, werde ich. Danke, Flynn.« Sie beugte sich über ihn und wollte ihn küssen, aber Decker zerrte sie auf die Füße.

»Wir müssen hier raus, bevor uns noch jemand sieht.« Er zog sie aus der Bar und in die kühle schwarze Nacht. Leute liefen schreiend umher. Gina und Wayne knieten bei Tex, der aber auch überlebt hatte. Daisy wollte zu ihnen, aber Decker ließ es nicht zu. Er duckte sich in die Schatten und rannte hinüber zu einem 500 SL, der neben ihrem Camaro stand.

Daisys Haut fühlte sich klebrig und schmutzig an. Sie zitterte vor Kälte und vom Schock, diese tödliche Auseinandersetzung so hautnah miterlebt zu haben.

»Können Sie fahren?«, fragte er.

»Ich glaube, ich habe zuviel getrunken, aber …«

»Fahren Sie trotzdem. Folgen Sie mir, aber schalten Sie kein Licht ein.«

»Was ist mit meinen Sachen?« Ihre Kleider hatte sie im Motel gelassen.

»Ich habe Ihr Zimmer schon geräumt. Steigen Sie ein und heben Sie sich Ihre Fragen für später auf.«

Sie stieg in ihr Auto und war froh, so geistesgegenwärtig gewesen zu sein, die Handtasche mit der Kamera gerettet zu haben. In aller Stille verließen sie den Parkplatz. Im Rückspiegel sah sie die Menschen immer noch bestürzt hin und her rennen, aber niemand verfolgte sie. Stumm verabschiedete sie sich von Gina, Tex und Wayne.

Elftes Kapitel

Sie folgte Decker über eine unebene Straße, begleitet vom Neumond, der ihnen den Weg wies. Es schien Stunden zu dauern, ehe er endlich anhielt und ausstieg. Sie befanden sich immer noch in der Wildnis, nur das schwache orange Glühen in der Ferne.

Decker kam zu ihr und sagte, sie sollte aussteigen. Als sie das befolgt hatte, setzte er sich auf den Fahrersitz und fuhr vom Weg ab. Im Schatten einer Felsengruppe hielt er an. Daisy schüttelte sich vor Kälte, und weil es in seinem Auto nicht wärmer war, lief sie Decker hinterher. Er hatte die Motorhaube ihres Camaro geöffnet und schabte an irgendwas herum. Dann machte er sich mit einem Schraubendreher am vorderen Kennzeichen zu schaffen.

»He, was soll das?«, rief sie wütend. »Wir lassen das Auto nicht stehen! Ich habe fünfhundert Dollar dafür bezahlt!«

Er reagierte nicht, schraubte erst das Kennzeichen vorn ab und dann hinten. Er sah, dass ihre Handtasche nicht mehr auf dem Rücksitz lag, deshalb holte er den Benzinkanister, den sie vorher nicht gesehen hatte, und sprenkelte den Inhalt über die Sitze. Er reichte ihr eine Streichholzschachtel.

»Fünfhundert Dollar oder einen Aufenthalt in San Quentin? Das können Sie selbst entscheiden.«

»Flynn ist ein Cop. Ich traue ihm.«

Decker lachte verbittert. »Traue niemals einem Cop, Daisy. Kann sein, dass Flynn vergisst, dass er uns gesehen hat, aber ich fühle mich sicherer, wenn wir die deutlichsten Spuren vernichten.« Er nahm die Streichholzschachtel wieder in seine Hand, rieb eins an und warf es durchs Fenster. Es gab eine riesige Stichflamme, und Daisy wandte sich demonstrativ ab, verabschiedete sich vom Camaro und ließ sich von Decker zu seinem Auto führen.

Es schien eine kleine Ewigkeit zu dauern, bis sie den Highway erreichten. Sie blickte zurück, aber da gab es nichts mehr zu sehen. Ihr Auto war schon in Flammen aufgegangen. Sie fragte Decker nicht, wohin sie unterwegs waren.

»Ich kann kaum glauben, dass Sie sich über fünfhundert Dollar aufregen. Ich dachte, ihr reichen Mädchen bezahlt so viel für ein Paar Schuhe.«

Sie blinzelte ihn an, und es fiel ihr wie Schuppen von den Augen. »Jetzt verstehe ich endlich. Sie sind sauer auf mich, weil Sie losgeschickt wurden, ein verwöhntes Mädchen zu beschützen. Das ist längst nicht so aufregend, wie im Sekundentakt Menschen auszuschalten. Damit das klar ist – ich habe drei Jahre lang um meinen Job gekämpft, ich habe mir den Arsch aufgerissen, habe keinen Urlaub genommen, um endlich auf eigenen Beinen stehen zu können – und dann muss ich wegen eines miesen kleinen Bastards meine Stelle kündigen. Danach wollte ich ein bisschen Urlaub machen, aber den hat mir ein Macho versaut, gegen den Rambo ein Waisenknabe ist. Ich will nicht, dass mein Vater für meine Auslagen aufkommt. In England habe ich gelernt, mit fünfundzwanzig Pfund in der Woche zu leben. Ich werde mir ein eigenes Haus und ein eigenes Auto kaufen, und selbst wenn mein Vater mir helfen will, lasse ich es nicht zu, denn mein Leben gehört mir und sonst niemandem.«

»Wie viel muss ich Ihnen zahlen, damit Sie endlich die Klappe halten?«, murmelte er, als sie Atem schöpfen musste.

Sie hatte keine Lust, darauf zu antworten, obwohl sie es hasste, dass er wieder das letzte Wort hatte. Stumm schmollte sie vor sich hin und überlegte, was er geplant hatte.

»Wohin geht's jetzt?«, fragte sie, als sie die Ungewissheit nicht mehr länger ertragen konnte. Sie hatte ihrem Vater gesagt, sie würde am folgenden Samstag bei ihm sein, aber trotz allem, was geschehen war, hatte sie keine Lust, nach Hause zu gehen. Sie brauchte noch ein paar Tage Urlaub, um sich von diesem hier zu erholen.

»Wenn Sie auch keinen Urlaub mehr brauchen – ich habe eine kurze Entspannung dringend nötig«, sagte Decker. »Aber ich wäre Ihnen dankbar, wenn Sie es einrichten könnten, dass dieser Urlaub nicht ganz so ereignisreich verläuft wie bisher.«

Seine Höflichkeit ließ sie lächeln, und mit diesem Lächeln um die Lippen schlief sie ein. Sie merkte erst, dass sie geschlafen hatte, als er sie sanft schüttelte. Das Auto stand.

»Kommen Sie, ich bringe Sie ins Bett.« Er half ihr aus dem Auto und führte sie in die kalte dunkle Nacht. Blinzelnd hängte sie sich bei ihm ein, und er holte ihre Tasche vom Rücksitz. Ihre Uhr sagte, dass es Mitternacht war, aber sie fühlte sich wie vier Uhr morgens.

»Wo sind wir?«, fragte sie. Dann sah sie das Schild.

The Chieftain's Rest lag in einem halbmondförmigen Tal. Große Warnschilder waren an Gebrechliche und Behinderte gerichtet; spätere Schadensersatzforderungen konnten nicht berücksichtigt werden. Menschen mit Höhenangst wurden auch gewarnt, und außerdem lehnte das Hotel jede Verantwortung für alle ab, die unter dem Einfluss von Alkohol oder Drogen standen oder sich unverantwortlich verhielten.

Am Hang einer schroff abfallenden Klippe stand ein lang gestrecktes, niedriges Gebäude, wahrscheinlich die Rezeption des Hotels. Hinter einem Tor befand sich ein schmaler Pfad mit einem Geländer, das einen davor bewahren sollte, siebzig Meter hinunter in die Tiefe zu stürzen. Am Ende des Pfads gab es eine fünf Meter lange Leiter aus dicken Tauen.

»Na, großartig«, seufzte Daisy. Bergsteigen nach dem Albtraum in der Bar. Es war ihr bewusst, dass sie in dem engen Lederkleid eine Menge Po zeigte, nur eine Handbreit von Deckers Gesicht entfernt. Schneller als sie gedacht hatte, standen sie wieder auf festem Boden, und er fing sie in seinen Armen auf. Einen Moment lang standen sie sich verdutzt gegenüber, dann trennten sie sich verlegen und vermieden es, sich in die Augen zu sehen.

Eine zierliche alte Indianerfrau begrüßte Decker wie einen Sohn und lächelte wissend, als er ihr Daisy vorstellte. Daisy hätte gern gewusst, was Decker der Frau über sie erzählt hatte. Sie führte sie mit einer Sturmlampe zu ihrem Zimmer, das eine kühle, dunkle Höhle war, von einer Öllampe über jedem Bett schwach beleuchtet. Die Wände bestanden aus dem Fels des Bergs. Daisy ließ sich erschöpft aufs erste Bett sinken, und Decker deponierte das Gepäck auf das andere Bett.

»Ich brauche einen Drink«, sagte er und ging hinaus.

Sie zog Ginas Kleid aus und legte sich auf die kühlen Laken. Sie roch nach Sex und Whisky, und ihr Körper war verschwitzt, aber sie war zu müde für eine Dusche. Ihre Muskeln fühlten sich an, als hätte sie drei anstrengende Tage im Sattel gesessen. Sie weigerte sich, in den Spiegel zu schauen, sie wollte nicht sehen, in welchem Zustand sie sich befand.

Sie hörte, dass Decker nach etwa einer Stunde zurückkam, und sie nahm sofort wahr, dass er nach Whisky roch. Sie hörte ihn leise fluchen und dann über den Boden kriechen. Als er sah, dass sie sich aufgerichtet hatte und ihn ansah, hob er den Kopf, als ob er eine Tonne schwer sei und starrte sie an.

»Willst du ficken?« Er ließ sich auf ihr Bett fallen und legte eine Hand auf ihren Bauch. »Ich meine, ich wüsste nicht, warum du was dagegen haben solltest – du fickst ja sonst mit jedem.«

Erzürnt schlug sie ihm ins Gesicht. »In Ihrem Zustand kriegen Sie doch keinen hoch.«

»Bei dir bestimmt«, sagte er, dann kippte er um und lag ausgestreckt auf dem Boden.

»Großartig«, sagte sie, drehte ihm den Rücken zu und ließ ihn auf dem Boden liegen.

Sie konnte nicht schlafen und wusste nicht, was sie tun sollte. Dann erinnerte sie sich an eine alte Katzenweisheit. Wenn du nichts Besseres zu tun hast, putz dich. Neben ihrem Zimmer befand sich ein winziges Bad. Toilette, Waschbecken und Dusche auf kleinstem Raum. Sie stellte sich unter die Dusche und wusch alle Spuren der vorangegangenen Exzesse ab. Sie rubbelte sich trocken und schlüpfte in ein frisches T-Shirt und ein Höschen.

Decker hatte sich noch nicht gerührt. Sie hob seine Beine aufs Bett, um es ihm etwas bequemer zu machen, dann öffnete sie einen Hemdknopf und hoffte, dass er aufwachte, aber das geschah nicht. Sie knöpfte das Hemd ganz auf und starrte auf seine Brust.

Sie wusste sofort, warum er stets so zugeknöpft war. Die Narbe verlief von oben bis unten, als hätte jemand versucht, ihn auszuweiden. Unterhalb der Kehle war die Haut sternförmig zusammengefasst worden, als hätte ein großes Stück gefehlt.

»Oh, Himmel«, murmelte sie ergriffen und fuhr mit einer Fingerspitze über die Narbe, die sich warm und uneben anfühlte, aber überhaupt nicht ekelhaft.

Er brummte etwas und hob eine Hand, als wollte er Daisy abwehren, aber dann fiel seine Hand schlaff zurück. Der erneute Beweis seiner Verletzlichkeit weckte einen Schub an Sympathie in ihr. Sie drückte die Lippen auf seine verletzte Haut und wusste, dass er wütend sein würde, wenn er jetzt aufwachte.

Aber er zeigte keine Neigung aufzuwachen. Die langen dunklen Wimpern lagen reglos auf den hohen Wangenknochen. Er sah jünger und weniger aggressiv aus als im Wachzustand. Sie hob seinen Arm und ließ ihn wieder fallen. Er schlief tief wie im Koma. In ihr kribbelte es, obwohl ihr Verstand ihr sagte, dass sie es nicht tun sollte. Auf der anderen Seite bot sich ihr jetzt eine Gelegenheit, die sie nicht verpassen wollte.

»Du gehörst jetzt mir, Max Decker«, flüsterte sie und grinste breit.

Sie öffnete seine Hose. Er bewegte sich und murmelte etwas, aber er wachte immer noch nicht auf. Eine Weile starrte Daisy auf seinen Körper. Ausgeprägte Muskeln, aber nicht so aufgebläht wie bei einem Bodybuilder. Noch nie hatte sie einen so austrainierten Körper gesehen. Die Narbe wirkte eher anziehend auf sie, sie gab Zeugnis davon, dass er auf Leben und Tod gekämpft und gewonnen hatte.

Wenn die dicke Schwellung in den Boxershorts nicht genügte, um seine Männlichkeit zu unterstreichen, dann zeigte seine Narbe, wie stark er war. Liebevoll schaute sie auf seinen Schoß. Es juckte ihr in den Fingern, ihm die Shorts auszuziehen, damit sie sein langes Ding genau betrachten konnte. Was würde geschehen, wenn sie sich traute?

Sie konnte nicht widerstehen, legte eine Hand über die Schwellung und spürte, wie sie dicker wurde. Oh, wie unanständig sie war, dachte sie, als sie ihn streichelte und beobachtete, wie sein Penis ein Zelt unter den Boxershorts bildete, während sich sein Unterbewusstsein mit einer namenlosen Phantasie füllte.

Er wurde noch härter in ihrer Hand, obwohl er immer noch reglos da lag. Versuchsweise schob sie die Shorts ein bisschen über die Hüften, und als er nicht aufwachte, zog sie den Stoff noch etwas weiter nach unten. Sein Schamhaar war so dunkelrot wie die Haare auf dem Kopf, sehr weich und seidig. Sie befühlte die stattliche Größe des Schafts und glitt mit den Fingerspitzen über die prall gefüllten Hoden. Sie spürte, wie ihr eigenes Geschlecht zu pulsieren begann.

»Steht wie eine Eins«, murmelte Daisy, und bevor sie sich zur Ordnung rufen konnte, beugte sie sich über seine Männlichkeit und presste die Lippen auf seine Eichel. Sie zitterte unter ihrer Berührung, und aus der Öffnung zwängte sich ein kleiner, durchsichtiger Tropfen. Daisy sah in sein Gesicht, um Anzeichen für ein Aufwachen zu erkennen. Einen kurzen Moment lang dachte sie, dass er vielleicht nur simulierte.

Nichts außer seinem tiefen Atem hörte sie. Es war ihr bewusst, dass sie mit Feuer spielte, aber sie setzte ihr Streicheln des Schafts fort. Decker begann zu stöhnen, und seine Hüften hoben sich leicht gegen ihre Hand. Daisy wurde mutiger und strich mit der Zunge über die Länge des Schafts, von der Wurzel bis zur salzigen Spitze. Es schmeckte gut – so gut, dass sie es wiederholte. Dann strich sie wieder mit der Hand über den Schaft und rieb etwas kräftiger, ehe sie erneut die Zunge einsetzte.

Sie ahnte, dass er bald aus seinem komatösen Zustand aufwachen würde, deshalb verstärkte sie ihre Bemühungen. Sie wollte ihn unbedingt zum Orgasmus bringen, ganz egal, welchen Ärger sie sich dadurch einhandelte. Plötzlich spannte sich der Schaft, er zuckte in ihrer Hand, und dann sprühte cremiger weißer Samen über seine Brust.

Daisy rutschte zurück in ihr Bett, zog das Laken hoch und tat so, als hätte sie mit der ganzen Sache nichts zu tun. Heimlich sah sie zu, wie er die Augen aufschlug. Sie hielt den Atem an.

»Was soll das denn? Himmel, nicht schon wieder ...« Er wischte sich sauber und stieß einen Seufzer aus. »Verdammt, Max, du hast dich nicht im Griff.«

Daisy biss sich auf die Lippen, um nicht laut aufzulachen, als sie ihn hinausgehen hörte. Sie roch Zigarettenrauch.

Fünf Minuten später kam er wieder und blieb vor ihrem Bett stehen, als wollte er sich davon überzeugen, dass sie wirklich schlief. Sie versuchte, gleichmäßig zu atmen, und wünschte, sie hätte den Mut, die Augen zu öffnen und ihn anzulächeln. Er legte sich ins Bett, aber sie wusste, dass er nicht schlafen konnte. Durch halb geschlossene Lider sah sie, dass er voller Anspannung auf dem Rücken lag. Er bedeckte sein Gesicht mit den Händen und stöhnte leise.

»Reiß dich zusammen«, schalt er sich, ohne zu wissen, dass er eine Zuhörerin hatte. Sie konnte seine Hand sehen, die zögernd zum Penis griff und ihn mit den Fingerspitzen massierte.

Daisy hatte noch nie gesehen, wie sich ein Mann selbst befriedigte und war fasziniert von seinem kräftigen und zugleich zärtlichen Griff. Seine Hand hielt den Schaft umfasst. Der Daumen rieb über die feuerrote Spitze. Als er richtig zur Sache ging, sah er aus, als befände er sich in einem dramatischen Traum; er stieß das Laken von sich, bis es halb auf dem Boden lag.

Ihre sadistische Ader meldete sich. »Deck? Sind Sie okay?«, flüsterte sie schlaftrunken, als wäre sie gerade erst aufgewacht.

»Hm? Schlafen Sie weiter.«

Er griff nach seinem Laken und zog es über seine Nacktheit. Sie hielt die Augen geschlossen und hörte, wie er wieder hinausging, um noch eine Zigarette zu rauchen. Die Frage war, woran er gedacht hatte, als er sich in der Gegenwart der Tochter seines Bosses einen heruntergeholt hatte? Hatte ihn die Frustration, sie so nahe bei sich zu wissen, dazu gebracht, sich unbedingt erleichtern zu müssen?

Schließlich kam er zurück, und nachdem er sich hingelegt hatte, schien er bald eingeschlafen zu sein, während Daisy wach lag, viel zu aufgewühlt von den Ereignissen dieser Nacht. Sie überlegte, den Vibrator einzusetzen, aber der Motor würde zu laut sein, also musste sie sich mit den eigenen Fingern begnügen, denn sie wusste, wenn sie sich keinen Orgasmus bescherte, würde sie nicht einschlafen können.

Unter dem Laken standen ihre Nippel hart und kribbelnd hervor. Sie wurden noch härter, als sie sie über dem Betttuch streichelte. Ihr gefiel es, das sanfte Reiben der glatten Baumwolle an ihrem empfindlichen Fleisch. Sie spielte eine Weile mit ihren Brüsten, bis das Pochen in ihrer Klitoris zu heftig wurde, um es weiter ignorieren zu können. Sie fuhr mit der Zunge über die Finger einer Hand und begann sich sanft zu streicheln.

Sie war klatschnass, denn ihr Körper reagierte immer noch auf Deckers aufregendes Masturbieren. Ihre Finger flogen über die Klitoris, während sie nur eine Armeslänge von ihm entfernt lag. Vielleicht besorgte er es sich jetzt in diesem Moment auch noch einmal.

»Oh, oh, oh«, stieß sie in kleinen spitzen Schreien heraus, und dann kam es ihr. Sie biss sich auf die Lippen und schaute angespannt auf seinen schlaffen Körper. Keine Bewegung.

»Wer träumt, versäumt, Deck«, murmelte sie, ehe sie sich ins Laken kuschelte und sofort einschlief.

Als sie am nächsten Tag aufwachte, war es fast Mittag. Decker gehörte offenbar zu den Langschläfern. Sein nackter Körper war vom dünnen Betttuch nur halb bedeckt und ließ eine Hüfte nackt, nicht aber seinen Schoß. Ein Bein hing über dem Bett, der Fuß berührte fast den Boden. Als Daisy aus Versehen gegen seine Tasche stieß, drehte er sich in eine Fötuslage und entblößte dabei seinen Hintern.

Er schlug die Augen auf, und ihre Blicke begegneten sich, aber er drehte sich sofort wieder auf die Seite, so dass sie in alle Ruhe seinen Körper betrachten konnte.

Die zierliche Indianerfrau stand vor der Tür, als ob sie

dort gewartet hätte, und fragte Daisy, ob sie Kaffee wollte. Sie hatte die zerfurchte Walnusshaut der Navajos und kohlschwarze Augen, die in Daisy ein seltsames Unbehagen auslösten.

Sie folgte der Frau und fand sich auf einer breiten Veranda mit vielen Tischen und Stühlen wieder. Die Indianerin erzählte ihr, dass *The Chieftain's Rest* bereits Anfang des Jahrhunderts gebaut worden war. Die meisten Gäste hielten sich im *kiva* auf, traditionell der Ort eines feierlichen Treffens. Wenn indianische Gesetze noch etwas zählen, sagte die Frau, dann dürften sich gar keine Weißen hier aufhalten.

Am Abend, so erfuhr Daisy weiter, würde für die Gäste ein großes Feuer angezündet, und alle würden ihr Essen rund um das Feuer einnehmen. Das Menu war ziemlich beschränkt, *chili con carne,* beschränkt schon deshalb, weil es mühselig und teuer war, die verschiedenen Vorräte anzuliefern. Trotzdem, so konnte sich Daisy überzeugen, gab es ein üppiges Sortiment an alkoholischen Getränken.

Das Frühstück lief unter ›Kontinental‹, was nichts anderes bedeutete als Kaffee und Pasteten. Daisy hatte schon einige entsetzliche Varianten des kontinentalen Frühstücks erleben müssen und war gespannt, wie es hier ausfallen würde.

Sie schaute über die zerklüftete Landschaft und spürte plötzlich ohne jeden Zweifel, dass dies der besondere Ort war, den sie gesucht hatte. In ihrer Kehle bildete sich vor lauter Ergriffenheit ein dicker Kloß, und heiße Tränen schossen ihr aus den Augen.

Zum Glück war kaum jemand auf der Terrasse. Unten in den Bäumen schwatzten die Eichelhäher. Weiter unten lag das grüne Tal mit Pinien, Eichen und Wacholder. Dahinter erstreckte sich eine riesige Wüste mit bizarren Felsgruppen und engen Schluchten. Sie sah alle Schattierungen von

Ocker und Altrosa bis zu glühendem Gold. Von der Terrasse führte ein schmaler verschlungener Pfad in den Wald.

Die alte Frau kam mit einer Kanne frisch duftenden Kaffees zurück, und gleichzeitig stellte sie einen Teller mit klebrigen Zimtbrötchen vor Daisy. Sie waren noch warm, frisch aufgebacken. Manna vom Himmel, dachte Daisy dankbar lächelnd.

Die Indianerin schien froh zu sein, mit jemandem plaudern zu können. Sie erzählte, dass sie und ihr Mann das Anwesen in den siebziger Jahren gekauft hatten und sehr glücklich hier gewesen waren, bis er im vergangenen Jahr verstorben war. Jetzt dachte sie darüber nach, alles zu verkaufen und zum See Havasu umzuziehen, wo sie sich ihren Alterssitz gebaut hatten. Bisher hatte sie den Gedanken nicht ertragen, hier alles aufzugeben, aber ihr Augenlicht ließ nach, die Knochen wurden brüchig – sie wusste, dass die Zeit gekommen war, Abschied vom *Chieftain's Rest* zu nehmen.

Erst jetzt erfuhr Daisy, dass sie sich in Colorado befanden, am Rand des Mesa Verde Nationalparks und nahe der Grenze zu New Mexico. Die Bar der Biker hatten sie über hundert Meilen westlich hinter sich gelassen; kein Wunder, dass Decker gestern Abend einen Schlummertrunk benötigt hatte.

Kaum, dass sie an ihn dachte, tauchte er auf. Er trat an ihren Tisch und ließ sich schwer in einen Sessel fallen, als wäre es eine zu schwere Last für ihn gewesen, vom Zimmer auf die Veranda zu gehen. Er war geduscht und rasiert und ausgehfertig angezogen, und trotzdem sah man ihm an, dass er keine erholsame Nacht verbracht hatte. Die alte Frau sah treuherzig von Daisy zu Decker und erhob sich dann schwerfällig.

»Ihr braucht mich jetzt nicht mehr, jetzt habt ihr euch.«

»Nein, nein. Sie können gern bleiben«, sagte Daisy,

ein bisschen mehr verzweifelt, als sie hatte klingen wollen.

»Ich habe Arbeit, die auf mich wartet, und ihr sicher auch«, antwortete sie, und wieder sah Daisy das seltsame Strahlen in ihren Augen. Decker schien nicht zu bemerken, wie sehr sie sich bemühte, sie zu verkuppeln. Mit dürren Worten orderte er schwarzen Kaffee, und die Frau ging davon.

»Sie sind hier nicht in New York, Deck«, tadelte Daisy ihn. »Hier sind die Menschen nett zueinander.«

Die Frau kam mit Kaffee und frischen Zimtbrötchen zurück. Wortlos legte sie eine Packung mit Kopfschmerztabletten auf den Tisch und zwinkerte Daisy verstohlen zu. Daisy musste laut lachen. Decker warf sich drei Tabletten ein und spülte sie mit Kaffee hinunter.

»Gut geschlafen?«, fragte sie mit unschuldigem Augenaufschlag.

Er hörte auf zu kauen und nickte knapp. »Und Sie?«

»Ach, ich war ein bisschen rastlos. Es ist verrückt, was man alles im Schlaf hört.«

Er schluckte. »Was haben Sie gehört?«

Sie fing seinen Blick über dem Rand ihrer Kaffeetasse ein. »Sie.«

»Das ist wirklich verrückt, denn ich hätte schwören können, ich hätte Sie gehört.«

»Nun, dann sind wir quitt.« Sie fluchte innerlich, weil ihre Wangen rot angelaufen waren. »Sie sehen mir nicht wie jemand aus, der sich mit Hängeleitern auskennt, Decker. Wieso wissen Sie von diesem Hotel?«

»Der erste Eindruck täuscht oft«, erwiderte Decker. »Sie sind das beste Beispiel dafür. Jetzt sitzen Sie neben mir und wirken wie ein frischer Frühlingstag, und gestern Abend noch waren Sie der Mittelpunkt in einer ganz gewöhnlichen Orgie. Was sind Sie eigentlich für ein Mensch?«

Daisy spielte mit der Kaffeetasse und kämpfte gegen ihre

Verärgerung an, dass es ihm immer wieder gelang, ihr Schuldkomplexe einzureden.

»Ich glaube, Sie sind nur eifersüchtig, weil es einem Mann nicht möglich ist, eine Bar zu betreten, mit den Fingern zu schnipsen und vier Frauen vorzufinden, die ihm zu Willen sind.«

»Ich verstehe einfach nicht, was es Ihnen bringt.«

»Das ist leicht zu erklären«, gab sie zurück. »Sie scheinen absolut nichts davon zu verstehen, was es bedeutet, jemandem Vergnügen zu bereiten.«

In seinem Gesicht zuckte es leicht. Sie erinnerte sich an seine Narbe und wusste, dass sie ihn unter der Gürtellinie getroffen hatte.

»Was ist mit Ihnen passiert?«, fragte sie.

»Ich weiß nicht, was Sie meinen.«

»Ich meine Ihre Narbe.« Sie sah wieder sein Zucken, diesmal deutlicher als zuvor. »Hat jemand ...?«

»Ich will nicht darüber sprechen.«

Sie seufzte resigniert. »Ja, gut, das muss ich für den Augenblick akzeptieren. Dann reden wir jetzt über Ihr Problem mit mir. Was ist so falsch daran, dass ich meinen Spaß haben will? Das ist nicht anderes, als wenn Sie sich eine Prostituierte holen. Nur, dass ich nicht dafür bezahlen muss. Ist das Ihr Problem?«

»Mein einziges Problem besteht darin, Sie heil zu Ihrem Vater zurückzubringen. Mit wem Sie vögeln, ist mir egal.«

»Und warum haben wir dann dieses Gespräch?«

Er sah sie mürrisch an, dann trank er mürrisch seinen Kaffee.

»Wenn wir diesen Auftrag gemeinsam überleben wollen, sollten Sie etwas aufheitern«, sagte sie.

»Ja, gut. Ich heitere auf, und Sie werden vernünftig. Einverstanden?«

»Ich lasse mich auf keinen Handel mit selbstgerechten

Ärschen ein«, sagte sie kühl. Sie wollte aufstehen, aber seine Hand hielt sie zurück.

»Es tut mir Leid. Aber Sie sollten mir keine schwierigen Fragen stellen, wenn ich unter einem ausgewachsenen Kater zu leiden habe. Bleiben Sie sitzen.«

Sie nahm wieder Platz. Er wies mit dem Kopf auf die phantastische Aussicht. »Gefällt es Ihnen hier?«

»Es schlägt jede Raststätte am Highway«, antwortete sie, nicht bereit, ihre Faszination mit ihm zu teilen. Sie könnte sich einen Job in Durango suchen und mit ihren Ersparnissen ein Haus kaufen. Und dann? Eine kleine Pension, Übernachtung mit Frühstück? Nein, das passte nicht zu ihr. Wie wäre es mit einem Studio für einheimische Künstler und Fotografen? Sie ging die einzelnen Möglichkeiten durch.

»Einer wird nachher seine Freude haben«, sagte er und riss sie aus ihren Zukunftsplänen. Sie sah ihn an, weil sie nicht wusste, worauf er hinauswollte, und zum ersten Mal an diesem Morgen fiel ihr auf, wie attraktiv er aussah. Er trug ein cremefarbenes Leinenhemd, dessen Ärmel er bis zu den Ellenbogen hochgekrempelt hatte.

»Wieso?«

Er zündete sich eine Chesterfield an und wies auf die Gewitterwolke über der Wüste. »Da braut sich was zusammen. Muss eine Lust für die Sturmjäger sein.«

»Ja, stimmt.« Sie war so sehr in ihre Gedanken versunken gewesen, dass sie die Entwicklung des Sturms gar nicht bemerkt hatte. Deckers Gesicht verschwand hinter dem Rauch seiner Zigarette. Das würde ein großartiges Bild geben, dachte sie, der Rauch, der sich vor seinem Gesicht kräuselte, und dahinter die schroff aufragende Klippe.

»Wohin schauen Sie?«

Seine leicht ungeduldige Stimme riss sie erneut in die Gegenwart zurück.

»Ich möchte Sie gern fotografieren«, antwortete sie, und gleich darauf hätte sie sich am liebsten wegen ihrer Gedankenlosigkeit in den Hintern getreten. Fotografiert zu werden war wahrscheinlich das Letzte, was er wollte. »Sie haben meine Frage von vorhin noch nicht beantwortet«, sagte sie, um rasch das Thema zu wechseln. »Woher kennen Sie diese Herberge?«

Er zog lässig an seiner Zigarette. »Als ich ein Junge war, hat die Kirche ein Ferienprogramm für Stadtkinder aufgelegt. Ein Monat im Sommer, ein Monat in frischer Luft. Irgendwann war ich dran. Wir wurden zu einem Bauernhof gebracht, direkt am Stadtrand von Cortez. Damals war ich zwölf, und es war die einzige Ferienreise, die ich als Kind und Jugendlicher je erlebt habe. Ich habe die ganze Gegend erkundet, und natürlich bin ich auch von oben über die Strickleiter geklettert. Sobald ich es mir finanziell leisten konnte, habe ich hier Urlaub gemacht. Jetzt komme ich alle paar Jahre hierher.«

Sie wollte ihm sagen, dass es die längste Rede war, die sie je von ihm gehört hatte, aber sie verschluckte die Bemerkung, weil sie gerade dabei waren, ein fast normales Gespräch zu führen.

»Woher kommt die Begeisterung?«

Er zeigte mit dem Arm auf die Landschaft. »Müssen Sie da noch fragen?«

»Ich weiß, warum sie mich fasziniert, aber bei Ihnen bin ich mir nicht sicher. Leute betrachten Schönheiten auf unterschiedliche Weise. Ich kenne Menschen, die würden diese Landschaft als Vorstufe der Hölle bezeichnen.«

Er nickte. »Ja, kann sein. Ich bin mit Minnie, das ist die alte Indianerin, die das Hotel führt, gut befreundet. Sie hat mir beigebracht, das Wetter zu deuten und das Land zu lieben. Das führt zu einem reinigenden Prozess, der den Dreck von Manhattan aus deinem Gehirn pustet.« Er lachte.

Daisy erinnerte sich an etwas, das sie erst vor ein paar

Tagen verwundert hatte, obwohl es ihr so vorkam, als wäre es schon vor Jahren geschehen.

»Deshalb wissen Sie so viel über Tornados? Sie wissen wahrscheinlich mehr als Keith, Mike und Karen zusammen.«

»Kaum«, antwortete er. »Ich bin kein Wissenschaftler. Ich weiß nur, was ich fühle.«

Ich wüsste gern, was du jetzt denkst, sinnierte sie. »Ich wünschte, das könnte ich auch sagen«, meinte sie seufzend.

Er sah sie mit einem Ausdruck an, den man für Mitleid hätte halten können. »Ich schätze, das Leben ist derzeit recht konfus für Sie.«

»Nicht konfus, nur sinnlos. Aber ich arbeite daran.« Sie schaute über die sich wiegenden Gräser im Tal und über die orangefarbenen Schatten der Felssilhouetten in der Wüste. Sie wusste, dass er sie neugierig beobachtete.

Nach dem Frühstück ging er mit ihr zur Klippe, um ihr die Gegend zu erklären. Er zeigte ihr den Monolithen Schlafender Ute im Westen, während über ihnen die Geier kreisten. Im Norden ragten die zerklüfteten Bergspitzen hoch, wo die Espen wuchsen und der Bergbach rann, das Wasser so klar und hart wie Diamanten. Ihr Eifer, alles über Land und Natur zu hören, traf sich mit seinem Eifer, ihr sein Wissen zu vermitteln. Zum ersten Mal hatte sie das Gefühl, dass sie auf einer Ebene kommunizieren konnten.

Aber sie brauchte Zeit für sich, sie musste über sich nachdenken, deshalb bat sie ihn, ihr sein Auto zu leihen, weil sie in den Mesa Verde Nationalpark fahren wollte. Zu ihrer Überraschung schien er froh zu sein, sie gehen zu lassen. Er wollte Minnie an diesem Morgen helfen, sagte er. Der Sturm hatte in der vergangenen Woche einen Zaun niedergerissen. Decker empfahl ihr die besten Straßen. Er kannte sich aus, als wäre er ein Park Ranger.

Sie fuhr in den Park und fühlte sich seltsam erfrischt.

Alles, was in der Bar der Biker geschehen war, schien unwirklich wie ein Film zu sein. Selbst Decker schien an diesem Morgen ganz anders zu sein, jedenfalls nicht der steife, sture Leibwächter, der er in den vergangenen zwei Wochen gewesen war. Oder wie ein Mann, der gestern vier Menschen kaltblütig ausgeschaltet hatte.

Sie hatte einen kleinen Rucksack mit Mineralwasser, Chips, frischen Pfirsichen und Minnies Pasteten gepackt. Auf dem kurzen Weg in den Park fuhr sie an einem Laden vorbei, der indianische Erzeugnisse und Westernsouvenirs feilbot. Sie hielt an und kaufte einen kurzen Rock, dessen Saum mit roter Stickerei geschmückt war. Dann fand sie ein weißes Top, das sie an eine Zigeunerbluse erinnerte.

Der Rock war so kurz, dass man ihr Höschen sehen konnte, wenn sie sich nach vorn beugte. Das würde Chico gefallen, wenn sie das nächste Mal mit ihm durch die Clubs zog. Falls es je wieder dazu kam. Sie hatte das Gefühl, dass er ihr aus dem Weg gehen würde. Sie hätte gern noch ein handgearbeitetes Silberhalsband gekauft, aber dann erinnerte sie sich daran, dass sie erst das Geld verdienen musste, ehe sie es ausgeben konnte.

Im Park versuchte sie Chico anzurufen – ohne Erfolg. Sie rief in seinem Büro an und erfuhr, dass er sich auf einer Geschäftsreise befand. Daisy glaubte nicht daran. Sein Handy war ausgeschaltet. Irgendetwas stimmte nicht, schoss es ihr durch den Kopf. Ob sie Enrico anrufen sollte? Sie entschied sich dagegen, denn vielleicht brachte sie Chico in die Bredouille, falls er mit einem Geliebten unterwegs war und seinem Vater erzählt hatte, er würde sich mit ihr treffen.

Sie verzichtete darauf, ihm weitere Nachrichten zu schicken. Wenn er seine alte Freundin Daisy ignorieren wollte – bitte. Sie würde sich die letzten Tage ihres Urlaubs nicht verderben lassen.

Im Schatten eines Felsvorsprungs, verborgen vor den

Touristen und vor der glühenden Nachmittagssonne, suchte sie sich einen gemütlichen Platz und las eine Weile in ihrem Buch, um sie herum nur farbenfrohe Eidechsen. Es war so still und friedlich, dass sie die Gegenwart eines anderen Menschen erst wahrnahm, als sie aufblickte und einen Mann auf einem benachbarten Felsen sah.

Er hatte ihr den Rücken zugewandt, und sie nahm an, dass er sie noch gar nicht gesehen hatte, als er mit einer Reihe anmutiger Übungen begann, die sie als Tai-Chi erkannte.

Sie war fasziniert. Er schien am Rand der Welt zu stehen, im absoluten Gleichgewicht, die nackten Füße auf dem heißen Fels. Schweiß glänzte auf seinen Schulterblättern und wurde von der kurzen ärmellosen Weste aufgesogen. Um den Hals trug er eine schwarze Bandanna. Die Khakihose war auch mit Schweißflecken besprenkelt, er hatte sie bis zu den Knien hochgerollt.

Ab und zu hörte sie, wie er tief einatmete und dann die Luft aus der Tiefe seines Körpers ausstieß. Daisy hatte das Buch längst vergessen, es war viel unterhaltsamer, den attraktiven Mann zu beobachten. Träge dachte sie, dass er sie an jemanden erinnerte.

Verdammt! Sie kroch tiefer unter den Felsen, damit er sie nicht sehen konnte, falls er sich umdrehte. Aus der gesicherten Deckung blinzelte sie um die Ecke. Er stand entspannt da, ein Bein im Winkel von neunzig Grad gestreckt, der Rücken so gerade wie ein Besenstiel. Die Arme weit von sich gestreckt, hob sich das abgewinkelte Bein immer höher und senkte sich dann langsam wieder auf den Boden. Er war geschmeidig wie ein Tänzer und zeigte eine innere Energie, stählern wie die Kraft seiner Gedanken.

Sie spürte die klamme Klebrigkeit zwischen den Beinen. Es wäre leicht, ihn zu sich zu rufen und zu versuchen, ihn unter ihrem Felsen zu verführen, ihm die Kleider abzustreifen und im Schweiß seines Körpers zu suhlen. Er würde sie spalten, würde sie mit dem Rücken gegen den Sandstein drücken und tief in sie einfahren.

Ihre Lippen teilten sich in einem sehnsüchtigen Seufzen, dann schloss sie verlangend die Augen.

Als er sich umdrehte und sie durch die dunkel getönte Fliegerbrille anschaute, musste die Lust auf ihrem Gesicht noch gegenwärtig gewesen sein, denn sie starrten sich einen atemberaubenden Augenblick lang an und spürten die Energie, die zwischen ihnen floss. Ohne jede Hast schritt er auf sie zu.

Ihr erster Impuls war, den Rucksack zu greifen und wegzulaufen, aber er näherte sich so geschwind und selbstsicher wie ein Puma. Er packte sie von hinten, drehte sie um und erwartete, dass sie seinen Kuss erwiderte. Er fuhr mit den Fingern durch ihre Haare, als wollte er ihre Flucht verhindern.

Einen Moment lang waren sie in einem innigen Kuss vereint, die Gliedmaßen verschwitzt, dann drückte er sie gewaltsam von sich, als hätte er sich an ihr verbrannt. Aber bevor er sich ganz von ihr lösen konnte, küsste sie ihn nicht weniger leidenschaftlich, wütend und erregt zugleich.

Es dauerte nicht lange – sie wusste wirklich nicht, wie es geschehen war – und sie lagen auf dem Boden. Der eiskühle, gefühlskalte Max Decker fiel über sie her, vereinnahmte Mund, Kehle und Hals mit superheißen Küssen, die ihr verrieten, wie sehr sich seine Leidenschaft aufgestaut hatte.

Sie führte seine Hand zu ihren Brüsten. Er schob ihr winziges Bikinioberteil hoch, während sie eine Hand hektisch auf den Schritt seiner Hose drückte. Mit der anderen Hand massierte sie seine festen Backen. Er war zu erregt, um Finesse zu zeigen. Es schien, als wollte er jeden Quadratzentimeter ihrer Haut auf einmal kennen lernen, als hätte er Angst, dass sich das Szenario jeden Moment wieder ändern könnte.

Seine Zunge drang fett und glitschig in ihren Mund ein, der nach Pfirsich schmeckte. Daisy spürte seinen Schweiß, der aus jeder Pore troff, und rieb sich an seinem Körper. Ungeduldig wartete sie auf seine Finger, die sich an ihren Shorts zu schaffen machten. Zart strich er über den klammen Schlitz. Die geschwollenen Labien reagierten empfindlich auf seine Berührungen.

Die Schwellung unter den Khakis zeigte ihr, wie hart er war. Sie zog seinen Reißverschluss hinunter und zitterte vor Vorfreude auf seinen kräftigen Schaft, den sie ja schon erlebt hatte.

»Ehem ... eh, hallo.«

Sie wichen auseinander und hasteten, ihre Kleider in Ordnung zu bringen. Vor der Felsöffnung stand eine hohe, schlanke Gestalt mit einem breiten Hut und einem grünen Hemd, auf dessen Tasche *Park Ranger* stand.

»Habt ihr Spaß miteinander?«, fragte er freundlich mit seinem starken Südstaatendialekt.

»Ja, hatten wir«, gab Max zurück.

»Freut mich zu hören, aber dies ist ein öffentlicher Ort, Sir, Ma'am. Ich muss euch bitten, euren Spaß woanders fortzusetzen.«

Daisy sah, wie sich Decker spannte, und einen Moment dachte sie, er würde sich der Aufforderung des Rangers widersetzen. Aber Max musste auch gemerkt haben, dass der Ranger keinen Widerspruch zulassen würde.

Daisy traute sich nicht, dem Ranger in die Augen zu sehen, trotzdem wusste sie, dass er heimlich auf ihre Brüste starrte.

Als sie zurück zum Aussichtspunkt gingen, verharrten sie in Stille. Was geschehen war, hatte nichts mit Planung zu tun, aber es sah nicht so aus, als sollte es eine Fortsetzung geben. Sie hatte auch nicht den Eindruck, dass Decker vom Geschehen in der Felsenöffnung überhaupt berührt war. Warum konnte er nicht so wild und zärtlich sein wie eben?, dachte sie wütend. Sie wollte nicht den ersten Schritt tun, sonst hätte er glauben können, sie wäre eine leichte Eroberung gewesen. Offenbar war es für ihn eher ein bedeutungsloses Fummeln gewesen, das sich zufällig ergeben hatte.

»Hat es dir Spaß gemacht, oder wolltest du dich nur kratzen, weil es dich gejuckt hat?«, fragte sie schließlich, als sie die Spannung nicht länger ertragen konnte.

Er setzte sich unvermittelt auf einen Felsen und sah zu ihr auf. »Es tut mir Leid.« Er sagte es kläglich, als hätte diese Aussage große Mühe gekostet.

Sie starrte ihn an, wütend über seine plötzliche Schwäche. »Es tut dir Leid, weil du mich angegrabscht hast, oder weil du den ganzen verdammten Urlaub hinter mir hergelaufen bist?«

»Es fällt mir nicht leicht, zu Kreuze zu kriechen, deshalb kannst du es nehmen, wie du willst.«

»Zu Kreuze kriechen? Ich dachte, du hättest dich zu einer Entschuldigung durchgerungen. Wenn du zu Kreuze kriechen willst, dann tu es vor meinem Vater. Ich stehe nicht auf so was.«

»He, hau nicht ständig auf mich drauf.« Er massierte seine Schläfen. Aber sie ließ sich nicht bremsen.

»In England bist du wie ein Feigling davongelaufen. Dann erzählst du mir, dass du für meinen Vater arbeitest, aber du weigerst dich, mir zu sagen, warum du mich so penetrant verfolgst. Eben hast du das zweite Mal versucht, mich zu verführen, und wenn ich mich nicht irre, fragst du nun, ob wir nicht Freunde sein können.«

»Nicht, Daisy ...«

»Was soll ich nicht? Soll ich dir sagen, was ich denke? Deine wirkliche Narbe ist nicht die auf deinem Körper, sie ist hier.« Sie klopfte sich gegen den Kopf. »Ich weiß nicht, was dein Problem ist, Deck, aber bevor du daran denkst, mich noch einmal verführen zu wollen, solltest du erst einmal mit dir selbst klar kommen.«

Er antwortete nicht, sondern blickte in den goldenen Sonnenuntergang.

»Ich gehe zurück«, sagte sie und legte so viel Verachtung in die drei Worte, wie sie aufbringen konnte.

»Warte. Da gibt es einige Dinge, die du über mich wissen solltest. Kann ich dich heute Abend zum Essen einladen? Dann habe ich die Chance, dir einiges erklären zu können.«

Sie blieb stehen und sah ihn lange an. Die Maske war wieder da, aber dahinter konnte sie Bedauern sehen. Stumm nickte sie. Besser als nichts, dachte sie.

Unter der Dusche spülte sie die Erinnerung an Deckers Hände ab, die sie noch überall auf ihrem Körper fühlte, aber er hatte wieder einen tiefen Eindruck bei ihr hinterlassen, der sich nicht so leicht abwaschen ließ. Um acht Uhr würde er also sein Geständnis ablegen. Um was ging es? War er verheiratet? Trug er Frauenwäsche? Litt er an Herpes? Vielleicht war er ein verurteilter Straftäter oder Serienkiller.

Während sie über diese Möglichkeiten nachdachte, kam er aus seiner Dusche hervor. Die Spannung war fühlbar zwischen ihnen. Er sagte, sie sollte sich nicht an ihm stören, er hätte noch einige Telefongespräche zu führen.

Sie ging hinaus auf die Veranda. Über dem Balkon hingen viele Reihen von bunten Laternen, die eine festliche Stimmung verbreiteten. Sie hörte zwei Männer, die ums Feuer saßen und die strenge Stimme der alten Indianerin, die in einer fremden Sprache auf sie einredete. Kleine Gruppen saßen an den Tischen, redeten und tranken Bier. Die Brise war kräftiger geworden, und die sternenklare Nacht hatte die Wärme des Tages aufgesogen. Die Kälte brachte eine Gänsehaut auf Daisys Arme und Beine.

Sie ging zurück ins Zimmer und zog sich Sweatshirt und

Jeans an. Als sie danach ins Freie trat, hörte sie Deckers Stimme über sich. Er war auf einen Felsen geklettert, weil er dort einen besseren Empfang seines Handys hatte. Von seinem Standort aus konnte er Daisy nicht sehen.

»Bist du sicher, sie ist okay? Ja, ich weiß. Aber du weißt doch, dass ich verrückt nach ihr bin. Ich vermisse sie schrecklich.«

Eine kurze Pause, dann: »Was? Danke. Du hast immer gesagt, dass Pussy mein Untergang sein würde.« Es folgte ein kurzes Lachen, dann: »Ja, ja, halt den Mund und gib mir sie. Ich will unbedingt ihre Stimme hören.«

Drei Sekunden Pause, ehe er mit veränderter Stimme fortfuhr: »Hallo, kleine Maus. Vermisst du mich?«

Daisy hatte genug gehört. Sie lief auf ihr Zimmer. Die Gefühle in seiner Stimme verursachten ihr Übelkeit. Er war ein abgebrühter, kaltherziger Schürzenjäger, und sie war zu verliebt gewesen, um das zu erkennen. Es hätte sie nicht wirklich überraschen dürfen. Seine Feindseligkeit ihr gegenüber sagte ihr deutlich genug, dass seine Interessen woanders lagen. Er war ein Opportunist, der jede Chance auf eine schnelle Nummer wahrnahm. Himmel, wie einfältig sie gewesen war!

Ohne lange nachzudenken, warf sie ihre Sachen in die Tasche. Wieder lief sie davon, wofür sie sich selbst verabscheute, aber ihr blieb keine andere Wahl. Sie hatte genug von seinen Rechtfertigungen, seinem Selbstmitleid und den Entschuldigungen. Jetzt wusste sie, dass er ein elender Lügner war.

Niemand versuchte sie aufzuhalten, als sie zum Mercedes lief. Er konnte zusehen, wie er von hier fortkam. Dieser herzlose Bastard. Ihre Hand zitterte, als sie die Zündung einschaltete. Sie drehte den Schlüssel und schaltete Licht an, und dann sah sie im Scheinwerferstrahl eine zierliche Gestalt.

Ihr war fast übel vor Herzklopfen. Aber die Gestalt war

nicht Decker, es war die alte Indianerfrau. Sie sah jünger aus als ihre dreiundachtzig Jahre.

»Die Arapahoe hatten einen Krieger mit dem Namen Power Face. Er schwor sich, niemals aufzugeben. Diese Stärke wünsche ich dir auch, mein Kind.«

»Danke für den Rat«, sagte Daisy und preschte davon. Auf dem Highway fuhr sie in Richtung Santa Fe.

Zwölftes Kapitel

Sonja begrüßte sie wie eine geliebte Schwester und drückte einen Bacardi Breezer in ihre Hand, noch bevor Daisy das Haus betreten hatte. Offenbar hatte Daisy für ihren Besuch den richtigen Zeitpunkt erwischt, denn Sonja erzählte aufgeregt, dass morgen Abend eine große Party stieg. Sie zog die Freundin ins Haus, das voller Menschen schien.

Daisy musste über Flaschen und Pizzakartons hinwegtreten, dann wurde sie Col, Juanita und Tony vorgestellt, der Cols Bruder war, muskulös und breit wie ein texanischer Stier. Morgen Abend würden sie Cols Geburtstag feiern. Es waren noch einige andere Leute da, aber Daisy ahnte, dass sie nicht alle Namen behalten würde. Es schien, als würde es jeden Abend eine Party bei Sonja geben.

»Ich kann nicht glauben, dass du endlich da bist.« Sonja hatte eine durchdringende, manchmal schrille Stimme, dabei maß das Energiebündel gerade mal ein Meter fünfzig. Nach jedem Satz warf sie die schwarzen Haare zurück und streckte die großen festen Brüste heraus, die so gar nicht zur zierlichen Figur passen wollten. Je mehr Alkohol floss, desto heißer wurde die Party, aber Daisy war körperlich und geistig zu sehr erschöpft, um das zu würdigen. Sie entschuldigte sich und versprach, morgen zugänglicher zu sein. Sie ging zu Bett und fühlte sich wie eine alte Frau.

Am anderen Tag raffte sie sich um elf Uhr aus dem Bett, blieb den ganzen Tag am Pool und hörte zu, wie Sonja von der Party am Abend schwärmte. Daisy freute sich darauf, sie brauchte Ablenkung von den gefährlichen Gefühlen, die sie für Max Decker empfand. Sie zog die neue Westernkluft aus der Einkaufstüte. Sonja musterte sie kritisch.

»Großartig, mein Schatz, aber dazu brauchst du hohe Absätze.« Sie öffnete die Türen ihres Kleiderschranks. Unten standen mindestens fünfzig Paar Schuhe, die meisten halsbrecherische Stilettos in allen Farben unter der Sonne.

Sonja setzte sich auf den Boden und zog ein Paar heraus, mit blauem Jeansstoff überzogen, geschwungene hohe Absätze und schmale, um die Knöchel geschlungene Bänder.

Daisy war skeptisch, aber mit dem kurzen schwingenden Baumwollrock würden ihre Beine schier endlos sein.

»Ja, das ist viel besser«, urteilte Sonja vom Boden aus, während sie ihre Brüste in einem roten Jersey-Top verstaute. In ihrem Ausschnitt sah es wie im Grand Canyon aus, und der gerundete Po war fest in schwarzes Leder gefasst. Sie strich glättend über die Fischnetzstrümpfe und schlüpfte in rote Lackschuhe mit hohen Absätzen. Lachend betrachtete sie sich und Daisy im Spiegel.

»Wir sehen wie käufliche Mädchen aus.«

»Das trifft sich gut, denn heute Abend will ich mich wie eine Hure fühlen.« Der Satz hörte sich hohl in ihren Ohren an, aber sie wollte Sonja den Spaß nicht verderben. Sie prostete der Freundin mit dem Glas Weißwein zu. Sie hatten die Flasche am frühen Abend geöffnet, sie nahmen den letzten Schluck – dabei war es gerade mal sieben Uhr.

»Dann ist heute dein Glücksabend. Da draußen laufen viele junge und gut aussehende Männer herum, die unbedingt zum Schuss kommen wollen.« Sonja streckte sich wohlig, wobei sich das Top bis zum Zerreißen spannte. »Sie sind jung, dumm und potent. Sollen wir mal sehen, wie viele wir heute Abend aufreißen können?«

»Na, gut, aber dann versuche nicht, mich zurückzuhalten«, antwortete Daisy lachend. Sie blinzelten sich zu und verließen das Haus.

In der Bar ging es lebhaft zu. Viele farbige Laternen sorgten für eine beschwingte Atmosphäre. Eine Laterne hatte die Form von großen Brüsten. »Sie sind nach meinen modelliert«, sagte Sonja fröhlich. Sie war stolz auf ihren Busen und setzte ihn gezielt ein, um das durchzusetzen, was ihr wichtig war.

Tony ging ihnen entgegen, leicht untersetzte Figur, was man in der schwarzen ärmellosen Weste, die er trug, gut sehen konnte. Die offene Weste sorgte dafür, dass seine Muskeln und der geschmacklose Goldschmuck zur Geltung kamen.

Er reichte Daisy eine Erdbeer Margarita und hielt das Glas wie ein Liebespfand. Der Glasrand war mit rosa Salzkristallen belegt. Der sämige Fruchtcocktail schmeckte köstlich, fast gar nicht nach Alkohol. Sonja lachte wissend, und Daisy spürte, wie sich ihre Stimmung hob.

Zwischen den Margaritas tanzte sie mit den meisten der Männer, aber es war Tony, der immer wieder zu ihr kam. Die Party wurde ausgelassener – und er auch. Unter den bunten Lichtern schimmerte seine dunkle Haut. Beim Tanzen schmiegte sie sich an ihn und genoss den Druck seines Penis zwischen den Schenkeln und auch die Komplimente, die er ihr ins Ohr flüsterte. Nach Deckers verstecktem Sarkasmus war es ein Trost zu hören, dass sie Augen hatte wie die Wüste nach dem Regen und dass ihr Haar weich wie Pelz war.

Aber später hatte sie genug davon, und seine Gegenwart nervte. Sie floh nach draußen. Ein trockenes Gewitter tobte in den Bergen, und die Blitze erhellten die Gipfel von Los Alamos. Nach einer Weile fand Sonja sie.

»Ein paar Leute kommen mit zu mir.« Sie setzte sich neben Daisy. »Alles okay?«

Daisy seufzte schwer. Sie hatte versucht, sich glücklich zu trinken, aber immer wieder drangen störende Gedanken ein, Gesprächsfetzen von Deckers letztem Telefongespräch.

»Was würdest du tun, wenn du jemanden magst, den du eigentlich nicht mögen sollst, und der glaubt, dass du ihn nicht magst, obwohl du total auf ihn stehst und immer an ihn denken musst?«

»Ich würde aufhören, auf ihn zu warten, und bis dahin jeden nehmen, von dem ich mir was verspreche.«

»Ja, okay. Aber was ist, wenn es ihm nicht gefällt, dass du Trost bei anderen suchst?«

»Liebling, dein Grübeln lässt dich alt aussehen. Wenn er dich wirklich liebt, wird er auf dich warten, bis du von den anderen Männern genug hast, verstehst du?«

Daisy lachte. »Ich verstehe dich nicht, aber was du sagst, hört sich überzeugend an.«

»Sehr gut. Komm jetzt hoch, schwenk deinen Arsch und geh auf die Pirsch.« Sonja zog sie auf die Füße.

Der harte Kern der Partygäste rief in Sonjas Haus nach mehr Wein. Das muntere Treiben spielte sich im Erdgeschoss ab; Wohnzimmer, Esszimmer und Küche, alle mit schön geschwungenen Rundbogen miteinander verbunden. Auf den Sofas und breiten Sesseln hatten sich die Gäste niedergelassen, unterhielten sich fröhlich, tranken und knutschten.

Daisy ließ sich mit Sonja auf ein Sofa fallen, Col und Tony gegenüber. Sonja legte einen Arm um Daisy, während sie mit den Brüdern plauderten, die ihrerseits den Anblick der gut aussehenden Frauen genossen. Daisy hatte den BH ausgezogen und das Top von den gebräunten Schultern gestreift. Sie hatte sich Sonjas knallroten Lippenstift geborgt und die Haare hochgesteckt. Sie sah sinnlich und lüstern aus, viel mehr sexy als zu Beginn des Abends, und weil sie das auch selbst spürte, hob sich ihre Stimmung.

Jemand hatte Pizza bestellt. Große flache Schachteln lagen überall zwischen Flaschen und umgekippten Gläsern. Sonja hob die Schultern, als sie das Durcheinander sah – sie hatte am nächsten Tag Zeit, alles aufzuräumen.

Es war nach Mitternacht, und Daisy fühlte sich seltsam abgeschlafft, als ob ihr Inneres von ihrem Körper abgetrennt worden wäre. Es musste am Wein liegen, dem sie reichlich zugesprochen hatte. Auf einer anderen Couch küsste sich ein Paar mit zunehmender Intensität. Er hatte die Hand unter ihrem Rock, und ihre schlanken Finger pflügten in seiner Hose.

»He, Geburtstagsjunge«, murmelte Sonja mit tiefer Stimme. »Wenn du dir eine Frau in diesem Zimmer wünschen könntest, welche würde es sein?«

Col hing auf dem Sofa, die Augen halb geschlossen. Juanita war nach Hause gegangen, angeblich wegen Kopfschmerzen.

»Sie«, sagte er ohne zu überlegen und zeigte auf Daisy.

Daisy lachte ungläubig. Sie fühlte sich viel zu dick im Vergleich zur zierlichen Juanita, aber Col starrte hungrig auf ihre Brüste im tief hängenden Zigeunertop. Sie lächelte Col an, denn sein gieriger Blick gefiel ihr.

»Was soll ich für dich tun?«, fragte sie.

Es entstand ein erwartungsvolles Schweigen, als Col aufstand, den Reißverschluss seiner Hose aufzog und die Hose dann lässig abstreifte. Er ließ sie auf dem Boden liegen, setzte sich wieder hin, und Daisy musterte seinen glatten, unbehaarten Körper, den flachen Bauch und den dicken Schaft, der zuckend darauf wartete, aus dem schwarzen Slip befreit zu werden. Sinnlich legte er eine Hand um den Schaft und fuhr langsam auf und ab, während er sie mit seinen dunkelbraunen Augen anstarrte.

»Mach schon, Daisy«, drängte Sonja leise. »Sauge ihn. Zeige uns, wie es die Girls in New York tun.«

Daisy lief das Wasser im Mund zusammen. Sie spürte die klebrige Hitze zwischen ihren Schenkeln, aber sie wusste nicht, wie Cols Bruder reagieren würde. Sie blickte zu Tony und sah, dass er sie breit angrinste.

»Er ist mein kleiner Bruder. Wir haben immer alles geteilt.«

Sie trank den Rest aus ihrem Weinglas, um sich den letzten Mut zu holen. Tony rieb sich die Hände.

»Sauge ihn, Baby. Gib meinem Bruder ein Geburtstagsgeschenk, das er so schnell nicht vergessen wird.«

Daisy atmete tief durch und kniete sich neben Cols Beine. Sie sammelte Speichel in ihrem trockenen Mund, packte in seinen Slip und zog ihn nach unten. Der Schaft schnellte heraus, gerade und gespannt und fast bis zum Nabel. Auch die Hoden waren unbehaart, und die dunkle Naht dazwischen hob sich deutlich ab. Er roch nach einem bestimmten Aftershave. Mit der Zungenspitze fuhr sie über die Eichel. Sie strich einige Male darüber, und mit jedem Strich wurde sein Atem flacher.

Sonja hob Daisys Rock, damit die Zuschauer den Po sehen konnten, und Daisy protestierte nicht. Sie war hin und weg von der Entwicklung dieses Abends. Während sie Cols Schaft saugte, bewegte sie den Körper in einem sinnlichen Tanz, angeregt durch die Hände, die über ihre glatte Haut strichen.

Im nächsten Moment spürte sie eine Zunge, die über ihren Schlitz glitt. Dann blies jemand kühle Luft, ehe die Zunge wieder zu lecken begann. Die Säfte rannen ihr die Schenkel entlang. Sie spreizte die Beine noch weiter, damit der Mund besseren Zugang hatte, aber dann war es kein Finger, der in ihre feuchte Tiefe eindrang, sondern ein kräftiger Schaft.

Ihr Mund war von Cols Schaft gefüllt, deshalb konnte sie nur protestierend grunzen. Im Grunde hatte sie nichts gegen den Eindringling, aber sie wäre gern vorher gefragt worden. Doch als der Stab sich aus ihr zurückzog und dann wieder hineinstieß, wurde sie ganz schwach vor Lust.

Col stöhnte, als eine Frau ihm eiskalten Wein über die Brust kippte und an seinen Warzen knabberte. Sie schüttete den Wein auch über den pochenden Schaft, und Daisy schlürfte den Rebensaft und spürte, wie ihr Körper vom

Orgasmus geschüttelt wurde, den Tony mit immer heftigeren Stößen ausgelöst hatte. Sie zitterte und merkte, dass sie ihre Aufgabe vernachlässigte, aber in diesem Moment sprang ihr Sonja bei.

»Ich übernehme das«, raunte sie und bearbeitete das Geburtstagskind mit Lippen und Zunge.

Daisy sah mit schläfrigen Augen zu, wie Sonja ihre Brüste um Cols Schaft presste. Sekunden später träumte sie von Max Decker. Sie sah ihn vor sich, sein Gesicht weiß vor Wut.

»Was, zur Hölle, ist mit dir los?«, brüllte er sie an und rüttelte sie durch. Da waren Leute, die ihn zurückstoßen wollten, aber Decker teilte Fäuste aus, und Daisy sah Leute durchs Zimmer fliegen. Decker drückte sie auf den Boden und sah nicht, dass sich Tony von hinten näherte. Im letzten Moment fuhr er herum, und seine Faust erwischte Tonys Kinn. Er torkelte rückwärts, krachte auf den Tisch, und die Getränke kippte den Gästen auf den Schoß.

Schreiend sprangen die Frauen auf. Col ging auf Decker los, aber er wischte ihn weg wie ein lästige Fliege. Plötzlich hielt Decker ein Stuhlbein in der Hand und schwang es wie einen Baseballschläger. Jemand warf eine Flasche auf Decker, der sich im letzten Moment duckte. Die Flasche zerschellte an der Wand.

»Was treibst du hier eigentlich?«, schrie Daisy. Es hatte lange gedauert, bis ihr klar geworden war, dass sie Decker nicht im Traum gesehen hatte – er musste ihr irgendwie auf die Spur gekommen sein. Aber wieso richtete er jetzt dieses Chaos an?

Decker drehte sich hastig nach ihr um. »Warum bist du vor mir davongelaufen?«

»Ich bin nicht davongelaufen. Ich ...« Was sagte sie da? Natürlich war sie abgehauen.

Er schwang das Stuhlbein und schlug auf den letzten

intakt gebliebenen Tisch, der unter lautem Getöse zusammenbrach.

»Du bist davongelaufen«, sagte er gepresst. Seine Stimme klang gefährliche leise, aber sie ließ sich nicht täuschen. Er war kampfestrunken, und sie war der einzige Grund. Was hatte er vor? Wollte er sie an den Haaren hinauszerren und sie in eine Felshöhle schleppen, um ihr zu zeigen, dass sie ihm gehörte? Wollte er seinen Claim abstecken? Die Vorstellung der erotischen Möglichkeiten schoss wie Kokain in ihre Venen, und plötzlich war sie erregter, als sie den ganzen Abend gewesen war.

»Du willst mich also doch«, sagte sie leise. »Bist du deshalb gekommen?« Es war eine rhetorische Frage, denn die Antwort stand ihm im Gesicht geschrieben. Sie zupfte ihre Bluse ein bisschen tiefer über die Schultern, aber sie achtete darauf, dass die Nippel bedeckt blieben, auch wenn sie nach seiner Zunge lechzten. Sie sah ihm in die Augen, und ihre Hüften begannen einen langsamen sinnlichen Tanz. Sie fühlte sich wild und hemmungslos wie eine Zigeunerin in einem Film, den sie mal gesehen hatte. Mit den Händen strich sie über ihren Körper, und eine Hand verschwand unter dem kurzen Rock.

Seine Blicke verfolgten das Spiel ihrer Hände, aber dann schaute er wieder in ihr Gesicht. Er atmete schneller, und das lag nicht an seinen Kämpfen mit Tony und Col.

»Komm zu mir«, flüsterte sie, während sie den Körper lüstern wiegte. Alle Gäste im Zimmer schienen wie in Trance zu sein und unter ihrem Bann zu stehen. Auch Decker hatte seine Position direkt vor ihr nicht verändert.

»Warum sonst bist du mir gefolgt, Deck? Warum hast du dich neulich selbst befriedigt und dich heute Abend betrunken? Ich weiß, dass du mich haben willst – so sehr, wie ich dich auch haben will.« Sie hob den Rock und entblößte ihr Geschlecht, dann griff sie mit der freien Hand an ihre Brüste, deren Nippel so prominent hervorstanden, dass er sie unter dem dünnen weißen Stoff deutlich sehen konnte.

Sie fuhr sich mit gespreizten Fingern durch die Haare, warf sie mit einem knappen Schwung des Kopfes über eine Schulter, während die Hüften sich weiter bewegten. Er war jetzt ganz auf sie konzentriert, auf ihren privaten Verführungstanz, ganz allein für ihn. Sie streckte ihm die Arme entgegen, drückte die Brüste zusammen, und dazwischen bildete sich ein Tal so tief wie ein Sirenenteich.

»Ich bin dein, Deck. Entscheide dich endlich einmal richtig und nimm mich.«

Einen schrecklichen Augenblick lang fürchtete sie, er würde sich einfach umdrehen und gehen, aber er stolperte auf sie zu und drückte einen tiefen, festen Kuss auf ihre Lippen. Das Stuhlbein hatte er vergessen, es fiel auf den Boden, und seine Hand suchte die heiße, pochende Stelle zwischen ihren Beinen.

Sie war trunken vor Lust, Zärtlichkeit und einem nie erlebten Triumphgefühl, als sie seinen harten Schaft an ihrer Hüfte spürte. Einen Arm legte er um ihre Taille. Sie nahmen die Anwesenheit der anderen nicht wahr, sahen auch nicht das Chaos, das er im Zimmer angerichtet hatte.

Wie aus weiter Ferne hörte sie einen wütenden Aufschrei und dann Tonys Stimme. »Das ist meine Frau!«

Decker wurde von ihr weggerissen, zu betäubt nach dem innigen Kuss, um sich wehren zu können. Während Tony ihn zu Boden rang, mischten sich die anderen Männer ein, schrieen sich auf Spanisch gegenseitig Mut zu und ließen die Fäuste fliegen.

Sonja versuchte verzweifelt, die Männer zur Vernunft zu bewegen, aber hier ging es um verletzten Männerstolz. Daisy verzog sich in Deckung, sie kroch über den Boden und wollte Hilfe holen. Jemand trat auf ihre Hand.

»Au!« Sie robbte schneller und war froh, die andere Seite

des Zimmers erreicht zu haben. Von dort sah sie kopfschüttelnd auf den unglaublichen Tumult, der sich auf dem Boden abspielte. Die Männer prügelten aufeinander ein, ihre Frauen trommelten mit den Fäusten auf die Rücken der Männer, schwangen ihre Handtaschen und bewaffneten sich mit Flaschen.

Als eine Flasche ihr Ziel dicht neben Daisy fand, raffte sie sich auf und floh auf ihren viel zu hohen Absätzen durch die Haustür und an die frische kühle Nachtluft. Jemand flog wie ein Katapult an ihr vorbei und landete auf der Straße. Er rollte sich ab, stand auf und raste zurück ins Haus, den Kopf geduckt und vorgereckt wie ein Stier.

Blaue Lichter rotierten, und Sekunden später stiegen drei schwergewichtige Polizisten aus einem Streifenwagen. Ein Schuss fiel, dann trat Ruhe ein.

Die Gewahrsamszelle in einer kleinen Stadt in New Mexico ist kein empfehlenswerter Ort, um eine Nacht zu verbringen. Die Unterlage der Pritsche bestand aus Eisen. In einer Ecke stand der Eimer für die Notdurft. Und weil es keine Tür gab, sondern nur eine kleine Öffnung, die man in die dicken Gitter geschnitten hatten, die das Büro des Sheriffs von der Zelle trennten, gab es auch keine Privatsphäre. Das grelle Licht der Neonröhre an der Decke schmerzte Deckers Augen und trug zu seinem Elend bei. Er befand sich eine Handbreit von einer Ohnmacht entfernt, und wenigstens zwei Rippen knirschten verdächtig. Geprellt, vielleicht gebrochen.

Der Deputy draußen vor der Zelle rülpste und furzte sich durch die Nacht, und der Geruch waberte herein und verband sich mit den Gerüchen der Zelle und seines ungewaschenen Körpers. Decker lag unter der Decke, um sich gegen Gerüche und Licht zu wappnen, aber unter dem dicken Wollstoff war es heißer als in der Hölle.

Er musste irgendwann doch eingeschlafen sein, denn als er aufwachte, hatte sich das Licht verändert, und er hörte Stimmen aus dem Büro und dann das metallische Klicken, als die Gittertür aufgeschlossen wurde. Jemand stieß ihn mit dem Fuß an.

»He, Dornröschen, wach auf. Wir sind hier kein Hotel.«

Decker blinzelte und richtete sich schwerfällig auf. Es dauerte eine Weile, bis er seine Umgebung erfasst hatte. Da stand der fette Deputy, hinter ihm ein Polizist. Und dann war da noch jemand. Jemand in einem hübschen weißen Kleid. Seine Nase nahm ein vertrautes Rosenparfum wahr.

»Steh auf, Deck. Ich habe die Kaution für dich gezahlt.«

Daisy fuhr über den fast leeren Highway, alle Fenster geöffnet, um die stickige Hitze aus dem Auto zu vertreiben. Sie wollte möglichst schnell möglichst viele Meilen zwischen sich und Santa Fe legen. Offenbar wurde es ihr zur Gewohnheit, die Orte, an denen sie sich aufgehalten hatte, überstürzt zu verlassen.

»Himmel, du stinkst«, murmelte sie und blickte über die Schulter zurück zu Decker. Er hatte sich auf der Rückbank seines Mercedes ausgestreckt, verschmutzt und verschwitzt wie ein Ackergaul.

»Wie viel hast du zahlen müssen?«, fragte er.

»Zehntausend Dollar. Und es wurden keine Fragen gestellt.« Die Kaution hatte ihr Konto mit dem Geld geplündert, das sie in England gespart hatte. Aber ausgerechnet zu diesem Zeitpunkt hätte sie nie und nimmer ihren Vater um Hilfe bitten wollen.

Sonja war wirklich eine gute Freundin gewesen und hatte sich vehement für Deckers Freilassung eingesetzt, obwohl er dafür verantwortlich war, dass ihre Wohnung in

Trümmern lag. Offenbar kannte sie den zuständigen Beamten. Daisy brauchte nicht lange zu überlegen, wie es ihr gelungen war, ihn zu überzeugen, Decker auf freien Fuß zu setzen. Außerdem war der Papierkram, den man zu bewältigen hatte, um einen randalierenden Partygast eingesperrt zu halten, eine Zumutung und kaum der Mühe wert. Daisy hatte das Geld telegraphisch überweisen lassen und Decker mit dem Versprechen mitgenommen, dass er nie wieder die Stadt heimsuchen würde.

»Ein Danke wäre schön«, sagte sie spitz.

»Soll es sich anhören wie das Danke von dir, als ich deinen Arsch in der Kneipe der Biker gerettet habe?« Seine Stimme troff vor Sarkasmus. Die nächsten vierzig Meilen sagte niemand etwas, dann merkte sie, dass er eingeschlafen war.

Irgendwann spürte sie auch die eigene Erschöpfung und steuerte das nächste Motel an. Ein großes Neonlicht flackerte sporadisch über dem heruntergekommenen flachen Gebäude. Es war ein seelenloses Haus, was in diesem Moment ihre Stimmung genau traf. Sie ging allein zum Empfangsbüro.

Die schwerfällige Frau hinter dem Tresen sah sie misstrauisch an, was Daisy ihr nicht verübelte. Sie und Decker sahen wie Statisten aus einem schlechten *road movie* aus. Die Frau saß da und kratzte sich mit einem abgebrochenen gelben Daumennagel die spärlich bewachsene Achselhöhle. Sie trug einen verschlissenen, befleckten Hausmantel mit purpurnen und gelben Blumen.

»Arne!«, rief sie schrill. »Wir haben Gäste!« Es hörte sich so an, als käme das nicht häufig vor. Ihr Mann war das typische Westernklischee, er trug eine schmutzige Weste, die seinen Bauch über den Jeans einschloss. Er sah Daisy mit einem schmierigen Blick an, und als er den Mund öffnete, sah sie die fehlenden Zähne. Er reichte ihr den Schlüssel zu ihrem Zimmer.

Das Zimmer war auch Klischee – abgelaufener roter Teppich, wacklige Stehlampe neben dem breiten Bett, das unter einer braunen Zudecke verschwand. Obszöne braune Blumen auf der Tapete. An einer Wand zeigten Wasserflecken eine undichte Stelle im Dach. Das gesamte Mobiliar war der Geschmack der sechziger Jahre, nicht schön, aber zweckmäßig.

Daisy inspizierte das Bad. Weißes Porzellan, in dem sich das grelle Licht spiegelte. Nicht makellos, aber auch nicht schmutzig. Verwaschene Handtücher hingen auf den Stahlstangen, und obwohl es draußen heiß war, glühten die Stangen.

Decker lag auf dem Bett, die Augen geschlossen. Sie stieß ihn an und hievte ihn in eine sitzende Position.

»Komm, Deck, hilf mir und lege dich in die Wanne. Du stinkst wie ein Ziegenbock.«

In diesem Moment sprang die Klimaanlage an und durchbrach die Stille, summend, brummend und durchdringend. Ab und zu wies ein scharfes Mahlen auf den Tod eines Insekts hin. Decker raffte sich auf und stolperte ins Bad.

»Zieh dich aus«, wies Daisy ihn an.

Sein Hemd klebte mit getrocknetem Blut an seiner Haut. Jemand hatte ihm einen Schlag auf die Nase gegeben, aber sie sah nicht gebrochen aus. Daisy wollte das Hemd von seinen Schultern streifen, und er stöhnte gequält auf.

»Stell dich nicht wie ein Baby an«, schalt sie. »Setz dich in die Wanne, denn wenn es nass ist, lässt es sich leichter von deiner Haut pellen.«

Er sah Mitleid erregend aus, wie er schlaff in der Wanne saß, den Kopf auf den Knien, während sie die Dusche anstellte. Behutsam löste sie den durchtränkten Stoff von seiner Haut und grunzte zufrieden, als sie sah, dass die Haut im Rücken bis auf ein paar rote Schürfstellen heil geblieben war. Das rote Wasser zu seinen Füßen wurde rosa und dann wieder klar.

Decker erhob sich mühsam und stützte sich auf sie, während sie warmes Wasser über ihn brausen ließ. Sie rieb ihn mit einer desinfizierenden Flüssigkeit ein, deren Geruch sich rasch im Raum ausbreitete. Er verzog das Gesicht, und Daisy sah, dass sich jetzt doch dunkle Flecken gebildet hatten. Blutergüsse von Schlägen oder hart zupackenden Händen. Daisy stellte das Wasser ab, und er ließ seine Hose fallen.

»Trägst du keine Wäsche?«

»Meistens nicht. Ah.« Er ließ sich ins heiße Wasser sinken und verzog wieder das Gesicht, als die wunden Stellen mit dem Wasser in Berührung kamen. »Schalte das Licht aus.« Seine Stimme klang belegt und verzerrt. Die grelle Neonröhre erinnerte ihn an die Zelle. Daisy schaltete das Licht aus und wusch ihn im Schein des Schimmers, der vom Zimmer hereinfiel. Einige Male wich er vor ihr zurück, und schließlich warf sie mit dem Schwamm nach ihm.

»Dann mach es doch selbst, schließlich weißt du am besten, wo es wehtut.« Sie reichte ihm drei Tabletten, er nahm sie und schluckte sie gegen die Schmerzen. Er legte sich zurück in die Wanne, die Augen geschlossen, und sie schenkte ihm einen Whisky ein. Sie drückte ihm das Glas in die Hand, und er schluckte und seufzte dankbar.

»Ich glaube nicht, dass irgendwas gebrochen ist«, sagte er und tastete Bauch und Rippen vorsichtig ab.

»Das solltest du besser wissen als ich«, murmelte sie, »schließlich hast du genug Erfahrung in solchen Dingen.« Sie betupfte ihn wieder mit dem Schwamm. Der Wasserdampf stieg zwischen ihnen hoch. Er legte sich wieder zurück und entspannte sich.

Daisy erschauerte in sinnlicher Erinnerung. In England

hatte er sie in fünf Minuten besser befriedigt, als sie das in all den Orgien davor und danach erlebt hatte. Wie würde es erst sein, wenn er sich Zeit für sie nahm? Sie erschauerte wieder und fragte sich, ob sie das je herausfinden würde. Er schlug die Augen auf und sah, wie sie ihn anstarrte. Sie fühlte sich ertappt und errötete.

»Ich habe gerade über deine Narbe nachgedacht.«

Er sah auf seinen schlaffen Penis, der über dem Wasser flutete. »So weit hinunter geht sie nicht.«

Verärgert, dass er sich über sie lustig machte, selbst in dieser Lage, ging sie aus dem Bad ins Zimmer. Nachdem sie Sonja geholfen hatte, das Haus aufzuräumen, war sie ziemlich erschöpft gewesen. Den Kater hatte sie bezwungen, aber ihre Kopfschmerzen erinnerten sie daran, dass sie vierundzwanzig Stunden nicht geschlafen hatte.

Decker torkelte vom Bad ins Zimmer, nackt und voller blauer Flecken.

»Du solltest zu einem Arzt gehen«, sagte sie. »Vielleicht hast du doch was gebrochen.«

»Ich habe schon Schlimmeres überlebt«, antwortete er, legte sich aufs Bett und zog das Laken hoch. Daisy musste gegen den Impuls ankämpfen, ihn zu trösten und zu bemuttern. »Du siehst so aus, als könntest du auch einen langen Schlaf gebrauchen.«

»Schlaf? Was ist das?«, fragte sie gähnend. »Ich muss zuerst mal unter die Dusche.«

Er war noch wach, als sie zurück ins Zimmer ging. Sie war froh, dass sie sich das dünne Hemdchen übergeworfen hatte; es bedeckte das Wesentliche. Sie ging unschlüssig hin und her und wusste nicht wirklich, was sie tun sollte. Er schlug das Laken zurück.

»Kriech ins Bett, halte deinen Mund und sieh zu, dass du dich ausruhst«, sagte er. »Du brauchst keine Angst zu haben, dass ich mich auf dich werfe.«

Sie zögerte nicht, obwohl sie es hätte tun sollen, allein

schon, um ihm zu zeigen, dass sie sich nicht herumkommandieren ließ.

»Du riechst wenigstens besser als vorher«, murmelte sie. Mit dem weißen Laken bis zum Hals sah sie wie ein Jungfrau aus, dachte sie. Aber schon nach dem nächsten Atemzug fiel sie in einen tiefen, traumlosen Schlaf.

Dreizehntes Kapitel

Als Decker aufwachte, war es später Nachmittag. Daisy schlief noch, zusammengekuschelt wie ein Baby. Sie atmete tief und zufrieden. Er war von zermürbenden Kopfschmerzen wach geworden, und sein Köper fühlte sich wund und kalt an.

Er schluckte zwei Schmerztabletten mit lauwarmem Wasser und kroch zurück ins Bett. Ihre Wärme strahlte verführerisch in seine Richtung, als wollte sie ihn locken. Behutsam schob er sich zur Bettmitte, wobei er darauf achtete, die geschundenen Rippen zu schonen. Er schmiegte sich an ihren Rücken. Daisy murmelte etwas vor sich hin und kuschelte sich näher. Er entspannte sich und fiel allmählich in ein mit Phantasien ausgefülltes Dösen, bis er wieder eingeschlafen war.

Als er das nächste Mal aufwachte, war es dunkel, und Daisy schlief noch neben ihm. Er schob sich vorsichtig von ihr weg, um sie nicht zu wecken, und schluckte wieder zwei Tabletten. Er entdeckte eine Flasche Jack Daniels. Der Alkohol tat ihm gut, aber er spürte auch, wie er davon unglaublich erregt wurde, besonders, wenn er auf ihren so unschuldig aussehenden Körper schaute. Das Hemdchen hatte sich bis zur Taille hochgeschoben, und ihr nackter Po streckte sich Decker einladend entgegen.

Er ging zurück ins Bett und konnte nicht widerstehen, ihr sanft über die Oberschenkel zu streicheln. Von dort schien es ganz natürlich zu sein, zu den dicken Lippen zu gleiten, die ihr Geschlecht umschlossen. Er schob den Mittelfinger in sie hinein, und es war, als tunkte er den Finger in einen Honigtopf.

Langsam rieb er den Finger hin und her, und Daisy begann sich zu regen und drückte den Po gegen seine Hand. Es wäre leicht gewesen, sie jetzt zu nehmen und sich seine Lust zu verschaffen, aber er wollte, dass sie ihn dazu einlud. Sie sollte wissen, dass er es war, der sie liebte, nicht Chico Mendoza oder irgendein anderer anonymer Hengst. Er wollte, dass sie ihm dabei in die Augen schaute. Mit ungeheurer Selbstbeherrschung ließ er sie in Ruhe und ging hinaus, um eine Zigarette zu rauchen.

Daisy schlug die Augen auf und dachte, Decker wäre im Bad. Aber allmählich wurde ihr klar, dass er weder im Bad noch im Zimmer war. Er konnte nicht geflohen sein, denn seine Kleider lagen noch auf dem Stuhl, und neben dem Bett stand seine Tasche.

Im Zimmer stand die Luft still, und es roch nach abgestandenem Zigarettenqualm. Sie legte eines von Deckers Hemden um die Schultern und ging hinaus. Um sie herum herrschte eine Atmosphäre von übernatürliche Ruhe. Es war wie die Ruhe vor dem Sturm.

»Kannst du nicht schlafen?«

Sie zuckte zusammen und fuhr herum. Er lehnte an der Mauer, sein Gesicht zur Hälfte beleuchtet von der fernen Straßenlampe. Er setzte sich neben sie auf eine wacklige Bank.

»Wie fühlst du dich?«, fragte sie.

»Besser. Ich habe gutes Heilfleisch. Übrigens – ich danke dir.«

»Ich danke dir auch.« E schien nicht nötig zu sein, mehr zu sagen. Er saß ihr sehr nahe, und ihre Haut nahm seine Wärme wahr. Dicht hinter ihnen zirpte eine Zikade. Er zündete sich wieder eine Zigarette an und saß stumm neben ihr.

»Warum hast du eigentlich nie geheiratet?«, fragte sie nach einer Weile.

»Ich war einmal verheiratet. Vor ein paar Jahren haben wir uns scheiden lassen.«

»Warum?«

Er blickte sie von der Seite an. »Das ist eine sehr persönliche Frage.«

»Ach, hör doch auf, Deck. Ich finde, wir haben den Status, in dem man noch Geheimnisse voreinander hat, längst hinter uns gelassen.«

Er stieß einen tiefen Seufzer aus, als resignierte er und fügte sich ins Unvermeidliche. »Ich war Cop. Einige Frauen stehen darauf. Unglücklicherweise habe ich eine davon geheiratet. Ich hätte sie einfach nur vögeln sollen.« Er warf die Zigarette auf den Boden und drückte sie mit der Schuhspitze aus, dann zündete er sich eine neue an. Daisy wartete, denn sie ahnte, dass noch mehr kam.

»Sie erkannte zu spät, dass das Gehalt eines Cops den von ihr erwarteten Lebensstil nicht finanzieren konnte. Dafür hat sie mich verantwortlich gemacht. Völlig verrückt, denn ich hatte ihr von Anfang an reinen Wein eingeschüttet. Ein Cop soll seinen Job wegen des möglichen Ruhms lieben, nicht wegen des Geldes. Ein paar Jahre ging es ganz gut, aber dann wollte sie wissen, wann ich anfange, richtiges Geld zu verdienen. Sie drängte auf meine Beförderung. Mehr Geld, weniger Außendienst. Aber das wollte ich nicht. Ich fühlte mich wohl unter dem Abschaum und war froh, wenn ich aufräumen konnte. Das verstand sie nicht. Dann hat mich einer der abgefuckten Typen in eine Falle gelockt und aufgeschlitzt. Drei Monate war ich im Krankenhaus, und danach war ich nur noch für einen Schreibtischjob zu gebrauchen. Plötzlich war ich der Verlierer, keine Chance auf Karriere – und mein Weib war schneller weg, als ich gucken konnte. Die wahre Ironie folgte dann – sechs Monate nach der Scheidung quittierte ich den Polizeidienst und begann mit meiner Arbeit im Sicherheitsgewerbe. Nun, Miss Lovell, jetzt kennen Sie mein Leben.«

»Der Kerl, der dich aufgeschlitzt hat – hast du ihm diese Narbe zu verdanken?«

»Ja.«

Sie spürte, dass er sich von ihr entfernen wollte, aber sie hielt den Atem an und streckte die Hand nach seiner Narbe aus. Sie fühlte die seidige Haut unter den Fingern. Unwillkürlich beugte er sich zur Seite, um ihr auszuweichen, aber er lief nicht davon. Daisy hatte das Gefühl, es mit einem wilden Tier zu tun zu haben, das kurz davor stand, gezähmt zu werden.

»Du musst ziemlich schwer verletzt gewesen sein«, sagte sie.

Er hob die Schultern. »Wie ich schon sagte, ich habe gutes Heilfleisch.«

»Ich schätze, das werden wir erst abwarten müssen.« Sie streckte wieder die Hand aus und war darauf vorbereitet, dass er sie zurückweisen würde. Aber diesmal bewegte er sich nicht und ließ zu, dass sie mit den Fingerspitzen über die gewölbte Haut seiner Narbe strich, bis zu der Stelle, an der sie in seiner Hose verschwand. Im schwachen Mondschein leuchtete die Narbe, als wäre sie eine pulsierende Vene, die dem komplizierten Mann, dem sie gehörte, das Leben neu schenkte.

Er roch frisch und heiß und sehr männlich, als sie näher zu ihm rückte und die Lippen auf die Haut unterhalb der Kehle drückte. Deckers Körper spannte sich an – er wusste nicht, dass Daisy sich mit seinem entstellten Leib schon vertraut gemacht hatte. Sie fuhr mit den Lippen über seine Narbe, eine dicke Fleischnaht. Sie bewegte sich tiefer und hörte, wie er geräuschvoll den Atem anhielt. Sie blickte alarmiert hoch zu ihm.

»Tut es weh?«

Der Ausdruck des Bedauerns stand in seinen Augen. »Daisy, ich bin nicht, was und wen du willst.«

»Woher willst du wissen, was ich will? Du hast mich noch nie danach gefragt.«

»Ich weiß, du willst keinen Mann mit Narben, niemanden, der geschieden ist und emotionalen Ballast mit sich herumträgt. Das hast du selbst in der Bar in England gesagt.«

Sie blinzelte ihn an. Sie hatte die Worte lässig und unbedacht ausgesprochen; sie waren ihr nicht wirklich von Bedeutung gewesen, deshalb hatte sie sie längst vergessen.

»Aber das hat dich nicht davon abgehalten, mich zu ...« Sie wusste nicht genau, wie sie es formulieren sollte. Verführen? Sie ließ es offen. »Es hat dich nicht davon abgehalten, mich anzumachen.« Sie errötete leicht. »Was ist denn jetzt anders?«

»In England war ich nur ein Typ in einer Bar. Du hast mich nicht gekannt.«

»Ich kenne dich jetzt auch nicht, was an der Mauer liegt, die du um dich herum aufgebaut hast.« Sie sah ihm in die Augen. »Wie schaffe ich es, sie einzureißen?«

»Nun, du könntest aufhören, vor mir davonzulaufen.«

In diesem Moment fiel ihr sein Telefongespräch im *Chieftain's Rest* ein, das sie mitgehört hatte.

»Wenn du an jemanden gebunden bist«, sagte sie, »will ich mich nicht dazwischendrängen. So etwas will ich nicht.«

Er sah sie verständnislos an. »An jemanden gebunden? Wovon redest du?«

»Ich habe dein Telefongespräch mitgehört. Du bist verrückt nach ihr. Erinnerst du dich? Du vermisst sie wie verrückt.«

Er sah sie völlig verdutzt an, dann begann er zu lachen, ein tiefes, selten gehörtes ausgelassenes Lachen.

Sie wollte aufstehen, denn sie konnte sich nicht vorstellen, was so lustig sein konnte, aber er zog sie an der Hand auf seinen Schoß und hielt sie fest umschlungen, damit sie nicht weglaufen konnte.

»Meinst du Delilah?«, fragte er.

»Das weiß ich nicht. Wie viele hast du denn?«

»Nur sie. Im Moment reicht sie mir, mehr würde ich gar nicht verkraften«, sagte er, immer noch lachend. Sie sah das Blinzeln in seinen grünen Augen. Es ließ ihr Herz schmerzen.

»Danke, dass du so ehrlich bist«, sagte sie und versuchte, sich von seinem Schoß zu erheben. Er schlang einen Arm um sie.

»Sie ist meine Katze.«

Sie blinzelte ungläubig.

»Ich habe sie gerettet, nachdem ich ...« Er brach ab, als er ihren verdutzten Gesichtsausdruck sah.

»Eine Katze? Wie in ›schnurr, schnurr‹ und ›komm, meine kleine Pussy‹?«

Decker hörte auf zu lachen, warf die Zigarette auf den Boden und trat sie aus. »Ja, verdammt lustig, was?«

Daisy war viel zu erleichtert, um noch etwas anderes zu empfinden. »Was für eine Katze ist sie?«

Decker sah sie stirnrunzelnd an, als wollte er sich davon überzeugen, ob sie sich lustig über ihn machen wollte. »Sie ist eine Siamesin, glaube ich.«

»Eine von diesen langen schlanken Dingern, kaffeefarben und sehr laut?«

»Ja, stimmt. Sie schnurrt mir am Telefon zu. Das habe ich bei einer Frau noch nicht erlebt.«

»Ich würde dich auch am Telefon anschnurren«, sagte sie rasch und erkannte im nächsten Augenblick, dass er das als Liebeserklärung auffassen konnte. Sie wandte ihr Gesicht ab, damit er nicht sehen konnte, wie sehr ihre Wangen glühten.

Er legte eine Hand unter ihr Kinn und zwang sie, ihn anzusehen. »Bist du deshalb einfach abgehauen? Weil du geglaubt hast, ich hätte eine andere Frau?«

»Ich weiß nicht, was ich gedacht habe. Du bist einer der kompliziertesten Männer, die ich je gekannt habe.«

»Das ist ein anderes Thema, über das wir uns später unterhalten können. Jetzt möchte ich mich über dich unterhalten. Wartet zu Hause jemand auf dich?«

Sie lächelte. »Bis jetzt nicht.«

Er zwang sie wieder, ihn anzusehen. Er wirkte sehr ernst. »Du magst schön und reich und der beste Fick der Welt sein, aber wenn du nicht ehrlich zu mir bist, habe ich kein Interesse, verstehst du?«

»Ich verstehe«, sagte sie leise und begriff, warum er so heftig reagierte. Vielleicht hatte er sich zuvor für einige lausige Frauen entschieden und wollte seine Fehler nicht wiederholen. Die Zikade war noch näher bei ihnen, aber sehen konnten sie sie nicht.

»Warum trägst du das?«, fragte sie und fuhr mit einem Finger über die flache Goldkette, die er um den Hals trug.

»Sie gefällt mir«, sagte er und vermied es, ihr in die Augen zu sehen.

»Und was gefällt dir sonst noch, Max Decker?«

»Dies«, sagte er und drückte einen Kuss auf ihre Lippen. Sie spürte, wie er zitterte, als ihre Zungen sich trafen, während er ihre Brüste drückte und die Nippel zwickte.

Wie von selbst glitten ihre Finger zu seinem Schoß. Die Umrisse seines Schafts zeichneten sich unter den leichten Khakis deutlich ab, zumal er keine Wäsche trug. Die Beule fühlte sich hart und sehr, sehr gut an, und spontan öffneten sich ihre Schenkel.

Niemand sah, wie sie sich im Schatten der Hausmauer knutschten wie zwei geile Teenager, und nur das Knarren der altersschwachen Bank hätte sie verraten können.

Sie war warm und krümmte und wand sich und war äußerst zugänglich, denn das kurze Hemdchen rutschte immer höher, während sein Hemd, das sie sich übergestreift hatte, auseinander klaffte. Während Decker seinen

Mund auf ihren gepresst hielt, hob er ein Bein von ihr über seinen Schoß, bis sie gespreizt auf ihm saß und ihren femininen Duft verströmte.

Er setzte den Kuss fort, nahm ihren Mund mit einer Wildheit in Besitz, nach der sie sich so lange gesehnt hatte. Als er das Hemd über ihre Brüste schob, hielt sie ihn nicht auf. Im Gegensatz zu seiner kühlen nackten Haut war Daisy warm und weich wie Wolken am Himmel, und ihre langen harten Nippel rieben sich gegen seine.

Sie ahnte, was er wollte und bot ihm ihre Brüste dar, wobei sie sich wie eine Limbotänzerin auf seinem Schoß weit zurücklehnte, ihre Beine fest um seine Taille verschränkt. Sie war biegsam wie junges Holz. Sie beugte sich so weit zurück, dass ihre Haare über den Boden wischten. Er leckte über eine ihrer Brüste, wie sie es sich erhofft hatte. Sein heißer Speichel vermischte sich mit der kühlen Abendbrise, und sie schrie leise auf und bot ihm die andere Brust an.

Sie hörten Stimmen, die zuerst leise klangen, dann aber näher kamen. Als sie schlurfende Schritte hörten, zog er sie hoch, drückte sie an sich und küsste sie wieder, und seine Zunge zeigte ihrem Mund, was er später mit ihrem Körper anstellen wollte. Das weite Hemd, das sie trug, verbarg die entscheidenden Stellen von ihr vor zwei Truckern, die einen über den Durst getrunken hatten und nun vor der Nachbartür stehen blieben, um in ihr Zimmer zu gehen.

»He, Mann, schieb auch einen Gruß von mir mit rein«, grummelte einer der Trucker. Sein Kollege fummelte noch eine Weile mit dem Schlüssel, ehe die Moteltür endlich aufging und sie im Zimmer verschwanden.

Daisy genoss Deckers Kuss viel zu sehr, um sich über die dümmliche Bemerkung zu ärgern. Sie wollte sich den Zauber des Augenblicks nicht verderben lassen. Sie roch ihre eigene Erregung, die jede Sekunde stärker wurde. Er brach den Kuss ab und nahm ihr Gesicht in beide Hände.

»He, das ist vielleicht ein verrückter Gedanke, aber es ist erst zehn Uhr. Warum fahren wir nicht nach Mesa Verde zurück?«

»Was? Jetzt?«

»Ja, jetzt sofort. Es sind nur fünfzig Meilen bis dorthin.« Er nahm sie bei der Hand und küsste ihre Handfläche. »Es gibt Dinge, für die sich das Warten lohnt. Ich habe eigentlich die Grenze meiner Geduld erreicht, aber es nervt mich, dass ich ausgerechnet in dieser Bruchbude das erste Mal mit dir Liebe machen soll.«

Er saß am Lenkrad, einen Arm um ihre Schultern gelegt. Ihr Kopf ruhte in seiner Armbeuge, aber sie war zu glücklich, um schlafen zu können. Er rief im *Chieftain's Rest* an, erkundigte sich nach einem Doppelzimmer und sagte, sie würden kurz vor Mitternacht eintreffen.

»Vermisst Delilah dich noch?«, murmelte sie.

»Vermutlich nicht. Wärme, fressen und einen Platz zum Schlafen, das ist doch alles, was Katzen wollen, nicht wahr?«

»Und einen großen, starken Alphamann, der sich um sie kümmert.« Daisy legte einen Arm um seine Taille. Das Gefühl, seinen harten Körper so nah zu spüren, war so schön, dass sie am liebsten geweint hätte. Sie drückte ihn, und er hauchte einen Kuss auf ihre Haare.

Die alte Indianerfrau begrüßte sie, als sie vorsichtig von der Leiter stiegen und festen Boden betraten. Leise, um die anderen Hotelgäste nicht zu stören, zeigte sie ihnen ihr Zimmer. Es war viel größer als das andere, in dem sie schon eine Nacht verbracht hatten. Ein riesiges Bett, mit weichen Wolfsfellen bedeckt. Rindsleder auf dem Boden. Kerzen in bemalten Tonschüsseln flackerten leicht und verliehen dem Zimmer ein sanftes Licht, das sich unruhig bewegte und lange Schatten gegen die Wände warf.

»Es ist wunderbar«, rief Daisy leise.

Die Indianerin sah sie strahlend an. »Ich habe doch gesagt, dass er nicht aufgeben wird«, sagte sie lächelnd und wünschte ihnen eine gute Nacht.

Da sie nun wieder allein mit ihm war, fühlte sich Daisy unsicher wie eine Teenagerbraut in der Hochzeitsnacht.

»Ich muss mich waschen«, sagte sie und wollte ins Bad. Decker griff ihren Arm und zog sie aufs Bett.

Sie liebten sich behutsam und süß, und ihr war, als spülten die Wellen des Pazifiks über sie hinweg. Nach dem ersten ungeschickten Fummeln, um sich gegenseitig die Kleider auszuziehen, begann er, ihren Körper mit dem Mund zu erforschen – vom Hals bis zu den Zehenspitzen. Er öffnete ihre Schenkel und labte sich an ihrer salzigen Haut und an ihrem femininen Duft.

Zuerst war sie gehemmt, aber er wischte ihre scheuen Einwände zur Seite und brachte sie zum glücklichen Seufzen, als seine Zunge in ihre Tiefe eindrang. Den Orgasmus fühlte sie tief in sich, er sprudelte aus ihr heraus und vertrieb die frustrierende Erinnerung an die gescheiterten Versuche. Während die Wellen sie überfluteten, rutschte er an ihr hoch und küsste ihren Mund, und dann drang er so unerwartet in sie ein, dass sie überrascht aufschrie.

»Daisy«, flüsterte er beim nächsten Stoß, »was hast du mit mir gemacht?« Wieder spürte sie seinen heißen Atem auf ihren Lippen.

Sie versuchte erst gar nicht zu antworten, sondern packte seine Backen und drückte dagegen, um ihn noch tiefer in sich zu spüren. In ihr pulsierte es. Es gab so viel, was sie ihm sagen wollte, was sie sich aber nicht traute. Sie hauchte es in sein Ohr, ganz leise, denn er sollte es nicht hören. Er stoppte mitten in der Bewegung und sah ihr in die Augen.

»Meinst du das ernst?«

Sie war verdutzt, es war ihr nicht bewusst gewesen, dass sie laut gesprochen hatte. Es war doch nur ein Überfließen ihrer Gedanken gewesen. Sein Schwanz pulsierte tief in ihr und zerstob ihre Konzentration, aber was sie gesagt hatte, stimmte; es war nicht nur im Augenblick höchster Lust dahergesagt – sie liebte ihn. Der Himmel mochte wissen warum, aber sie konnte ihre Gefühle nicht abstellen, auch wenn sie damit alles ruiniert hatte.

Er küsste sie so hart, dass es schmerzte. »Weißt du eigentlich, wie verrückt du mich machst? Wenn du dich mit anderen Männern abgibst, mit ihnen knutschst und vögelst? Und als ich gesehen habe, wie du dich selbst streichelst – das gehört zu den schönsten Bildern, die sich mir eingeprägt haben. Du hast mir vorgeworfen, ich hätte keine Gefühle, aber du wirst sehen, wie sehr du dich geirrt hast.«

Er küsste sie wieder, so innig und tief, dass sie glaubte, er tauchte hinab in ihre Seele.

Am anderen Morgen schlich sie zur Dusche, noch bevor er wach war. Die Reise in die Hitze der Nacht und ihr energiegeladenes Lieben hatten ihr das Aroma des eigenen Körpers bewusst gemacht, deshalb wollte sie nach Frische riechen und so gut wie möglich aussehen, wenn Decker aufwachte.

Als sie zurückkam, saß er aufrecht im Bett, hatte ihr den Rücken zugewandt und das Hemd übergestreift. Er fuhr auf, als er sie hörte, als hätte sie etwas unterbrochen, was er ihr nicht zeigen wollte. Er knöpfte sein Hemd zu.

»He, lass mich das tun«, sagte sie und setzte sich zu ihm. Aber statt die restlichen Knöpfe zu schließen, öffnete sie die bereits geschlossenen. Er legte seine Hand auf ihre.

»Nicht«, sagte er entschieden.

»Warum nicht? Willst du das nicht auftragen?« Sie nahm den kleinen Tiegel an sich, den er versteckt in der Hand gehalten hatte. Decker vermied es, sie anzusehen, als fühlte er sich beschmutzt, als sie sein Hemd öffnete und die Narbe im grellen Tageslicht sah. Sie hörte, wie er die Luft anhielt. Sie presste ihre Lippen gegen die hässlich geschrumpfte Haut.

»Sie sieht nicht schlimmer aus als gestern Abend«, sagte sie. Sie schraubte den Deckel vom Tiegel. »Ich reibe dich damit ein, ob es dir nun behagt oder nicht. Also lege dich zurück und genieße es.«

Er rückte gegen die Kissen und schaute zu, wie ihre Finger in die kühle weiße Salbe tunkten, die schwach nach Lavendel duftete. Sie rieb seinen Brustkorb damit ein und konzentrierte sich auf den Verlauf der Narbe.

»Das fühlt sich so an, als hättest du viel Erfahrung darin«, sagte er lächelnd. Sie spürte, wie er sich allmählich entspannte, und seine Lider schlossen sich fast. Er schien in den Kissen zu versinken, und sein Gesichtsausdruck wurde immer weicher. So hatte sie ihn noch nie gesehen. Sie tunkte die Fingerspitzen wieder in die Salbe und verrieb sie auf dem Bauch. Seine Muskeln spannten sich, entspannten sich aber bald wieder. Erst als ihre Finger weiter nach unten glitten, regten sich die Muskeln erneut. Mehr als einmal stießen die Fingerspitzen wie zufällig gegen die wachsende Beule in seinen Shorts. Sein Atem ging schneller, aber er bewegte sich nicht und konzentrierte sich auf ihre streichelnden Hände.

Schließlich sah sie zu ihm hoch. Sein Ausdruck war nicht zu deuten. Sein Hemd stand offen, die Narbe prangte wie ein Signal auf dem muskulösen Leib, und die Erektion drückte gegen den dünnen Stoff der Shorts. Er hatte nie besser ausgesehen, dachte sie und griff spontan nach ihrer Kamera.

Er rührte sich nicht, sah sie nur mit den undurchdringlichen Mandelaugen an, den Ansatz eines Lächelns auf dem Gesicht, als sie auf den Auslöser drückte.

»Danke«, sagte sie leise.

»Nein, ich danke dir.« Er langte nach ihr und zog sie quer übers Bett.

Am letzten Abend im *Chieftain's Rest* sahen sie den glühend roten Feuerball der Sonne hinter fernen violett schimmernden Sturmwolken untergehen. In den vergangenen Tagen hatten sie sich stundenlang unterhalten, wenn sie sich von der Liebe ausruhten. Das Band zwischen ihnen wurde stärker, bevor andere Menschen sich einmischen konnten. Andere Menschen wie ihr Vater, dessen Reaktion ganz sicher nicht aus wohlwollender Zustimmung bestehen würde.

Sie redeten nicht über ihre Zukunft. Sie ahnte, dass er sich mit Plänen zurückhielt, und das war ihr ganz recht, denn sie hielt sich auch zurück. Vielleicht gab es Dinge in ihrer beider Leben, die der andere nicht wissen sollte und nicht verstehen würde. Es war zu früh, dass diese Dinge sie belasteten, ehe sie eine Chance hatten, ihre Beziehung in dieser Ruhe zu genießen. Damit würde es ohnehin allzu rasch vorbei sein.

An diesem Abend speisten sie in einer kleinen mexikanischen Bar, wo es die besten Tacos gab, die sie je gegessen hatte, und spülten sie mit San Miguel Bier hinunter. Irgendwann nach dem Essen ging sie zur Toilette und zog ihren BH aus. Ihre Stimmung war leicht gedämpft gewesen, weil sie wussten, dass sie am anderen Morgen nach Phoenix aufbrechen und von dort nach New York zurückfliegen würden. Deshalb dachte Daisy, es wäre an der Zeit, Spannung zu erzeugen. Sie steckte den BH in ihre Tasche und spielte mit ihren Nippeln, bis sie sich versteift hatten. Sie fühlten sich gut an, wie sie gegen das enge Top rieben.

Decker hatte zwei Bier bestellt, als sie zurückkam. Sie rieb ihre Brüste gegen seinen nackten Arm, und er starrte sofort auf ihre Nippel, obwohl er das zu kaschieren versuchte.

»Du siehst gar nicht aus wie die Art Kerl, die ein Mädchen auf einem öffentlichen Parkplatz bumst und dann wegrennt, bevor sie Zeit hat, ihren Slip hochzuziehen«, sagte sie neckend und leckte über den Rand der leeren Bierflasche.

Er grinste schuldbewusst. »Und du siehst nicht wie die Art Mädchen aus, die es öffentlich mit ein paar Bikern in einer Bar treibt«, konterte er.

Sie fuhr mit einem Finger spielerisch über den Rücken seiner Hand, die auf seinem Knie lag. »Wie sagt man? Zweimal negativ ergibt positiv?«

»Hört sich überzeugend an«, sagte er grinsend.

»Aber es kommt darauf an, ob du mit dem Gehirn denkst oder mit deinem Schwanz«, fuhr sie fort und leckte den Rest des Schaums aus der Bierflasche.

»Das stimmt auch.«

»Dann sage mir, Max Decker, welche Botschaft schickt dein Gehirn gerade deinem Schwanz?«

Er legte eine Hand auf ihren Hinterkopf und zog sie näher zu sich, bevor er seine Lippen fest auf ihren Mund presste. Sie gierte nach seiner Zunge und brannte vor Leidenschaft, und für Sekunden vergaß sie, dass sie in einer Bar saßen.

»Ich will dich wie eine Hündin ficken«, raunte er.

Unterwegs zur Anlage unterhalb der Klippen hielt er an einem Aussichtspunkt an. Ihr Blick ging so weit, dass sie glaubten, die Sterne berühren zu können. Die fernen *mesas* waren nur unheimliche Schatten, und die wenigen Häuser und Hütten schienen in einer anderen Galaxie zu schweben.

»Das ist die angenehmste Art, einen Urlaub zu beenden«, sagte sie, als sie ihre Sitze versenkten, bis sie fast waagerecht nebeneinander lagen. Eine Weile blieben sie ausgestreckt liegen, folgten den Sternen und stritten darüber, wo die einzelnen Sternbilder lagen. Um ihn abzulenken, knöpfte sie seine Hose auf und zog sie Stück für Stück hinunter, bis sie den dicken Schaft freigelegt hatte, der aufgeregt aus dem Stoffgefängnis hüpfte. Ihre Pussy zog sich erwartungsvoll zusammen.

»Oh, Himmel«, stöhnte er, als ihre Zunge eine nasse Spur von der Wurzel zur Spitze hinterließ. Der Penis pochte gegen ihre Lippen, und ihre Zunge wischte über die Eichel, speichelte sie ein und folgte den dicken Adern am Schaft.

Er grunzte und stöhnte und rutschte von einer Backe auf die andere. »Oh, ja, oh ja«, ächzte er immer wieder und grub eine Hand in ihre Haare, aber er übte keinen Druck aus, sondern ließ sie gewähren, wie sie wollte. Er nahm die seidigen Strähnen zwischen die Finger und streichelte sie. Sie wischte mit der Zunge über die Hoden, zupfte vorsichtig mit den Zähnen an der faltigen Haut und badete sie in ihrer Spucke.

Sie kniete sich auf den Sitz und streckte ihren Po in die Luft, um ihn aufzumuntern, über die runden Backen zu streicheln, die vom kurzen Rock kaum bedeckt wurden. Seine Berührungen spornten sie an, und entschlossen nahm sie ihn ganz in den Mund auf, bis ihre Lippen schmerzten. Sie hatte in der warmen feuchten Höhle des Mundes kaum Platz für die Bewegungen ihrer Zunge, deshalb setzte sie ihre Muskeln ein, um den Schaft zu quetschen und zu foltern.

Seine Finger schoben sich unter ihren Slip und tasten sich zu ihrer feuchten Spalte vor. Sie keuchte und ließ den Po ein wenig sinken, damit seine Finger noch tiefer in sie hineingleiten konnten, und gleichzeitig schob sie einen Finger in seine Kerbe und strich um die enge kleine hintere Öffnung.

»Oh Himmel«, keuchte er wieder und verschluckte sich beinahe an seiner Lust. »Hör auf, Baby, ich will nicht so kommen, ich will in dich rein.«

Aber sie saugte weiter, bis sie spürte, wie sich der harte Schaft spannte, dann stieß sie ihren Finger in den Anus, als es ihm kam. Sie saugte ihn leer, und er schrie seine Erlösung in die Nacht. Sein Zucken zwang ihren Finger tiefer, wodurch sie seine Lust verlängerte. Er flehte sie an aufzuhören. Sie zog den Finger heraus und küsste seine Eichel. Der Schaft sah so abgeschlafft und erschöpft aus wie der Rest des Mannes. Sie lagen nebeneinander, Daisy mit dem Kopf in seinem Schoß.

»Das war brutal«, sagte er, als sich sein Atem normalisiert hatte. Er zupfte an ihren Haaren, und sie blickte zu ihm auf. Er grinste. »Damit hast du es nicht hinter dir. Ich werde dich immer noch wie eine Hündin ficken.«

Sie fuhren weiter, stellten das Auto ab und kletterten über die Leiter. Sie waren leise, weil sie wussten, dass die anderen Gäste längst schlafen würden. Sie kamen sich wie ungezogene Kinder vor, die sich in der Nacht heimlich aus dem Haus geschlichen hatten und jetzt nach einem verbotenen Abenteuer zurückkehrten. Sie kicherten auf dem ganzen Weg, bis sie endlich ihr Zimmer erreicht hatten. Er nahm sie in die Arme und führte sie zum Spiegel.

»Schließe deine Augen«, sagte er befehlsgewohnt.

Sie gehorchte und spürte, wie ihr Blut heißer durch die Adern floss. Die Stimme verriet seine Erregung. Daisy hörte, wie er sich hinter ihr bewegte, und dann legte er etwas um ihren Hals. Es fühlte sich groß, schwer und kalt an. Er fluchte still vor sich hin, als er Mühe mit dem Verschluss hatte.

»Jetzt kannst du die Augen wieder öffnen.«

Sie schlug die Augen auf und hielt geräuschvoll die Luft an. Das Halsband war ein Adler mit gespreizten Flügeln, eine wunderbare Arbeit aus gehämmertem Silber und Türkis. Es war viel schöner und raffinierter gefertigt als das ähnliche Halsband, das sie im Laden unten in der Ebene bewundert hatte.

Sie berührte den Schmuck mit scheuen Fingern und war zu Tränen gerührt. Der große Türkisstein in der Mitte fühlte sich unter ihren Fingern lebendig an.

»Es ist wunderschön«, flüsterte sie. »Woher hast du gewusst, dass ich mir so ein Halsband wünschte?«

»Ich bin nach dir in dem Laden gewesen und habe gefragt, was du dir denn so lange angesehen hast, und dann habe ich einen Künstler besucht, der die Originale herstellt, denn für dich gebe ich mich nicht mit einer Kopie zufrieden.« Er küssten ihren Nacken, ein heißer, feuchter Kuss voller Begierde. Sie drehte sich um und schlang die Arme um seinen Hals.

»Danke.« Sie drückte die Lippen auf seinen Mund. »Danke.« Ein Kuss auf seine Wange. Sie übersäte sein ganzes Gesicht mit heißen, prickelnden Küssen, immer wieder von ihrem Dank unterbrochen – bis sie erschöpft aufs Bett fielen.

Ihre Stimmung wechselte; ihre Rührung ging in ein forderndes Verlangen über, und Decker schien es nicht anders zu ergehen. Er schälte die Kleider von ihrem Körper, und zum Schluss trug sie nur noch das Halsband.

Er arbeitete sich an ihrem Körper nach unten und setzte ihren Körper mit seinen Lippen in Flammen. Er schob eine Hand unter ihren Po, hob die Hüften ein wenig an und erforschte mit der Zunge jede geheime Falte, während sie mit den Fingern durch seine Haare fuhr und immer wieder seinen Namen murmelte.

Seine Zunge fand ihre kleine Klitoris und stieß dagegen, saugte sie ein und nagte behutsam mit den Zähnen an ihr. Er brachte sie in wahnsinnig kurzer Zeit zur Ekstase. Ihre Schreie wurden mit jedem orgasmischen Ruck, der durch ihren Körper fuhr, lauter und schriller.

Schließlich richtete er sich auf, spreizte ihre Schenkel und drang mit roher Gewalt in sie ein, und ihre Stimme war nur noch ein heiseres Flüstern. Sie bohrte ihre Fingernägel in seine Pobacken, krallte sich in ihnen fest und stieß ihn noch tiefer in ihren biegsamen, willigen Körper. Gemeinsam kletterten sie auf die Spitze ihrer Leidenschaft, begleitet von schamlosen Schreien ihrer Ekstase.

Vierzehntes Kapitel

Felix Lovell hatte Tränen in den Augen, als er seine Tochter nach drei Jahren der Trennung endlich wieder in die Arme schließen konnte. Es dauerte fast fünf Minuten, ehe sie sich aus seinem bärenstarken Griff lösen konnte.

»Es ist so wunderbar, dich wieder bei mir zu haben.«

»Ja, es ist gut, wieder zu Hause zu sein, Dad.« Das war ihr ernst gemeint, so lange er ihren Plänen zustimmte, die sie ihm aber noch nicht mitgeteilt hatte. Wichtig war, den richtigen Zeitpunkt abzupassen, und dies war er ganz sicher nicht.

Fünf Minuten später hatte er ihr sein Geschenk des Wiedersehens präsentiert, einen hellblauen Mercedes SLK, geschmückt mit einer breiten silbernen Schleife. Sie flog wieder in seine atemberaubende Umarmung.

»Das wäre doch nicht nötig gewesen.« Wirklich, sie wünschte, er hätte sie nicht so fürstlich beschenkt. Aber sie verdrängte ihre undankbaren Gedanken und drückte ihrem Vater einen Kuss auf die Wange.

»Natürlich hast du es verdient. Alles für mein kleines Mädchen.« Er führte sie auf die Veranda und wies Perdita, das Dienstmädchen, an, frischen Julep zu bringen, ein Erfrischungsgetränk mit Pfefferminz und einem Schuss Alkohol.

»Erzähle«, sagte er eifrig. »Ich will alles von dir hören.«

Das willst du bestimmt nicht, dachte sie und gab ihm einen zusammengefassten Bericht über ihre Erlebnisse. Während sie erzählte, sah sie, dass seine Stimmung umschlug. Er saß grübelnd da, als ob ihn irgendwas besonders beschäftigte. Sie fragte ihn, wo er mit seinen Gedanken wäre.

»Heute Abend kommt jemand, und ich möchte, dass du ihn kennen lernst«, sagte er widerstrebend.

»Du willst mir doch keinen Ehemann andrehen? Ich bin erst seit fünf Minuten hier.«

»Himmel, nein!« Lovell schüttelte sich, als würde ihm ganz übel bei der Vorstellung. »Ich werde dir später mehr erzählen.«

Als sie schließlich auf ihr altes Zimmer ging, stellte sie fest, dass Perdita ihre Kleider schon ausgepackt hatte. Das weiße Kleid von Chloe hing aufgebügelt im Schrank. Das Gefühl, keinen Finger mehr bewegen zu müssen, verursachte ihr eine leichte Klaustrophobie. Trotz all des Luxus weilte ihr Herz noch in Colorado.

Das Geräusch knirschender Reifen auf dem Kiesweg riss sie aus ihren Gedanken. Ein schlanker dunkelgrüner 8er BMW fuhr vor, die Fenster getönt, um den oder die Insassen vor neugierigen Blicken abzuschirmen.

Er stieg aus und schaute hoch, als wüsste er, dass sie auf ihn wartete. Nach zwei Wochen in Khakis hatte sie vergessen, wie umwerfend er in einem schicken Anzug aussah. Es war ein taubengrauer Valentino, sanft auf den Körper geschneidert, dazu ein weißes Hemd, das seine Bräune unterstrich. Selbst aus der Ferne konnte sie sehen, dass es ein Seidenhemd war. Sie spürte die Hitze in ihrem Geschlecht, feucht und schwer vor Verlangen.

Felix trat vor die Tür und zerschnitt die elektrischen Schwingungen zwischen ihnen. Sie trat rasch vom Fenster zurück. Ihr Vater sollte nicht argwöhnen, dass irgendwas zwischen ihnen ablief, noch bevor er sie zusammen in einem Raum gesehen hatte.

Sie zog sich mit Bedacht an und entschied sich für einen BH mit weißer Spitze und einen weißen Slip unter dem leichten, hauchdünnen Kleid. Auf den ersten Blick schien der Ausschnitt sehr bescheiden zu sein, aber nur ein kurzes Zupfen an der Spitze, und die vollen Brüste würden aus dem weichen BH fallen. Sie liebte die verträumte Erotik des Kleids.

Um sechs Uhr kam Perdita und teilte ihr mit, dass ihr Vater sie auf der Veranda erwartete. Sie schlüpfte mit den Füßen – die Nägel silbern lackiert – in weiße Lederschuhe mit hohen Absätzen und sprühte einen Hauch von Yves St. Laurents Baby Doll, ehe sie die Treppe hinunterging.

Felix Lovell war höchst unerfreut über die Neuigkeit, die Decker ihm gerade mitgeteilt hatte. Chico Mendoza schien untergetaucht zu sein. Was seinen Vater betraf, so hatten selbst die gewieftesten Ermittler in Manhattan in den Bilanzen seiner Firma nichts Auffälliges finden können. Der Mann war sauber, mal abgesehen von einem Strafzettel wegen falschen Parkens, der seit zwei Jahren überfällig war. Selbst das Finanzamt hatte kein Interesse an ihm. Und die schlechteste aller Nachrichten war, dass Daisy Mae immer noch entschlossen schien, nach New Jersey zu ziehen.

»Verdammt, warum nach New Jersey? Das ist die falsche Seite des Flusses.«

Decker antwortete nicht. Er wusste, wann es besser war zu schweigen. Lovell marschierte auf der Veranda auf und ab, die Hände tief in den Taschen vergraben. »Also, sie kann hier nicht ausziehen, solange Mendoza ihr droht, ihr was anzutun.«

»Aber die Alternative wäre, sie hier als Gefangene zu halten, und das ist nicht sehr praktisch, nicht wahr?«

Felix Lovell drehte sich abrupt zu ihm um, denn Decker hatte aufreizend geklungen. Er war es nicht gewohnt, dass seine Angestellten an seinen Entscheidungen zweifelten. Seine Augen verengten sich.

»Hat sie Ihnen darüber was gesagt?«

»Nicht explizit. Aber sie ist eine sehr selbstständige

junge Frau und hat sich in den Kopf gesetzt, ihr eigenes Leben zu führen. Wenn Sie versuchen, sie gegen ihren Willen hier zu halten, treiben Sie sie noch weiter weg, vermutlich für immer.«

»Und was schlagen Sie vor? Soll ich sie gehen lassen und Mendoza ein Fax mit ihrer Adresse schicken?«

»Sie können zwei Dinge tun. Erstens können Sie sie nach New Jersey ziehen lassen und ihr nichts sagen, und zweitens können Sie ihr die Wahrheit über Mendozas Drohung sagen, damit sie eine Entscheidung treffen kann, wie sie sich verhält. Wie auch immer – ich bin da, um sie zu beschützen.«

»Ich will sie beschützen!«, fauchte Lovell wütend, dann drehte er sich schuldbewusst um, ob Daisy schon da war und etwas gehört hatte. Er senkte die Stimme. »Verdammt, womit kann ich sie denn überzeugen, dass sie hier bleiben muss?«

»Es wird Ihnen nicht gelingen«, sagte Decker ruhig.

»Wieso sind Sie sich da so sicher? Ich kenne sie seit dreiunddreißig Jahren, und Sie erst seit zwei Wochen.«

»Ja, aber wann haben Sie sich zuletzt einmal ernsthaft mit ihr unterhalten? Sie ist nicht mehr Ihr kleines Mädchen, Felix. Wenn Sie auf stur schalten, werden Sie Ihre Tochter verlieren, das können Sie mir glauben.«

Lovells Augen verengten sich. »Sie scheinen eine Menge über sie zu wissen.«

Deckers Blick glitt über Lovells Schulter zur Tür. Daisy war gerade rechtzeitig gekommen, um ihm aus der Bredouille zu helfen.

Felix Lovells dichte Brauen wuchsen zusammen, als er Daisys schwingenden Körper sah, dezent und doch wie zur Schau gestellt. Die warme Abendsonne glühte durch die dünne weiße Baumwolle ihres Kleids, das jede feminine

Kurve ihres Körpers betonte. Er stand vor ihr, als wollte er sie vor Deckers Blicken verstecken.

»Daisy, ich möchte dir Max Decker vorstellen, Leiter von Lovells Sicherheitsabteilung«, sagte er in einem Ton, der zu erkennen gab, dass er ihn lieber nicht vorstellen würde. »Ich glaube, ihr habt euch schon mal gesehen.«

Daisy schob ihren Vater zur Seite und streckte ihre Hand aus. Ihre Finger berührten sich einen kurzen Moment, aber das genügte schon, um sie erschauern zu lassen.

»Abteilungsleiter? Ich wusste gar nicht, dass ich in einer so hochkarätigen Gesellschaft war«, sagte sie verspielt.

Lovell beobachtete sie genau. »Ich weiß, was du sagen willst, meine Liebe, aber ganz offensichtlich waren meine Vorsichtsmaßnahmen dringend erforderlich. Max sagt, draußen wäre es ziemlich turbulent zugegangen.«

»Ja, es wurde turbulent«, murmelte Daisy. Ihre Gedanken waren bei seinem Körper, der sie so heiß machte. Sie schüttelte sich und schaute Decker an. »Danke, dass Sie sich so engagiert haben.«

»Gern geschehen.«

Das Essen nahmen sie in der Orangerie ein, wo es gemütlicher als im Haus selbst war, umgeben von Orangen- und Zitronenbäumen, die Daisys Mutter gepflanzt und gehegt hatte. Perdita trug eines von Daisys Lieblingsessen auf – Lachs vom Grill in einer Reiskruste und Engelshaarnudeln mit Brokkoli und Fenchel.

Felix Lovell sprach fast ununterbrochen vom Geschäft, aber Daisy ahnte, dass er mit etwas hinterm Berg hielt. Es beunruhigte sie nicht sehr, denn sein ganzes Leben lang kannte er nichts als Taktieren und Lavieren.

Während des Essens versuchte Max, sie nicht allzu oft anzuschauen, obwohl sein Fuß fast immer mit ihrem in Kontakt war. Lovell bemerkte nichts von der sexuellen Strömung zwischen den beiden. Daisy hielt sich während des Essens an Champagner und fühlte sich leicht und

Kurve ihres Körpers betonte. Er stand vor ihr, als wollte er sie vor Deckers Blicken verstecken.

»Daisy, ich möchte dir Max Decker vorstellen, Leiter von Lovells Sicherheitsabteilung«, sagte er in einem Ton, der zu erkennen gab, dass er ihn lieber nicht vorstellen würde. »Ich glaube, ihr habt euch schon mal gesehen.«

Daisy schob ihren Vater zur Seite und streckte ihre Hand aus. Ihre Finger berührten sich einen kurzen Moment, aber das genügte schon, um sie erschauern zu lassen.

»Abteilungsleiter? Ich wusste gar nicht, dass ich in einer so hochkarätigen Gesellschaft war«, sagte sie verspielt.

Lovell beobachtete sie genau. »Ich weiß, was du sagen willst, meine Liebe, aber ganz offensichtlich waren meine Vorsichtsmaßnahmen dringend erforderlich. Max sagt, draußen wäre es ziemlich turbulent zugegangen.«

»Ja, es wurde turbulent«, murmelte Daisy. Ihre Gedanken waren bei seinem Körper, der sie so heiß machte. Sie schüttelte sich und schaute Decker an. »Danke, dass Sie sich so engagiert haben.«

»Gern geschehen.«

Das Essen nahmen sie in der Orangerie ein, wo es gemütlicher als im Haus selbst war, umgeben von Orangen- und Zitronenbäumen, die Daisys Mutter gepflanzt und gehegt hatte. Perdita trug eines von Daisys Lieblingsessen auf – Lachs vom Grill in einer Reiskruste und Engelshaarnudeln mit Brokkoli und Fenchel.

Felix Lovell sprach fast ununterbrochen vom Geschäft, aber Daisy ahnte, dass er mit etwas hinterm Berg hielt. Es beunruhigte sie nicht sehr, denn sein ganzes Leben lang kannte er nichts als Taktieren und Lavieren.

Während des Essens versuchte Max, sie nicht allzu oft anzuschauen, obwohl sein Fuß fast immer mit ihrem in Kontakt war. Lovell bemerkte nichts von der sexuellen Strömung zwischen den beiden. Daisy hielt sich während des Essens an Champagner und fühlte sich leicht und

Vater. »Mach dir keine Sorgen, Dad. Ich werde Mr. Decker das Leben nicht schwer machen.«

»Vielleicht ist es eher umgekehrt«, konterte er. Aus den Augenwinkeln sah sie, dass Decker beinahe in den Champagner gespuckt hätte. Er versteckte sein Lachen hinter der Serviette. »Nun, da das geklärt ist, können Sie gehen, Max. Daisy und ich haben uns noch eine Menge zu erzählen.«

Daisy war entsetzt darüber, wie unhöflich Max entlassen wurde, aber er schien daran gewöhnt zu sein. »Ich werde am Montag zurück sein, um Ihnen beim Umzug zu helfen, Miss Lovell. Zwei meiner Männer werden auch dabei sein. Keine Sorge, sie werden sehr diskret sein, und Sie werden kaum Notiz von ihnen nehmen.« Er gab Lovell kurz die Hand, dann ging er.

Später an diesem Abend täuschte Daisy Müdigkeit vor und ging auf ihr Zimmer. Sie zog sich aus und legte sich aufs Bett. Sie atmete den Jasminduft ein, der durchs Fenster ins Zimmer wehte.

Sie hoffte inbrünstig, dass Decker durchs offene Fenster kommen würde – wie ein Dieb in der Nacht. Als ihre Finger über die Pussy rieben, war sie feucht und offen für ihn, bereit für ihren heimlichen Liebhaber.

Der Sex, den sie in den vergangenen zwei Wochen erlebt hatte, war nichts im Vergleich zu der wilden, zuckenden Erregung, die sie jetzt fühlte. Sie lag angezogen auf dem Bett und stimulierte die Nippel durch die dünne Baumwolle. Verdammt, wie sollte sie das bis zum Montag durchhalten?

Seine Lippen weckten sie; sie drückten sich fest auf ihren Mund, um sie am Schreien zu hindern. Seine Hand drückte gierig ihre Brüste, und die Finger spielten mit den Nippeln, während er sie lange küsste, innig, wild, verwegen.

»Du hast heute Abend großartig ausgesehen«, stöhnte er

Vater. »Mach dir keine Sorgen, Dad. Ich werde Mr. Decker das Leben nicht schwer machen.«

»Vielleicht ist es eher umgekehrt«, konterte er. Aus den Augenwinkeln sah sie, dass Decker beinahe in den Champagner gespuckt hätte. Er versteckte sein Lachen hinter der Serviette. »Nun, da das geklärt ist, können Sie gehen, Max. Daisy und ich haben uns noch eine Menge zu erzählen.«

Daisy war entsetzt darüber, wie unhöflich Max entlassen wurde, aber er schien daran gewöhnt zu sein. »Ich werde am Montag zurück sein, um Ihnen beim Umzug zu helfen, Miss Lovell. Zwei meiner Männer werden auch dabei sein. Keine Sorge, sie werden sehr diskret sein, und Sie werden kaum Notiz von ihnen nehmen.« Er gab Lovell kurz die Hand, dann ging er.

Später an diesem Abend täuschte Daisy Müdigkeit vor und ging auf ihr Zimmer. Sie zog sich aus und legte sich aufs Bett. Sie atmete den Jasminduft ein, der durchs Fenster ins Zimmer wehte.

Sie hoffte inbrünstig, dass Decker durchs offene Fenster kommen würde – wie ein Dieb in der Nacht. Als ihre Finger über die Pussy rieben, war sie feucht und offen für ihn, bereit für ihren heimlichen Liebhaber.

Der Sex, den sie in den vergangenen zwei Wochen erlebt hatte, war nichts im Vergleich zu der wilden, zuckenden Erregung, die sie jetzt fühlte. Sie lag angezogen auf dem Bett und stimulierte die Nippel durch die dünne Baumwolle. Verdammt, wie sollte sie das bis zum Montag durchhalten?

Seine Lippen weckten sie; sie drückten sich fest auf ihren Mund, um sie am Schreien zu hindern. Seine Hand drückte gierig ihre Brüste, und die Finger spielten mit den Nippeln, während er sie lange küsste, innig, wild, verwegen.

»Du hast heute Abend großartig ausgesehen«, stöhnte er

kameras ausweichen konnte, schließlich hatte er die Installation angeordnet.

Nachdem er weg war, fühlte sich Daisy allein gelassen, aber bald würde Montag sein, und dann konnten sie die ganze Nacht zusammen bleiben. Mit diesem Gedanken schlief sie ein.

Es war schon später Montagnachmittag. Felix Lovell hatte es geschickt verstanden, den Auszug seiner Tochter hinauszuschieben; zum Mittagessen hatte er Gäste eingeladen, denen sie von ihren Erlebnissen erzählen musste, und als Decker schon auf sie wartete, um nach New Jersey zu fahren, versuchte der Vater sie erneut zum Bleiben zu überreden.

»Was ist denn so schlimm daran, bei mir zu wohnen?«, fragte er beinahe flehend.

»Spätestens nach einer Woche wäre ich so weit, dass ich dich umbringen möchte, das weißt du so gut wie ich. Außerdem hast du dich in deinem Leben eingerichtet, und eine erwachsene Tochter ständig um dich zu haben würde dir nichts als schlechte Laune bringen.« Sie gab ihm einen Kuss auf die Wange. »Ich rufe dich heute Abend an.«

Lovell schaute hinüber zum Auto, in dem Max Decker wartete. »Ich will Sie heute Abend sehen, Max. Wir haben einige Dinge zu besprechen.«

Decker nickte und vermied einen bedauernden Blick auf Daisy. Daisy war sicher, dass ihr Vater nur dafür sorgen wollte, dass Decker nicht länger als nötig mit ihr allein blieb.

Er zog sie beiseite, aus Deckers Hörweite heraus. »Noch eine Sache, meine Süße, und ich will eine ehrliche Antwort. Max hat doch nicht versucht ... also, ich meine, ich vertraue ihm, aber hat er ...?«

»Du willst wissen, ob er in mein Höschen wollte?«, half

Daisy ihm auf die Sprünge. »Nein, das hat er nicht versucht.«

»Ah, gut. Ich wollte nur sicher sein.«

Daisy setzte sich auf die Veranda, während drei Männer das Haus auf mögliche Sicherheitsrisiken überprüften. Decker kam nach einer Weile zu ihr, Verwirrung im Blick.

»Unglaublich«, murmelte er. »Ich sollte deinem Vater sagen, dass dein Geschmack hier in die Irre geschickt wird.«

Daisy lachte. »Magst du keine Kühe?«

»Und was ist mit dem ganzen Zeug im Schlafzimmer? He, und sieh mal, was ich gefunden habe.« Er hielt ein Paar Handschellen hoch. »Sie lagen unterm Bett, zusammen mit einer ganzen Sammlung von anderem Spielzeug. Weiß Felix, dass deine Vermieter Schwuchteln sind?«

»Natürlich weiß er das nicht, und rede nicht so abfällig über sie. Phil und Paul sind ganz süße Leute.«

Decker rutschte näher an sie heran. »Süße Leute, die Peitschen und Ketten und Postöpsel in der Größe vom Empire State verwenden. Einer von ihnen hatte einen Griff aus Pelz.«

Daisy kicherte. »Und glaubst du, dass dadurch meine Sicherheit gefährdet ist?«

»Die einzige Gefahr droht dir im Moment von meinem Steifen. Ich male mir schon aus, wie es sich in diesem verdammten Bett anfühlt.« Er zündete sich eine Zigarette an. »Sie haben auch eine Decke aus schwarzem Nerz. Die will ich morgen mal auf dir ausprobieren.« Er sagte es ganz lässig, aber sie spürte, wie sie dampfte. Sie hatte sich auch schon Spiele mit den Handschellen vorgestellt. Sie sagte ihm, was ihr Vater hatte wissen wollen.

»Ich bin froh, dass ich morgen meinen freien Tag habe. Nichts auf der Welt kann mich dann von dir fern halten.«

Die beiden Männer standen in der Tür. »Wir haben unsere Überprüfung abgeschlossen«, sagte der eine.

Daisy kicherte. »Ist es denn sicher, wenn ich jetzt die Wohnung betrete?«

Die Gesichter der Männer zeigten keine Regung. »Sie kennen die Sicherheitsmaßnahmen, Miss Lovell. Melden Sie jeden Anruf, den Sie sich nicht erklären können. Geben Sie niemandem Ihre Adresse oder Telefonnummer. Ihre Post wird zu einem Schließfach in der Stadt geliefert. Und achten Sie darauf, dass niemand erkennt, dass das Haus auch nur für eine Stunde leer steht.«

»Und sprich mit keinem Fremden«, fügte Daisy hinzu. »Mr. Decker, können Sie einen Moment ins Haus kommen, bitte?« Sie zog ihn in ein Zimmer und hielt nach den beiden anderen Ausschau, die sich jetzt draußen umsahen. »Mir jagt das kalte Schauer über den Rücken, Deck. Bist du sicher, dass es da nicht etwas gibt, was ich wissen sollte?«

»Er ist paranoid, wenn es um Sicherheit geht. Warum, glaubst du, zahlt er mir zweihunderttausend im Jahr, um dich im Urlaub zu begleiten?«

»Aber das hier passt nicht zu einer normalen Vorsorge ... Ich habe das Gefühl, dass er wirklich Angst vor etwas hat.«

Decker zögerte, als müsste er sich den nächsten Satz gut überlegen. Durch das Küchenfenster sahen sie die beiden Sicherheitsleute, die misstrauisch in den Vorgarten schauten. »Wie ich schon am Samstag sagte, hat er ein Geschäft mit einem zwielichtigen Typen laufen. Nicht besonders riskant, aber vor solchen Kerlen muss man auf der Hut sein, und in seiner bulligen Art hat er dem Typen unvermissverständlich zu verstehen gegeben, was er von ihm hält. Jetzt rechnet dein Vater mit dem Schlimmsten. Du kennst ihn doch, Daisy. Entweder euphorisch oder depressiv.«

Das schien eine mögliche Erklärung zu sein, aber sie war

nicht überzeugt. Das musste in ihren Augen zu lesen sein, denn er zog sie vom Fenster weg und drückte sie gegen die Küchenwand.

»Schau, Daisy, er ist alt, exzentrisch und liebt dich über alles. Er ist wie ich – mal abgesehen von alt und exzentrisch.« Er küsste sie, um weiteren Argumenten zuvorzukommen.

Sie löste sich von ihm. »Du würdest es mir nicht sagen, nicht wahr?«

Er küsste sie wieder, den Nacken, den Hals, dann sank er langsam auf die Knie und raffte ihren Rock hoch. Ihr zartes Seidenhöschen hatte sich zwischen den Labien gefangen, und sie keuchte auf, als er den Stoff mit einem Finger herausholte und glättend darüber strich.

Sie spürte seinen heißen Atem auf der glatten Haut, und im nächsten Moment wischte seine Zunge über die Labien, und sie wollte alles andere vergessen und sich weit für ihn spreizen. Als die Zunge über ihre Klitoris glitt, verlor sie die Balance und musste sich mit einer Hand an seiner Schulter festhalten. Der erotische Moment wurde zerstört von Schritten auf der Holzveranda.

»Es kommt jemand«, stöhnte sie leise.

Decker erhob sich und gab ihr einen innigen, würzig schmeckenden Kuss auf die Lippen.

»Ich komme morgen zu dir«, flüsterte er und leckte sich ihre Feuchtigkeit von den Lippen. Dann fügte er lauter hinzu: »Rufen Sie uns an, wenn Sie irgendwas bemerken, Miss Lovell. Wir sind vierundzwanzig Stunden an sieben Tagen für Sie da.«

»Ja, danke.«

Am anderen Morgen fuhr sie nach Manhattan, um herauszufinden, wieso Chico von der Bildfläche verschwunden war. In der hitzigen Leidenschaft der letzten Tage hatte sie ihn so gut wie vergessen, aber jetzt wollte sie erfahren, was los war.

Enrico Mendoza saß hinter seinem Schreibtisch, als sie sein Büro betrat. Er stand auf und streckte beide Hände aus, mit denen er ihre Hände umschloss.

»Daisy, wie schön, dich zu sehen.« Er küsste sie auf beide Wangen und trat einen Schritt zurück, um sie zu betrachten. »Schöner denn je. Möchtest du einen Kaffee?«

»Danke, Enrico.« Sie wollte damit herausplatzen, warum sie hier war, aber sie wusste aus verschiedenen Erfahrungen, dass er sich nicht drängen ließ. Sie trank den Kaffee und beantwortete Fragen über ihr Leben in England.

Er war immer noch ein sehr gut aussehender Mann mit einem schlanken, faltenlosen Gesicht. An den Schläfen wurden die Haare grau. Als sie vor einigen Jahren ein Paar waren, hatte er sie als Mätresse haben wollen. Er hatte ihr ein Apartment in Manhattan angeboten, und als Gegenleistung hatte er ihre Begleitung auf Reisen erwartet. Sie war versucht gewesen, aber ihr war gerade noch rechtzeitig klar geworden, dass sie dann nichts Besseres war als eine Edelhure. Sie hatte abgelehnt, und er hatte ihr Nein mit viel Würde aufgenommen.

»Suchst du einen Job? Bist du deshalb hier? Ich könnte dich leicht unterbringen.« Auf die eine oder andere Weise, sagten seine Augen.

»Das ist sehr großzügig von dir, Rico, aber nein. Ich bin hier, weil ich um Chico besorgt bin.«

Er stand auf und wanderte zum Fenster. »Natürlich. Chico. Meine Leute haben strikte Anweisungen, was Chico betrifft.«

»Daran haben sie sich gehalten. Aber was ist passiert? Geht es ihm gut?«

Enrico Mendoza hielt ihr seinen Arm hin. »Lass uns ein paar Schritte durch den Park gehen.«

Sie nickte, aber ihre Sorgen wurden nicht geringer. Er

bestand darauf, dass sie sich auch draußen bei ihm einhakte, und so gingen sie Arm in Arm über die Fifth Avenue zum Central Park. Sie sahen wie ein harmonisches Paar aus, wobei sich der ältere Herr mit einer jungen, schönen Frau am Arm geschmückt hatte.

Sie brachte wieder die Sprache auf Chico, weil er noch kein Wort gesagt hatte. Auch jetzt schwieg er. Sein Gesicht sah so angespannt aus, dass Daisy Schlimmstes befürchtete.

»Er lebt, aber es geht ihm nicht gut. Er liegt in einer Klinik im Mount Sinai. Schon seit einer Woche.«

Ihre Hand griff in seinen Arm. »Was ist geschehen?«

Er machte eine hilflose Geste. »Irgendeine Überdosis. Nicht absichtlich, nur das Resultat einer trunkenen Orgie, jedenfalls hat es den Anschein. Ausgerechnet in seinem Apartment.« Sein Gesicht verhärtete sich. »Ich bin ins Apartment gegangen, weil die Bewohner der Wohnung über seiner sich beklagt haben. Es war fünf Uhr am Nachmittag, und er lag noch im Bett, verdreckt und zugedröhnt bis obenhin. Sein Apartment ist völlig ausgeraubt worden, während er im tiefsten Schlaf lag. Heilige Mutter!«

Er konnte nicht weitergehen. Er blieb stehen, und Daisy schmiegte sich an ihn, sie wollte irgendwas Tröstliches tun.

»Warum hast du mich nicht angerufen? Du musst meine Nachrichten auf seinem Band gehört haben.«

»Ja, habe ich, *querida,* aber ich wollte dir den Urlaub nicht verderben. Ich wusste, du würdest sofort nach Hause kommen, und das wollte ich nicht. Er befindet sich in besten Händen.« Er griff plötzlich ihre Hand wie einen Rettungsanker. »Was ist in ihn gefahren, Daisy? Du kennst ihn besser als ich, vielleicht besser als jeder andere. Ich habe mich gefreut, als er mir sagte, dass du aus England zurückkommst. Nicht nur für ihn habe ich mich gefreut, auch für mich.«

Er küsste ihre Hand, dann sah er ihr tief in die Augen und brachte seinen Mund ganz nah zu ihrem. Sie legte ihre Finger über seine Lippen und führte ihn zu einer Parkbank.

»Ich werde dir jetzt etwas sagen. Es wird dir nicht gefallen, aber du musst es wissen, Enrico. Chico ist für seine Probleme nicht verantwortlich. Sie hängen mit dir zusammen.« Sie spürte, wie er sich versteifte, aber sie fuhr fort. »Du liebst ihn natürlich, aber du musst ihn so nehmen, wie er ist. Es gibt keinen anderen Chico, ob du das magst oder nicht. Himmel, wir leben im einundzwanzigsten Jahrhundert! Du könntest es am Times Square publik machen, dass er schwul ist – aber würde das irgendeinen jucken? Nein. Es beeinflusst deine Aktienkurse nicht und deine Konkurrenten erst recht nicht. Lass mich eine Frage stellen. Warum hast du Piers Molyneaux angestellt?«

»Er ist gut in seinem Job«, antwortete Enrico prompt.

»Aber er ist schwul. Chico ist auch gut in seinem Job – und er ist schwul. Wo liegt der Unterschied?«

»Er ist mein Sohn!«

Sie warf verzweifelt die Arme in die Luft. »Aber nicht mehr lange, wenn du weiter mit Scheuklappen durchs Leben läufst. Du bist so schlimm wie diese verdammten Pferde.« Sie wies auf die mageren Pferde, die eine Kutsche mit Touristen durch den Park zogen. »Der Unterschied besteht darin, dass die armen Tiere im Gegensatz zu dir keine andere Wahl haben. Nimm die Scheuklappen ab, Rico. Sonst verlierst du ihn. Liebe ist dem Hass sehr nahe, und er befindet sich genau auf der Trennlinie.«

Er wandte abrupt den Kopf ab und starrte zu den hohen Gebäuden entlang Central Park South. Sie wartete und erahnte seinen inneren Kampf. Er zündete sich eine schlanke Zigarre an, und Daisy wartete weiter. Schließlich wandte er sich ihr zu und nahm ihr Gesicht in beide Hände. Der Kuss, den er auf ihre Lippen drückte, war sanft, aber sie konnte das Verlangen nach mehr dahinter spüren.

»Chico kann sich glücklich schätzen«, sagte er leise. »Du bist eine schöne, kluge und loyale Freundin.« Er beugte sich wieder über sie und küsste sie, und diesmal spürte sie die Zunge, die über ihre Lippen fuhr. Sie erwiderte den Kuss nur für einen kurzen Augenblick, dann zog sie sich zurück. Er sah traurig, aber nicht überrascht aus.

»Was wirst du tun?«, fragte sie.

»Kann ich dich überreden, mir beim Abendessen Gesellschaft zu leisten?«, fragte er statt einer Antwort.

»Es geht nicht, Rico. Ich habe einen Freund.«

»Und offenbar empfindest du eine Menge für ihn. Zu viel, um mir einen letzten Abend der alten Zeiten willen zu schenken?« Er hauchte einen Kuss auf ihren Handrücken. Er sah so verteufelt gut und so weltmännisch aus, dass sie in Versuchung geriet, aber dann sah sie Max Decker vor sich, ihren neuen Geliebten, ihre neue Liebe. Höchste Zeit, lässige Abenteuer und opportunistische Affären hinter sich zu lassen.

»Nein, Rico. Es muss leider beim Nein bleiben.«

Erst als er gegangen war, fiel ihr ein, dass er ihre Frage nicht beantwortet hatte.

Am Nachmittag besuchte sie Chico im Krankenhaus. Auf den Fluren war es kühl, die Wände waren grün und weiß gestrichen. Die Schwestern schienen auf Luftkissen zu schweben, wenn sie lautlos vorbeihuschten. Chico lag im Bett, sah schwach und blass und so verdammt jung und verletzlich aus. Ein wenig ängstlich trat sie an sein Bett.

»Ich bin hier, um dich mit ein paar Urlaubsbildern zu langweilen«, sagte sie.

Chico verzog das Gesicht. »Ich weiß nicht, was schlimmer ist. Das oder dein ›Ich habe dich gewarnt‹.«

»Das würde ich nicht sagen, und das weißt du auch. Wie geht es dir?«

»Als hätte ich zu viel Stoff genommen. Und warum ist das Pflegepersonal nur weiblich?«

»Ach, du kannst dich doch an die Ärzte halten. Hier, schau dir die Bilder an.« Sie reichte ihm den ersten Packen Fotos. Er blätterte sie uninteressiert durch.

»Felsen, Felsen und noch mal Felsen.« Er grinste, als er das Foto von Rickys prächtigem Gemächt sah. »Das ist richtiger Fels, ein lebendiger. Kann ich es behalten?«

»Nein, kannst du nicht«, antwortete sie lachend und zog ihm das Foto aus der Hand. Er sah sich den nächsten Packen an und legte die sexy Motive heraus. Allmählich stieg die Farbe in seine Wangen, und wahrscheinlich zum ersten Mal nach zwei Wochen leuchteten seine Augen wieder.

»Die sind gut, Daisy, sie halten den Zauber des Moments fest. Du hast mir was vorenthalten.«

»Ich habe nur abgedrückt«, sagte sie, aber sie fand, dass er Recht hatte. Die Fotos waren besser, als sie vermutet hatte.

»Auf mich haben sie jedenfalls eine erholsame Wirkung«, sagte er und wies auf seinen Schoß. Daisy sah ein leichtes Zelt unter der Bettdecke. »Ich glaube, du stehst kurz vor einer neuen Karriere, Daisy. Du hast ein Auge für den richtigen Moment, du fängst die Spannung und die Schönheit in deinen Fotos ein, sogar bei diesem hässlichen Bastard.« Er zeigte auf ein Porträt von Mike Bradley. »Sage mir nicht, dass er das Magnet für deine Pussy war.«

»Doch, war er, aber danach hätte er mich fast umgebracht, und zur Strafe habe ich seine Schamhaare abrasiert.«

Chico lachte so laut, dass eine Schwester ins Zimmer trat. Daisy sammelte rasch die Fotos ein, konnte aber nicht verhindern, dass die Schwester einige sehen konnte. Sie errötete, und ihre Lippen wurden zu einem schmalen Strich.

»Ich glaube, Sie sollten gehen. Mr. Mendoza braucht viel Ruhe.«

»Noch fünf Minuten, Arnie«, sagte Chico und richtete einen bettelnden Blick seiner dunklen Augen zum strengen Gesicht der Schwester. »Bitte?«

Zu Daisys Verblüffung wurden die Lippen weich. »Fünf Minuten. Ich komme wieder.«

Sie verschwand. Chico kicherte. »Das sagt sie immer. Deshalb nenne ich sie Arnie. Okay, jetzt zeige mir die Fotos, die du vor mir versteckt hast.«

Daisy wurde rot. »Woher weißt du das?«

»Weil ich genug weibliche Chromosomen in mir habe, um zu wissen, wann eine Frau lügt. Komm schon, zeige sie mir.«

Seufzend griff sie in den Umschlag und zeigte das intime Foto, das sie von Max Decker geschossen hatte. Sie hatte es nicht zeigen wollen, weil es ihr ein wenig wie Verrat vorkam, als reduzierte sie ihre Beziehung mit Max auf ein Kaffeeklatschthema.

Chico schien das zu spüren, denn er zog ihr das Bild nicht aus den zögernden Fingern, sondern nahm es ganz sanft an sich. Sie erzählte ihm über ihre sich entwickelnde Beziehung, ein wenig über Deckers Vergangenheit und über Deckers hartnäckige Art, ihr zu folgen. Chico reichte ihr das Foto zurück.

»Was immer du mit dem Burschen hast, halte ihn dir gut warm«, sagte er leise.

»Ich versuche es«, gab sie zurück, und in diesem Moment erkannte sie, wie sehr sie sich das wünschte.

Die Rückkehr der Schwester verhinderte ein Vertiefen des Themas. »Ich muss Sie nun ersuchen zu gehen«, sagte sie, und obwohl es streng klang, war sie ein wenig freundlicher als zuerst.

»Kein Problem.« Daisy küsste Chico auf die Stirn. »Pass gut auf dich auf, Freund. Ich kommen morgen wieder.«

Fünfzehntes Kapitel

Daisy ließ sich ein heißes, duftendes Bad einlaufen und dachte darüber nach, was Chico gesagt hatte. Sie hatte nie an die Möglichkeit gedacht, professionelle Fotografin zu werden, aber der Gedanke gefiel ihr. Sie könnte Paaren anbieten, ihre intimsten Momente festzuhalten, egal, ob schwul, lesbisch, hetero. Hauptsache, sie konnte den Zauber der Liebe einfangen, der das Paar umgab.

Sie trocknete sich ab und öffnete den Kleiderschrank. Decker wollte sie am Abend in ein kleines italienisches Restaurant in Clinton einladen, aber bevor sie aufbrachen, würden sie noch genug Zeit für ein sinnliches Vorspiel haben. Sie erwartete ihn in etwa einer halben Stunde, also blieben noch ein paar Minuten, um darüber nachzudenken, was sie anziehen sollte.

Das Kleid von Chloe? Sie sah das Bild schon vor sich, wie er an der Spitze zog und ihre Brüste entblößte. Oder sollte sie das kurze bronzefarbene Kleid anziehen, das kaum mehr als ein Hemd war? Plötzlich hatte sie eine noch frivolere Idee, und dabei rieselte es ihr heiß und kalt über den Rücken …

Zwanzig Minuten später schlug die Hausglocke an. Sie öffnete das kleine Guckloch und sah ihn dort stehen, schwarzer Anzug, auberginenfarbenes Seidenhemd. Hinter ihm auf der Straße stand ein BMW mit Haifischschnauze. Der Gedanke, es mal auf den eleganten cremefarbenen Ledersitzen zu treiben, ließ sie feucht werden.

»Du bist nicht fertig«, stellte er fest, als er sie im unschuldigen Weiß des Bademantels sah. Sie fühlte seine Anspannung, die es vergangene Woche nicht gegeben hatte.

»Was ist los?«, fragte sie. Ihr gefiel der harte Ausdruck seiner Augen nicht und die Schärfe seiner Stimme, aber dann küsste er sie und weckte ihre Leidenschaft neu. Dann löste er sich so unvermittelt, dass sie beinahe stolperte.

»Entschuldige, ich hatte heute einen schlimmen Tag«, sagte er mit einem gezwungenen Lächeln.

Sie streichelte seinen Nacken und drückte die Wange gegen seine. »Warum kommst du nicht mit nach oben? Ich sorge dafür, dass du dich bald besser fühlst.«

Einen Moment lang spürte er die Verspannung in seinem Körper, aber dann schien sie verflogen. Er ließ sich von ihr die Treppe hinauf und ins Schlafzimmer führen. Der Stuhl stand für ihn bereit, ein harmlos aussehendes Möbelstück mit sinnlicher Ausstrahlung. Der Rücken war schmal, so dass man die Arme nach hinten legen konnte. Wer das tat, lief Gefahr, an den Handgelenken gefesselt zu werden, und wenn auch die Fußgelenke arretiert waren, konnte sich das Opfer kaum noch bewegen. Die Genitalien und der Po waren völlig entblößt und der Gnade des Gefangenwärters ausgesetzt.

Aber davon wusste Decker nichts. Daisy schätzte, dass er den Stuhl bei der Sicherheitsüberprüfung nur kurz in Augenschein genommen hatte. Jetzt starrte er belustigt auf das Möbelstück und fragte sich, wozu es gut sein sollte.

»Es ist ein Feng Shui Massagestuhl«, erklärte Daisy. »Warum nimmst du nicht mal Platz? Dann massiere ich deine Schultern.«

Er sah skeptisch aus, aber mit einem Grinsen setzte er sich hin und wartete. Flink hatte sie die engen Manschetten um seine Handgelenke geschlossen.

»Haha, sehr lustig«, sagte er, aber sein schmales Lächeln sagte: Untersteh dich. Sie strafte ihn mit einem leichten Schlag ins Gesicht und verzog keine Miene.

»Halt deinen Mund«, sagte sie streng, öffnete seine Hose und zog sie aus. »Keine Unterwäsche, du böser Junge.« Als sie sich bückte, legte sie auch die Fußmanschetten um seine Gelenke. Er konnte sich nicht mehr bewegen.

»Das ist nicht mehr komisch, Daisy. Binde mich wieder los.« Seine Stimme warnte sie, dass er nicht in Stimmung war. Sie antwortete nicht, knöpfte sein Hemd auf und zog seine Krawatte ab. Dann drückte sie ihre Lippen lange auf seinen Mund.

»Ich bin gleich wieder da«, flüsterte sie.

Im zweiten Schlafzimmer streifte sie den Bademantel ab und stieg in die hohen Lederstiefel, die sie im Kleiderschrank gefunden hatte. Sie passten wunderbar zum schwarzen String und dem knappen BH. Sie malte die Lippen tiefrot an und fasste die Haare auf dem Kopf zu einem Pferdeschwanz zusammen, was ihr ein aggressiveres Aussehen gab. Sie griff nach einer weichen Lederrute und einem schwarzen Nerzhandschuh, bevor sie ins Schlafzimmer zurückging.

»Ich werde verrückt«, sagte Decker, als er sie sah. Sie wusste nicht, ob er verärgert war oder nicht. Sie drückte die Rute unter sein Kinn und zwang seinen Kopf hoch.

»Ich an deiner Stelle würde ganz still sein«, fauchte sie und genoss den unsicheren Blick in seinen Augen. Sie sah, wie sehr er es hasste, nicht die Kontrolle zu haben, aber als sie ihre Hand mit dem weichen Nerz über seinen nackten Körper strich, sah sie die Lust in seinen Augen. Sie fuhr mit dem Nerzhandschuh auf und ab, berührte wie zufällig seinen aufragenden Penis und bemerkte, dass seine Haut zu glühen begann.

Sie zog den Handschuh aus und nahm die Rute in die Hand, die sie leicht auf seinen Bauch klatschen ließ. Er reagierte nicht, und sie schlug ein bisschen fester zu. Ein sanfter rosa Streifen zeichnete sich auf der gespannten Haut ab. Er hielt den Atem an und knurrte sie wütend an, aber er war entschlossen, ihr seinen Schmerz nicht zu zeigen.

Sie trat zurück und wandte ihre Aufmerksamkeit seinem

Schoß zu. Der Schaft stand stramm wie ein Rammbock da und hüpfte leicht unter ihren prüfenden Blicken. Ihn so hart und hilflos zu sehen, erregte sie so sehr, dass sie fast schwach wurde, aber sie strich mit der Rute leicht über den Schaft und behielt die Strenge bei. Sie tupfte die Rute gegen die eine Seite, dann gegen die andere Seite des harten Penis und genoss seine Hilflosigkeit.

»So ein kleines Ding ist ja fast eine Beleidigung für mich«, zischte sie und klatschte die Rute auf seinen entblößten Hintern.

»Das wirst du büßen«, grollte er und erhielt einen weiteren Schlag für seine Drohung. »Du wirst was erleben«, knirschte er. Wieder ein Schlag auf die Backen. Ein neues Widerwort, ein neuer Schlag, bis ihr dämmerte, dass er Lust aus ihren Schlägen zog.

Sie änderte ihre Taktik, klatschte ihm eine Hand ins Gesicht und stieß ihre Zunge tief in seinen Mund. Ihr Lippenstift färbte ab und verschmierte sogar seine Zähne. Sie knebelte ihn mit einem weißen Seidenschal und befestigte ihn wie ein Pferdezaum. Er war immer noch voll erigiert, vielleicht sogar noch härter nach ihren Schlägen. Sie kniete sich vor ihn und spielte mit seinem Schaft, rieb an ihm, zog die Vorhaut ganz nach unten und leckte über die pralle Eichel.

Als sie kurz aufblickte, sah sie, wie sich die Augen in der Erregung zu Schlitzen zusammengezogen hatten. Seine Hüften ruckten vor, ihrem Mund entgegen. Sie beugte den Kopf und leckte den Schaft von der Wurzel bis zur Spitze. Decker hielt ein lautes Stöhnen zurück, als sie ihn tief in den Mund aufnahm.

Sie fand, dass er ihren Mund zu sehr genoss, deshalb hörte sie auf, zog ihren String aus und setzte sich auf den Stuhl, auf seine Schenkel. Wenn sie die Beine spreizte, pochte die Eichel gegen ihr geöffnetes Geschlecht. Sie legte die Beine über die Stuhllehnen, achtete aber darauf, dass

Decker nicht in sie eindrang. Sie öffnete den BH und rieb ihre Brüste über sein Gesicht. Er versuchte, nach den Nippeln zu schnappen, aber sie strafte ihn mit einem leichten Schlag ins Gesicht. Sie war trunken vor Machtgefühl.

Als er nicht mehr damit rechnete, ließ sie sich auf seinen Schaft nieder und ritt ihn wie ein Rodeoreiter in Zeitlupe. Seine Lider legten sich über die Augen, weil ihre Nähe ihn überwältigte. Sie klatschte wieder in sein Gesicht.

»Sieh mich an, verdammt.« Er schlug die Augen auf, und sie sah die offene rohe Lust darin. Die Spannung seines Körpers verriet ihr, dass er schneller geritten werden wollte, aber sie wollte dieses Erlebnis auskosten, war selbstsüchtig nur auf die eigene Lust aus.

»Ich könnte mich daran gewöhnen, meinen eigenen Sexsklaven zu halten«, ächzte sie und schlang die Arme um seinen Nacken. Sie schloss die Augen und verlor sich in der Freude, ihn absolut in ihrer Macht zu haben.

»Ich könnte mich daran gewöhnen, dich jeden Tag auszupeitschen«, stöhnte er.

Sie riss die Augen weit auf. Er hatte den Knebel entfernt und hielt eine Hand hoch, um ihr zu zeigen, dass sie nicht mehr in der Manschette steckte.

»Wie hast du ...?«

Er schüttelte sein Handgelenk, und zu spät erinnerte sie sich an den Trick mit dem Messer, das er im Ärmel versteckt hielt. Sie hatte gesehen, wie er Mike Bradley mit diesem Trick überrascht hatte. Er sah sie grinsend an. »Ich zeige das auf jeder Party.«

Sie begriff plötzlich, dass er die ganze Zeit mit ihr gespielt hatte, denn er hätte sich schon in der ersten Minute befreien können. Sie war verärgert und zugleich beeindruckt von seiner Selbstbeherrschung, die er keine Sekunde lang verloren hatte. Verdammt.

Er hob sie hoch und drückte sie gegen die Wand, dann begann er so hart in sie hineinzustoßen, dass sie ganz schwach vor Verlangen wurde. Verlangen nach dem Orgasmus. Aber schon nach wenigen Stößen warf er sie bäuchlings aufs Bett und fesselte sie mit den Handschellen. Sie versuchte, ihn mit den Stiefelspitzen abzuwehren, aber er wich ihr geschickt aus und ließ seine Hand einige Male auf ihren Po klatschen. Im Spiegel sah sie, dass er sich das Hemd abstreifte. Sie konnte seinen Schaft im Profil sehen und spürte, wie sie noch nasser wurde. Er befahl ihr, sich hinzuknien, dann drückte er eine Hand zwischen ihre Schulterblätter und drückte ihren Kopf nach unten, während ihr Po sich hoch in die Luft reckte

Im Spiegel konnte sie sehen, wie der Schaft in ihrem Körper verschwand – Himmel, wie sie es spürte! Er behandelte sie so egoistisch, wie sie es ihm vorgelebt hatte, hielt sich an seinen eigenen arroganten Rhythmus und ignorierte ihr gedämpftes Betteln.

»Tut mir Leid, Miss Lovell, aber ich sehe keinen Grund, warum ich Rücksicht auf Sie nehmen soll.« Im nächsten Moment zog er sich aus ihr zurück und huschte aus dem Zimmer. Fünf Minuten später war er wieder da, löste die Handschellen und zog sie auf die Füße. Er nahm sie an der Hand und führte sie ins zweite Schlafzimmer.

»Wir gehen essen. Zieh dich an.« Er wies auf die Sachen, die auf dem Bett ausgebreitet lagen.

Gehorsam zog sie BH und Slip an, schwarz mit cremefarbener Spitzenumrandung. Erleichtert stellte sie fest, dass sie nicht aus Latex waren. Der BH war so geschnitten, dass ihre Brüste nach oben und zusammengedrückt wurden und ein beeindruckendes Tal dazwischen schuf. Der Slip war hauchdünn und war mit einer niedlichen Schleife direkt über dem Po verziert.

»Okay, was nun?«, fragte sie. Er zeigte auf einen kurzen schwarzen Trenchcoat, und Daisy drehte sich um und sah Decker verdutzt an. »Soll ich nicht vorher ein Kleid anziehen?«

Er schüttelte den Kopf. Sie zögerte, aber der harte Blick seiner Augen ließ sie erkennen, dass es sich nicht lohnte, mit ihm zu streiten. Sie zog den Mantel an. Er schwang um ihre Schenkel, und wenn sie sich drehte, öffnete sich der Mantel und gab den Blick auf das Ende der Strümpfe frei. Decker wies mit einer leichten Bewegung des Kopfs auf schwarze Stilettos mit sehr hohen, schmalen Absätzen.

Sie sah wie eine Edelschlampe aus. Ihr Po fühlte sich kalt und entblößt an. Ihr gefiel sein Grinsen nicht, als sie seinen Arm nahm, aber der Gedanke, ihn in der Öffentlichkeit erregt zu sehen, setzte sich gegen ihre schamvollen Bedenken durch.

Er fuhr aggressiv, und die laute Musik, die er wählte, passte zu seinem Fahrstil. *How You Remind Me* von Nickleback, eine verbitterte Ballade, die sie erregte und gleichzeitig verunsicherte. Seine Stimmung war gefährlich, aber sie hatte keine Ahnung, was oder wer sie ausgelöst hatte. Bevor sie das Restaurant erreichten, fuhr er einen Umweg zu einem der Aussichtspunkte oberhalb der Warren Plains.

Er parkte das Auto an einer dunklen Stelle unter niedrigen Bäumen und wies sie fast schroff an, sich auf den Rücksitz zu begeben. Er grätschte über sie und strich mit den Daumen über die Innenseiten ihrer Schenkel. Draußen regnete es, die Tropfen prasselten auf das Dach und erhöhten noch die Intensität des Schweigens im Innern.

»Was hast du heute gemacht?«, fragte er so unerwartet, dass sie anfing zu stottern.

»Ich ... eh, ich habe einen alten Freund besucht. In New York.« Es klang wie eine Lüge, obwohl es stimmte. Sie wollte nicht sagen, dass sie Chico Mendoza besucht hatte, weil sie noch nicht darüber gesprochen hatten. Sie ahnte, dass Decker Mühe haben würde, ihre Beziehung zu Chico zu begreifen. In der fast schwarzen Dunkelheit konnte sie Deckers Gesicht kaum sehen, aber was sie sah, war nicht der Mann, mit dem sie in den vergangenen Wochen zusammen gewesen war.

Ein lauter Schlag gegen das Fenster ließ sie beide wie erschreckte Kaninchen zusammenfahren. Dann wurde ein Scheinwerfer auf sie gerichtet, und durch die Regentropfen auf der Scheibe explodierte das Licht in Tausende blendende Teilchen. Daisy schlang die Arme um Decker und zitterte vor Schock.

Die Türen waren verschlossen, also konnte niemand herein. Decker und Daisy richteten ihre Kleider, dann klopfte es wieder an die Scheibe. Der gleißende Strahl einer Taschenlampe wurde gegen das Glas gedrückt und blendete sie beide.

»Wer ist das?« Daisy hatte die Augen weit aufgerissen und saß völlig verängstigt da. »Keine Cops, nicht wahr?«

»Nein, es ist Enrico Mendoza.« Decker langte in die mittlere Konsole und holte seine Waffe heraus, eine Beretta Automatic. Sein Gesicht zeigte eine Wut, die ausschließlich gegen Daisy gerichtet war. »Warum musstest du heute zu ihm gehen, du dummes Luder? Du hast ihn direkt zu uns geführt.«

Daisy hörte auf, an ihrem Mantel zu zurren und starrte Decker an. »Was, zum Teufel, meinst du denn damit?«

Dann hörten sie eine vertraute Stimme. »Kommen Sie, Decker, zeigen Sie Ihre verräterische Visage!«

»Verdammt, es ist Dad!« Daisys Augen weiteten sich noch mehr. Decker griff zur Tür, aber sie hielt seinen Arm zurück. »Bist du verrückt? Wenn du aussteigst, bringt er dich um.«

Jemand trat mit voller Wucht gegen die Seite des BMW.

»He, pass auf mein Auto auf!«, schrie Decker.

»Max, du Verräterschwein!« Etwas prallte gegen die Beifahrertür. »Komm raus, verdammt!« Wieder ein Tritt, dann ein Schlag. Das Auto begann zu schwanken.

»Passt auf mein Auto auf!«, schrie Decker wieder.

»Lass meine Tochter aussteigen, du Hundesohn!«

Daisy schlängelte sich auf den Fahrersitz. Der Zündschlüssel steckte noch.

»Lass das«, zischte Decker. »Ich kann es ihm ausreden.«

»Du bist verrückt. Er dreht doch durch, hörst du das nicht?« Der Sitz war zu weit zurück, deshalb konnte sie mit den Füßen die Pedale nicht erreichen. Fieberhaft suchte sie nach den Knöpfen, die den Sitz regulierten. Es gab einen harten Schlag auf die Windschutzscheibe. Ihr Vater hatte einen Baseballschläger in der Hand.

»Komm raus, Decker! Heb deinen feigen Arsch hoch und komm raus!«

»Geh bloß nicht raus«, fauchte Daisy. Sie hatte den Knopf gefunden, ließ den Sitz nach vorn gleiten und startete den Motor. Sie fand den Rückwärtsgang und trat aufs Gaspedal. Decker wurde überrascht und flog vom Rücksitz gegen das Armaturenbrett und wurde wieder zurückgeschleudert. Der Revolver flog ihm aus der Hand und landete zwischen Daisys Beinen.

Sie schrie, als hätte er ihr ein giftiges Reptil auf den Schoß geworfen, und weil sie eine Sekunde die Kontrolle über das Lenkrad verlor, geriet der BMW ins Schleudern. Der Revolver fiel auf den Boden. Daisy tastete nach dem Schalter für die Wischerblätter, damit sie endlich etwas sehen konnte, erwischte zuerst den Blinker und hatte dann Glück. Der Regen wurde von der Scheibe gewischt, und im Scheinwerferstrahl sah sie zwei große, schlanke Typen und die unübersehbar wuchtige Gestalt ihres Vaters, der die Hände schützend vor seine Augen gelegt hatte.

Daisy schaltete und fuhr jetzt vorwärts, preschte an der Gruppe vorbei und erreichte kurz darauf den Highway. Sie raste mit neunzig Meilen, aber als ihr das bewusst wurde, nahm sie den Fuß vom Gas. Sie zitterte am ganzen Körper.

»Verdammt, wieso hat er uns gefunden?« Ihre Stimme war ein Kreischen, das sie nicht kontrollieren konnte. Decker war gerade wieder auf den Sitz gerutscht.

»Fahre langsamer, denn sie werden uns nicht folgen. Und pass auf das Auto auf.«

»Scheiß auf dein Auto! Wie haben sie uns gefunden?« Sie hörte sich hysterisch an. Nach einer Weile zwang sie sich zu tiefen Atemzügen. »Wieso hast du gedacht, Enrico Mendoza hätte uns aufgelauert? Was hat er mit der Sache zu tun?«

»Biege da hinten ab. Da finden wir einen Platz, wo wir uns unterhalten können.« Sie fuhren durch kleine Dörfer, bis sie den Parkplatz eines Einkaufszentrums gefunden hatten. Sie parkten so, dass sie eine nahende Gefahr frühzeitig bemerken und fliehen konnten.

»Was, zum Teufel, hat das alles mit Enrico Mendoza zu tun?«, fragte sie wieder.

Decker zündete sich eine Zigarette an und blies den Rauch in die Nacht. »Warum sagst du mir das nicht?«

»Veranstalte keine Rätselspiele mit mir, Decker, ich habe die Schnauze voll davon. Rück mit der Sprache heraus.«

Decker zog wieder an der Zigarette. »Felix hat dich bewachen lassen, seit du deinen Job verloren hast. Er wollte wissen, wie deine Pläne aussahen, und es gefiel ihm überhaupt nicht, dass du nicht sofort nach Hause gekommen bist. So hat die ganze verdammte Chose begonnen, denn er glaubte, dass du wieder mit Chico zusammen wärst.«

»Wie einfallsreich«, sagte sie ironisch.

»Als er dann bei Enrico Mendoza war, hat der angedeutet, ihr wärt ein Paar gewesen. Darauf hat dein Vater gedroht, ihn zu vernichten. Enrico hat die Drohung erwidert und etwas über dich gesagt, was dein Vater als Drohung gegen dich ausgelegt hat.«

Er zündete sich eine neue Zigarette an der gerauchten an

und warf die Kippe aus dem Fenster. »Ich wurde nach Arizona geschickt, um deinen kleinen verwöhnten Arsch zu schützen. Aber wie es sich herausstellt, war es nur eine Verschwendung meiner Zeit, denn du hast Vater und Sohn fröhlich weiter gevögelt. So, jetzt bist du an der Reihe, mir was zu erzählen.«

Sie hasste den Sarkasmus in seiner Stimme. »Mein Vater und Enrico bekämpfen sich schon seit Jahren, das bin ich gewohnt.«

»Ja, aber dein Vater ist noch nicht an kleine schmutzige Fotos gewohnt, die irgendein schleimiger Privatdetektiv von dir, Chico und einem großen Afro-Amerikaner geschossen hat. Ich habe sie gesehen, Daisy, also mach dir gar nicht erst die Mühe, dich herauszureden.«

»Das hatte ich auch nicht vor«, sagte sie ruhig. Die Verachtung in seiner Stimme verursachte ihr Übelkeit. »Enrico würde nicht zulassen, dass mir auch nur ein Haar gekrümmt wird. Was er mit meinem Vater ausficht, hat nichts mit mir zu tun. Wir sind Freunde.«

»Ja, Freunde. Das sah auch sehr freundlich aus, wie ihr heute Morgen im Central Park auf der Bank gesessen habt.«

Sie starrte ihn entsetzt an. »Das ist also dein Problem. Du hast mir nachspioniert! Oh, vielen Dank.«

»Das ist mein Job.«

»Zum Teufel mit deinem Job! Du hast mir nicht getraut, das ist es. Du wolltest mich überprüfen.«

»Ja, ich habe meinen Job gründlich erledigt«, sagte er verbittert.

»Egal, was du denkst, aber so war es nicht. Wir waren mal ein Paar, aber wir sind es nicht mehr.«

»Ich habe gesehen, wie du ihn geküsst hast.«

»Er hat mich geküsst! Er will, dass ich zu ihm zurückgehe, aber ich habe nein gesagt, weil ich dich habe. Aber das war, bevor ich herausfand, was für ein heuchlerischer

Bastard du bist. Die ganze Zeit hast du mich belogen. Ich bin immer ehrlich zu dir gewesen, Max.«

»Und Chico Mendoza?«

»Oh, verdammt, Chico ist schwul!«

Jetzt war es an ihm, sie anzustarren. »Du erwartest, dass ich das glauben soll? Was war denn mit dem anderen Kerl?«

»Auch schwul. Er hatte nicht das geringste Interesse an mir.«

»Auf den Bildern sah es anders aus«, murmelte Decker.

»Himmel, ich war eine Nacht lang ihr Schoßhündchen. Glaube mir, du hast mich schon in schlimmeren Situationen gesehen.«

»Ja, stimmt.« Er zog an seiner Zigarette. »Du läufst besser zu deinem Daddy zurück. Sage ihm, dein persönlicher Schoßhund hätte gerade gekündigt. Soll ich dir ein Taxi rufen?«

Sie fühlte heiße Tränen, die sich hinter ihren Augen bildeten und herausschießen wollten. Starre geradeaus und nimm etwas in genauen Fokus, redete sie sich zu. Sie wollte ihren Vater nicht sehen, sie wollte auch nicht zurück ins Haus, denn dort würde er sie finden und zur Rede stellen. Und sie wollte unter keinen Umständen länger bei Decker bleiben, nachdem er sie hatte wissen lassen, dass sie wertlos für ihn war. Ihr Fuß stieß gegen etwas auf dem Boden. Der Revolver. Sie schickte ein stilles Gebet zum Himmel, bückte sich und hob ihn auf.

Er blickte zu ihr und sah, dass die Mündung des Revolvers auf ihn gerichtet war.

»Raus.«

Er lachte sie aus. »Wie, bitte?«

»Du hast mich gehört. Entferne deinen Körper aus diesem Fahrzeug. Jetzt sofort.«

»Sei nicht albern.« Er wollte nach der Waffe greifen, und

sie drückte ab. Die Explosion war ohrenbetäubend in dem kleinen Raum. Ein kleines Loch im Polster zeigte, wo sie Kugel eingeschlagen war.

»He, verdammt, du hättest mich umbringen können!«

»Nein, Decker, bevor ich das tue, will ich dich anständig quälen. Führe mich nicht in Versuchung, sondern steig aus dem verdammten Auto.« Sie legte wieder den Sicherheitsbügel um, und diesmal richtete sie die Mündung auf seinen Schoß. Er sah die glimmende Wut in ihren Augen.

»Daisy …«

»Steig aus, bevor ich meinem Vater einen großen Gefallen erweise.«

Er sah wohl ein, dass es ihr bitterer Ernst war, stieg mit einem Seufzer aus und ließ die Tür ins Schloss krachen. Sie warf zwei Quarter auf den Asphalt vor seinen Füßen.

»Du kannst dir ja ein Taxi rufen.«

Sie fuhr und kämpfte mit den Tränen. Der Regen klatschte immer noch gegen die Windschutzscheibe und beeinträchtigte zusätzlich ihre Sicht. Sie wusste nicht, wohin sie fuhr. Sollte sie zurückfahren und ihn auflesen? Als sie sich gerade dazu entschieden hatte, erreichte sie eine Kreuzung. Hinter ihr näherte sich ein anderes Fahrzeug in rasendem Tempo. Sie hielt an der Kreuzung an, das andere Fahrzeug nicht. Es schob sie an, weiter auf den Highway zu. Sie trat auf die Bremse, aber das andere Fahrzeug war ein schwerer Truck, und sie hatte keine Chance. Er schob und schob. Der Monster Truck drohte sie zu zerquetschen.

Sie trat das Gaspedal durch. Jetzt ging es ums nackte Überleben. Hinter sich hörte sie das tiefe Signalhorn des Lastwagens. Im Rückspiegel sah sie, dass er die Verfolgung aufnahm.

Die Männer waren Handlanger ihres Vaters, und sie glaubten, dass Max Decker am Steuer seines BMW saß.

Wenn sie es nicht schafften, es wie einen Unfall aussehen zu lassen, würden sie zur Waffe greifen – und erst später Fragen stellen. Um diese Uhrzeit konnte sie sich nirgendwo verstecken, und die Dörfer rundum waren alle viel zu klein. Es gab nur eine Zuflucht für sie, und um dorthin zu gelangen, musste sie auf den Highway nach New York.

Als sie einen Hügel hinunterfuhr, einem weiteren Dorf entgegen, erinnerte sie sich an eine Abkürzung. Die Abbiegung lag auf der linken Seite und war vorher kaum zu sehen.

Beinahe hätte sie die schmale Straße verpasst. Es ging steil bergauf, und sie gab wieder kräftig Gas. Vielleicht erwies sich ihre Abkürzung als schwerer Fehler, denn der Hügel war berüchtigt wegen der vielen gestrandeten Autos. Nach jedem Winter wurden die Schlaglöcher tiefer. Rechts und links dichter schwarzer Wald. Der Highway noch mindestens drei Meilen entfernt.

»Komm schon, Baby, komm«, murmelte sie und drückte aufs Gaspedal. Der V8 Motor reagierte sofort, aber das Fahrgestell war nicht für solche Straßen gebaut. Immer wieder brach das Auto hinten aus. Hinter ihr waren zwei Männer in einem dunklen Lincoln, die hartnäckig an ihr dranblieben. Die auf und ab wippenden Scheinwerfer im Innenspiegel irritierten sie.

Es schien eine Ewigkeit zu dauern, aber dann hatte sie wieder eine normale Straße unter den Rädern, und es kam ihr vor wie stilles Gewässer nach unruhiger See. Sie versuchte, ruhig zu bleiben, atmete tief durch und sprach sich Mut zu. Der Regen hatte nachgelassen, aber die Straßen waren glitschig. Das beruhigende Lichterband der Interstate 78 rückte näher, und nun begann sie zu überlegen, was sie tun sollte, wenn sie New York erreicht hatte.

Sie fädelte auf der Interstate ein, und schon nach wenigen Minuten stellte sie fest, dass sie immer noch verfolgt wurde. Es wäre kein Problem gewesen, sie abzuhängen, aber dann lief sie Gefahr, von der Polizei wegen Rasens aufgebracht zu werden.

Ihr fiel das Handy mit Freischaltung ein, aber sie wusste nicht, ob ihr die Nummer ihres Vaters einfiel. Übers Handy hatte sie ihn schon seit Jahren nicht mehr angerufen. Aber aus dem Reservoir der Erinnerung schälte sich allmählich die Zahlenkombination hervor, und als sie die Nummer tippte, meldete sich eine mechanische Stimme, die sie aufforderte, eine Nachricht zu hinterlassen.

Sie beschimpfte ihren Vater und forderte ihn auf, seine Bluthunde abzuziehen und sie und Max Decker in Ruhe zu lassen, und dass es eine Unverschämtheit wäre, ihr Vertrauen erneut zu enttäuschen, indem er sie immer noch überwachen ließ. Je länger sie redete, desto wütender wurde sie, bis ihr bewusst wurde, dass der Nachrichtenspeicher längst voll und die Verbindung unterbrochen war.

Ein Blick in den Innenspiegel zeigte ihr, dass die Kerle noch hinter ihr waren. Vor sich sah sie die berühmte Silhouette von Manhattan. Sie preschte los, denn sie brauchte einen Vorsprung an der Zahlstelle vor dem Tunnel. Sie schaffte es, warf den Quarter ein und hielt sich streng an die Geschwindigkeit im Tunnel.

Die Chance, sich abzusetzen, bot sich ihr gleich bei der ersten Kreuzung, die blockiert war, obwohl ihre Ampel Grün zeigte. Sie blieb zunächst stehen, sah ihre Verfolger etwa vier Autos dahinter, und als die Ampel auf Rot sprang, preschte sie unter dem lauten Hupen des anrollenden Gegenverkehrs über die Kreuzung. Ihre Verfolger hatten keine Chance, denn sie wurden von den anderen Fahrzeugen vor der roten Ampel blockiert.

Sie bog auf die 42. Straße ein, auf der es viele kleine Parkhäuser gab. Sie entschied sich für eines der letzten vor der Fifth Avenue, fuhr in die schmale Einfahrt und setzte das Auto an der dunkelsten Stelle ab und rief wieder ihren Vater an.

Er belegte sie sofort mit einer Tirade wütender Flüche, die in der Drohung gipfelten: »Ich werde dich bei lebendigem Leib häuten lassen, du elender Bastard.«

»Wenn du das tust, wirst du mich nie mehr im Leben sehen«, sagte sie kalt.

Sie hörte, wie er sich fast verschluckte. »Daisy? Wo, zur Hölle, bist du?«

»Ich habe genug zu tun, mir deine Bluthunde vom Leib zu halten. Sie haben versucht, mich umzubringen. Ich meine es ernst, Dad. Du wirst mich nie mehr sehen, wenn du Max Decker auch nur ein Haar krümmst. Oder Chico und Enrico Mendoza. Begreifst du das endlich?«

Es entstand ein kurzes Schweigen, und als er dann wieder sprach, hörte es sich an, als hätte er genug von der vergeblichen Jagd. »Wo ist Decker?«, fragte er.

»Weg. Ich habe ihn in deinem Namen gefeuert. Und nur zu deiner Information – es ist vorbei. Ich habe ihn verführt, habe eine Weile meinen Spaß mit ihm gehabt und ihn jetzt in die Wüste geschickt. Ende der Story.«

Felix fluchte leise, dann sagte er: »Schon gut, Liebling. Ich bin dir nicht böse. Aber komm endlich nach Hause.«

»Du hast keinen Grund, böse auf mich zu sein. Ich bin verdammt wütend auf dich!«

»Ja, du hast Recht. Es tut mir Leid, Liebling. Aber komm nach Hause.«

»Nein. Ich rufe dich an, wenn ich in der Lage bin, allem zu begegnen, ohne dass mir übel wird.« Sie brach die Verbindung ab, bevor er weitere Fragen stellen konnte.

Bevor sie aus dem Auto stieg, versteckte sie den Revolver unter dem Beifahrersitz und suchte in den Konsolen nach Geld. Es lagen nur ein paar Münzen herum, die einen stolzen Betrag von zwei Dollar und zehn ergaben. Sie hatte keine Tasche bei sich, kein Handy, keine Kreditkarte – nichts außer dem kurzen Trenchcoat, der kaum ihren Po bedeckte. Aber sie kannte eine Adresse an der Upper West Side.

Verdammt, sie hätte sich vorher überlegen sollen, welches Parkhaus dieser Adresse näher lag. Jetzt musste sie im kalten Wetter durch die halbe Stadt laufen. Wenn sie das Auto sofort wieder aus dem Parkhaus fuhr, musste sie den Mindestsatz von fünf Dollar zahlen – und die hatte sie nicht.

Der Wind fetzte durch ihren dünnen Mantel, als sie durch die fast leeren Straßen ihrem Ziel entgegeneilte. Der Türsteher zeigte ein mildes Lächeln, als sie in ihrer spärlichen Bekleidung an ihm vorbeiging. Vermutlich hatte er schon Schlimmeres gesehen. Der Mann hinter dem Schalter in der großen Eingangshalle wollte wissen, wen sie besuchen wollte. Nach einem kurzen Zögern hob er das Telefon ab und sprach leise. Nach fünf Minuten öffnete sich die Fahrstuhlkabine, und eine schmächtige Frau trat heraus.

»Folgen Sie mir, bitte.« Sie schien nichts Ungewöhnliches an Daisys Kleidung zu finden. Geräuschlos schwebten sie hinauf zum Penthouse. Enrico Mendoza erwartete sie. Bei ihm war eine große, sehr schöne Frau, die Daisy einen hochnäsigen Blick zuwarf und dann ihren Platz in der Aufzugskabine einnahm.

Enrico führte sie in sein palastähnliches Apartment. Auf dem Esstisch standen die Reste eines üppigen Mahls mit Champagner und flackernden Kerzen.

»Du hättest sie nicht wegschicken müssen«, sagte Daisy.

Enrico schüttelte den Kopf. »Das ist ihr egal. Ich hatte sie schon bezahlt. Champagner?«

Die schmächtige Frau stand plötzlich vor ihr und reichte ihr eine elegante Flöte mit sprudelndem Bollinger. Daisy nahm das Glas in die Hand, und die Frau verzog sich wieder.

»Das ist eine unerwartete Freude für mich«, sagte Enrico.

»Für mich nicht.« Dann erkannte Daisy, wie undankbar ihre Worte klangen. »Ich meine, ich wäre nicht gekommen, wenn ich nicht deine Hilfe bräuchte. Ich habe sonst niemanden, der mir helfen kann. Entschuldige.« Sie wusste nicht, warum sie das noch hinzufügte.

Enrico musterte sie mit seinen undurchdringlichen schwarzen Augen. »Warum gibst du mir nicht deinen Mantel?«

Daisy zog ihn fester um ihren Körper. »Nein, nein, nicht nötig, wirklich. Alles in Ordnung.«

»Nun, offenbar ist es das nicht, sonst wärst du nicht hier. Du hast es selbst gesagt.« Er zog sie an sich und öffnete den Gürtel. Sie blickte verlegen zur Seite, als er ihren Mantel öffnete und sie in ihrer sexy Spitzenunterwäsche vor sich sah.

»Es ist nicht so, wie du denkst«, sagte sie und löste sich von ihm. Er stellte sich hinter sie und massierte ihre verspannten Schultern.

»Du kommst zu mir, bittest mich um Hilfe und präsentierst dich in diesem Aufzug. Was soll ich mir dabei denken?« Er schob ihre Haare zur Seite und küsste ihren Nacken, ein heißer Kuss voller Leidenschaft. Sie schloss die Augen und musste an Decker denken, an seine Verachtung, an seine alberne Eifersucht. Er würde sie nie verstehen. Es schien, als wäre ihre Beziehung von Anfang an durch Missverständnisse zum Scheitern verurteilt gewesen.

Enrico Mendoza ließ den Trenchcoat von ihren Schultern gleiten und auf den Boden fallen. Er, der erfahrene Casanova, griff nicht sofort an ihre Brüste, sondern umspannte ihre Taille mit den Händen und ließ seine Wärme in ihren Unterleib dringen.

Daisy konnte ihn spüren, hart und warm zwischen ihren Pobacken. Trotz ihres Elends wurden ihre Lust und die Erinnerungen an vergangene Liebesnächte mit Enrico geweckt. Ihr Geschlecht schwoll an und pochte vor dampfender Gier.

»Wirst du mir helfen?«, flüsterte sie.

»Das hängt von dir ab.« Seine Finger glitten hinunter zu ihrem Schenkel und zeichneten winzige Kreise auf ihre Haut, die dann etwas größer wurden, bis die Finger ihr Delta erreichten und mit den kurzen krausen Härchen unter dem Slip spielten.

Als seine Fingerspitze zwischen die Labien drang und sanft auf und ab rieb, hielt Daisy die Luft an und lehnte sich gegen ihn. Die Knöpfe seiner Weste drückten gegen ihren Rücken. Sie konnte sein exotisches, würziges Aftershave riechen, einen Hauch von Zigarrenrauch und das feine Kaschmir seines Jacketts. Ihre Pussy zog sich bei so vielen teuren Düften zusammen. In der Stille des Zimmers war ein nasser glitschiger Laut zu hören, als seine forschenden Finger in ihr glühendes Fleisch drangen.

»Oh, ja«, raunte er heiser. »Ich glaube, wir können uns gegenseitig helfen.«

Sie drehte sich um, und ihre Lippen trafen sich zum Kuss. Er schmeckte nach Kräutern und Champagner, und seine Lippen waren viel weicher als Deckers. Verdammt, sie wollte nicht immer an ihn denken müssen, dachte sie wütend, während sie Enrico das Jackett von den Schultern streifte und die Weste aufzuknöpfen begann.

Bald lagen seine Kleider verstreut auf dem Boden herum, und er zog Daisy mit sich auf einen weißen Fuchsteppich vor dem sanft flackernden Kamin. Im schwachen Schein des Feuers machte er sich wieder mit ihrem Körper vertraut, mit jeder Senke und jeder Erhebung, und sie erinnerte sich wieder an seinen Körper, noch genauso hart und durchtrainiert wie vor fünf Jahren. Die seidigen Brusthaare waren noch schwarz, mal abgesehen von ein paar Silberfäden.

Er streichelte sie mit dem Wissen eines Künstlers, als wollte er sie zwingen, sich seine Streichelrouten für immer einzuprägen. Sie ahnte, dass er an ihre früheren Abenteuer dachte und war entschlossen, auch dieses Erlebnis zu einer wunderbaren Erinnerung werden zu lassen. Er unternahm noch keinen Versuch, in sie einzudringen. Er war ein Mann, der sich gern Zeit ließ.

»Was also möchtest du von mir?«, fragte er, während sie verschlungen auf dem Boden lagen.

Sie streichelte über sein glattes Kinn. »Wie hat dieser Krieg mit meinem Vater begonnen? Was hast du ihm angetan?«

Enrico streichelte über ihre Schulter. »Nun, eigentlich habe ich ihn vor dem Ruin gerettet, aber das hat er nicht so gesehen. Ich habe bemerkt, dass die Firma, in die wir investiert hatten, sich nicht durchsetzen würde, deshalb habe ich mein Geld herausgezogen. Ich wusste, dass er dann gezwungen war, das auch zu tun. Ich glaube, es hat ihn getroffen, dass ich es vor ihm bemerkt habe, aber genau weiß ich das nicht.«

»Hast du es ihm nicht erklären können?«

»Du kennst doch Felix. Er schießt zuerst, dann stellt er Fragen. Nachdem er mich der Unehrlichkeit bezichtigt und dann mein Land verunglimpft hatte, war ich nicht mehr daran interessiert, mich einem Rassisten gegenüber zu rechtfertigen.«

Daisy nuckelte an einem nussbraunen Nippel und saugte ihn zwischen ihre Lippen. »Das heißt also, dass männlicher Stolz euch über all die Jahre zu unversöhnlichen Feinden gemacht hat. Ihr seid beide gleich.«

»Wenn du verlangst, ich soll mich bei ihm entschuldigen, verschwendest du deine Zeit. Ich bereue nichts.«

»Was ist mit deiner Drohung, die sich gegen mich richtete?«

»Die hat es nie gegeben. Er hat mich missverstanden wie immer.«

»Du hast ihn reizen wollen.«

Enrico lachte glucksend. »Ja. Ich wollte sehen, wie er sich windet und krümmt nach all den Beleidigungen, die er mir an den Kopf geworfen hat.«

Daisy richtete sich auf, irritiert von seinem trägen Lächeln. »Wann werdet ihr beide endlich erwachsen? Ein abgefuckter Leibwächter hat mir meinen Urlaub verdorben, weil es dir Spaß macht, dass mein Vater sich um mich sorgt.«

Enrico nahm sie wieder in seine Arme. »Ist dieser abgefuckte Leibwächter der Mann, in den du dich verliebt hast?«

Daisy antwortete nicht. Sie legte ihre Wange gegen Enricos träge schlagendes Herz und ließ sich von ihm streicheln.

»Kommst du morgen mit zu meinem Dad?«, fragte sie. »Ich habe ihm gesagt, ich würde ihn nie wiedersehen wollen, wenn er Decker, dir oder Chico auch nur ein Haar krümmt, aber ich weiß nicht, ob er überhaupt zugehört hat. Ich will, dass dieser ganze Unsinn ein für alle Mal aufhört, und wenn du vielleicht kompromissbereit bist ...«

Enrico drückte sie auf dem Fell auf den Rücken und begann ihr Gesicht zu küssen. Sie streckte die Arme über den Kopf, und er ließ die Finger leicht über ihren Leib wandern, bis ihre Haut zu schimmern und glühen begann.

»Bitte«, flüsterte sie. »Ich würde alles dafür tun.«

»Du brauchst dich dafür nicht als Hure anzubieten, Daisy«, sagte er sanft und fuhr fort, ihren Körper zu verwöhnen.

Sie lachte leise. »Das hättest du mir auch vor zwei Stunden sagen können.«

»Ich bin kein Heiliger, meine Liebe.«

Er küsste sie weiter, arbeitete sich an ihrem Körper hinab und hinterließ samtene Eindrücke seiner Leidenschaft, die ihre Haut prickeln ließen. Er leckte mit dem Appetit eines Connoisseurs über ihre Nippel und sah, wie sie unter seiner Zunge größer und härter wurden. Sie schnurrte voller Wohlbehagen, und ohne es zu wollen, öffneten sich ihre Schenkel.

Er verstand ihre Einladung, rutschte nach unten und schmeckte sie. Es war eine einmalig talentierte Zunge, die ihre Säfte aus ihr herauszog, bis sie die Feuchtigkeit auf dem Fell unter sich spürte. Daisy griff in seine seidigen Haare und ritt über seinen Mund, während die ersten Wellen des Orgasmus sie überfluteten. Sie schrie auf und wollte mehr, und im nächsten Augenblick stieß er tief in sie hinein.

Ihre Münder trafen sich zu einem feuchten, würzigen Kuss, und sie schlang die Beine um seine Hüften und antwortete ebenso leidenschaftlich auf seine gewaltigen Stöße. Er zuckte und schoss in sie hinein, sein Schrei laut und lang gezogen, das Ende in einem geflüsterten Keuchen.

Seine Augen weiteten sich, dann schien sich ein Schleier davor zu legen. Im nächsten Moment sackte er auf ihr zusammen. Nach einer Weile wurde er zu schwer für sie, und sie versuchte, ihn von sich zu schieben. »He, du zerquetschst mich ja«, protestierte sie leise. Er reagierte nicht.

Plötzlich wurde sie unruhig. Sie kroch unter ihm weg und versuchte, ihn auf den Rücken zu legen. Aber er war zu schwer, deshalb drehte sie nur seinen Kopf. Seine Augen waren weit aufgerissen, und sie konnte keinen Puls spüren.

»Tania!«, kreischte sie. »Rufen Sie 911!«

Sechzehntes Kapitel

Die Beerdigung von Enrico Mendoza fand auf dem kleinen Friedhof nahe der Bronx statt. Die Untersuchung hatte ergeben, dass ein massiver Arterienverschluss seinen Tod verursacht hatte. Daisy stand auch Tage später noch unter Schock und war froh über Chicos Trost, der das unerwartete Ableben des Vaters viel besser verarbeitete als sie.

Sie hatte tagelang unter Schuldgefühlen gelitten, bis Chico ihr gesagt hatte, es wäre doch ein schöner Tod, sich auf diese Weise zu verabschieden. Als sie sich um den Sarg versammelt hatten, bemerkte Daisy eine bullige Gestalt in der Ferne, die vom Auto aus der Zeremonie zusah. Sie erkannte ihren Vater sofort und war dankbar für seine diskrete Unterstützung. Er hatte sich in den letzten Tagen völlig verändert. Enricos plötzlicher Tod hatte ihn an die eigene Sterblichkeit erinnert, und er behauptete, er würde nie wieder zulassen, dass es zwischen ihm und seiner Tochter Streit gab. Diesmal glaubte Daisy ihm.

Sie begleitete Chico zum Rechtsanwaltsbüro, wo Enricos Testament eröffnet wurde. Eigentlich wollte Chico ihre Unterstützung haben, falls er seiner Enterbung zuhören musste, aber es stellte sich heraus, dass Enrico die Kaffeeplantage und den größten Teil seines beträchtlichen Vermögens seinem Sohn hinterlassen hatte. Am Nachmittag vor seinem Tod hatte Enrico seinem Testament noch einen Satz hinzugefügt: »Sagen Sie ihm, er soll sein Leben leben.«

Enrico hatte auch Daisy in seinem Testament bedacht und ihr eine hohe Geldsumme hinterlassen. Sie war sprachlos und wie vor den Kopf gestoßen, denn sie hatte nicht wirklich gewusst, wie viel sie ihm bedeutet hatte, jedenfalls nicht für fünf Millionen Dollar.

Nachdem Felix davon hörte, gab er grummelnd zu, dass er Enrico vielleicht falsch eingeschätzt hatte, fügte aber wie zur Erklärung hinzu: »Ich habe die verdammten Ausländer nie verstehen können.«

Daisy war rastlos. Ihr neues Vermögen änderte nichts an der Tatsache, dass sie eine Aufgabe brauchte. Decker war wie vom Angesicht dieser Erde verschluckt, aber ein paar Tage nach Enricos Beerdigung traf ein Paket mit zehntausend Dollar und einem handgeschriebenen Zettel mit der Nachricht »Jetzt schulde ich Dir nichts mehr« ein.

Sie ahnte die Verbitterung hinter den Worten, und sie weckten ihr Verlangen nach ihm aufs Neue, nachdem sie bis jetzt kaum Zeit gehabt hatte, an ihn zu denken.

Sie ging in seine Wohnung, aber sie war verschlossen, und der Vermieter sagte, Decker wäre vor drei Woche verreist und hätte nur seine Kleider mitgenommen. Nein, er hatte nicht gesagt, wohin er gefahren war.

Daisy versuchte, bei der Polizei etwas über ihn zu erfahren, aber er stand nicht einmal mehr in ihrem Computer. Es gab auch keine Anzeige wegen des Diebstahls von Deckers BMW. So blieben ihr also nur ein eingebeultes Auto und viele schmerzende Erinnerungen.

Chico besuchte sie. Felix hatte ihn angerufen und gesagt, wie sehr er sich um seine Tochter sorgte. Deshalb tauchte er eines Abends mit chinesischen Köstlichkeiten und einer Flasche australischen Shiraz bei ihr auf.

»Liebe tut weh, Liebling, und ich sehe, dass sie das Leben aus dir saugt.«

Sie saßen am Tisch, das Essen und den Wein vor sich, und er erzählte, dass er sich mit Piers Molyneaux angefreundet hätte, der einer der engsten Mitarbeiter seines Vaters gewesen war. Daisy fragte, ob er echt wäre oder nur hinter Chicos Geld her sei.

»Ganz ehrlich, das ist mir egal«, sagte Chico, der einen maßgeschneiderten Anzug trug und seinem Vater nie ähnlicher gesehen hatte. »Ich bin gern mit ihm zusammen, und ich kann ihn mir leisten, bis ich seiner müde geworden bin.«

Sie lachte; das erste Mal seit Wochen.

»Hör auf, dich vor meiner einzigen Frage zu drücken«, sagte Chico. »Was ist mir dir und diesem Max Decker? Hast du ihn gesehen?«

»Nein«, sagte sie mit einem Seufzer. »Ich will ihn noch einmal treffen, damit ich ihm sagen kann, dass ich anders bin, als er mich sieht, und dass er mir eine Chance geben soll, damit ich ...«

»... damit du ihm das Gehirn aus dem Kopf vögeln kannst? Ich würde dir gern sagen, dass du deine Zeit verschwendest, aber das glaube ich nicht wirklich. Nach allem, was du von ihm erzählt hast, ist er ein innerlich lädierter Mann, und er braucht dich, ob er das wahrhaben will oder nicht. Und warum gehst du nicht zurück nach Colorado, um ihn zu suchen?«

»Er ist nicht da. Ich habe das schon überprüft.«

»He, entschuldige mal, ich habe nicht bemerkt, dass du dich seit Wochen in Colorado herumtreibst, um ihn zu suchen. Wie gründlich war denn deine Suche? Hast du im *Chieftain's Rest* angerufen? Vielleicht sitzt er da, sieht dem Sonnenuntergang zu und wartet auf dich. Du kannst so nicht weiterleben, Daisy, sonst endest du wie ich.«

Daisy schob sich ein Fleischbällchen in den Mund, um Zeit für die Antwort zu gewinnen. Wahrheit war, dass sie sich fürchtete, intensiver nach ihm zu suchen. Sie wollte nicht weitere Enttäuschungen erleben, und wollte nicht erneut zurückgewiesen werden, falls sie ihn fand. Deshalb hatte sie jetzt schon einen Monat gar nichts mehr unternommen, war zu Hause geblieben und hatte mit ihrem Schicksal gehadert. Chico hatte Recht. So konnte es nicht weitergehen.

»Also gut. Ich gehe nach Colorado und finde ihn«, erklärte sie plötzlich.

Chico blickte lächelnd von seiner Reisschüssel hoch. »Dann buche sofort einen Flug.«

Daisy schüttelte den Kopf. »Ich fahre hin. Nach dem Essen musst du mir beim Packen helfen.«

Chico schüttelte ungläubig den Kopf. »Fahren? Warum?«

»Wenn ich ihn finde, will ich ihm sein Auto zurückgeben, und wenn es zwischen uns wieder klappt, komme ich vielleicht nicht wieder zurück.«

»Ja, das sehe ich ein«, sagte Chico. »Aber erwarte nicht, dass ich das Felix beibringe.«

Am nächsten Morgen fuhr sie los. Jetzt hatte sie eine Aufgabe, und das allein gab ihr neuen Schwung. Sie hatte kaum Augen für die sich verändernden Landschaften, für die wogenden Felder und die riesigen Espenwälder. Am dritten Abend traf sie in Durango ein und buchte ein Zimmer im Motel: sie war zu müde, sofort zum *Chieftain's Rest* zu fahren. Es war ein heißer, schwüler Tag auf staubigen Fahrbahnen gewesen.

Bevor sie den Fernseher ausschaltete, sah sie sich noch das Wetter an. Zwei Tiefdruckgebiete rasten über New Mexico aufeinander zu und ließen für die nächsten vierundzwanzig Stunden heftige Unwetter befürchten. Der Wettermann sagte, er würde in den nächsten Stunden genauere Angaben machen können, die Zuschauer sollten mit dem Schlimmsten rechnen.

Irgendwie löste die Nachricht ein heftiges Unbehagen in Daisy aus, aber sie konnte nicht sagen, woran das lag. Unwetter waren nicht gerade selten in dieser Gegend.

Am nächsten Morgen prallte sie beim ersten Schritt ins Freie schon zurück, so sehr traf sie die Hitze. Von einem Moment zum anderen klebte ihre Kleidung an der Haut, und die heiße Luft glühte in ihrer Kehle. Wolken blähten sich im Süden auf und wurden vom Sturm in ihre Richtung geblasen. Im Osten ballte sich ein anderes Sturmtief zusammen, größer noch und dunkler.

Sie fuhr zum *Chieftain's Rest* und hielt vor dem niedrigen Bürogebäude unten auf dem Parkplatz an. Tiefe Enttäuschung überfiel sie. Zu den vielen Warnschildern war noch ein anderes hinzugekommen, das besagte: *Wegen Renovierung geschlossen.* Das Büro war verriegelt. Auf dem Parkplatz stand kein anderes Auto.

Sie fuhr zu dem Imbiss, eine Meile die Straße entlang. Vielleicht konnte man ihr da sagen, was mit der Herberge geschehen war. Unterwegs hörte sie den ersten fernen Donner, der sie wie ein böses Omen begleitete. Der Sturm raste in beängstigender Schnelligkeit auf sie zu.

Zwei Gäste starrten in dem kleinen Laden auf den Fernseher und verfolgten den Wetterbericht. Der gelangweilte Junge hinter dem Tresen reichte ihr eine Cola und einen *Doughnut,* und sie fragte ihn nach *Chieftain's Rest.*

»Die alte Lady hat vor einem Monat oder so verkauft. Sie hat jetzt einen Laden am Lake Havasu.«

»An wen hat sie denn verkauft?«

Der Junge hob die Schultern. »Irgendjemand aus dem Osten.«

»Weißt du seinen Namen?« Daisy spürte, wie sie wieder Hoffnung schöpfte.

Die beiden Gäste wandten den Blick vom Bildschirm. »Ich glaube, er heißt Cutter. Dan Cutter. Er fährt einen alten Benz und hält sich ziemlich zurück.«

Der andere Gast räusperte sich. »Ja, klar, abgesehen von den Huren.«

Daisy verzog keine Miene. »Huren?«

»Sie sind nicht seine Frau, oder?«

»Nur eine gute Bekannte«, sagte sie.

»Ach so, das ist in Ordnung. Er hat Huren da oben, nie weniger als zwei. Manche kommen anschließend hier vorbei. Was immer er mit ihnen da oben anstellt – es macht sie verdammt hungrig.«

Der Junge hinter dem Tresen musste geahnt haben, dass sie nicht glücklich über die Auskunft war und schenkte ihr ein freundliches Lächeln. »Aber keine von ihnen ist so eine feine Lady wie Sie, Miss.«

»Eh, danke. Wie gesagt, ich bin nur eine Bekannte.« Sie ließ Cola und *Doughnut* auf dem Tresen stehen und floh hinaus. Der Himmel wurde dunkler von Minute zu Minute, und jede tief hängende Wolke schien die Bedrohung für sie größer zu machen.

Sie fuhr zurück auf den Parkplatz, auf dem jetzt zwei Auto standen, darunter auch ein Mercedes 500 SL.

Sie kletterte die Leiter hinunter und spürte ihre wackligen Beine. Als sie zum Himmel schaute, schienen ihr die schweren Wolken fast auf den Kopf zu fallen. Sie zwang ihre Aufmerksamkeit wieder auf die Sprossen und bewegte sich langsam und ängstlich. Als sie unten stand, rief sie »Hallo«, aber niemand reagierte.

Aus den Augenwinkeln nahm sie eine Bewegung wahr. Ihr Kopf fuhr herum. Auf einer niedrigen Mauer saß eine Katze, die kurz aufschaute und dann fortfuhr, ihre Pfoten zu putzen. Daisy starrte die Katze an; ihr Fell hatte die Farbe des Sandsteins, auf dem sie saß, während Gesicht und Pfoten dunkelbraun wie Bitterschokolade waren.

»Delilah!«, rief sie und streckte die Hand aus, um ihr über den Kopf zu streicheln. Die Katze schmiegte das Gesicht an Daisys Hand und begann zu schnurren, aber dann blitzte es, und das Tier sprang elegant auf und verschwand.

Daisy folgte ihr wie Alice dem Kaninchen. Sie wanderte

durch die *kiva,* und dort nahm sie die Rockmusik in einem der oberen Räume wahr. Nirvana. *Come As You Are.* Ein Donnerschlag folgte dem nächsten, dazwischen grelle Blitze. Daisy ging die Treppe hoch und blickte in das Zimmer hinein, aus dem die harte Musik klang.

Er lag mit zwei jungen Frauen auf dem Bett, zwei schlanke, langgliedrige, langhaarige weiße Frauen. Daisy konnte sein Gesicht nicht sehen, weil es von den Brüsten einer der Frauen verdeckt war, während die andere Frau auf ihm ritt. Ihre tiefen Seufzer gingen in der krachenden Musik unter. Zwei Flaschen Jack Daniels standen auf dem Tisch, eine leer, die andere halb leer. Der Aschenbecher quoll über.

Mit kräftigen Stößen rammte er in die Frau hinein, deren Schreie lauter wurden. Die andere Frau streckte sich nach der Freundin, und in diesem Moment sah er Daisy in der Tür stehen.

Sein Gesicht verwandelte sich. Die Maske der Lust verschwand wie weggewischt und wurde von einem Ausdruck des Entsetzens abgelöst, der ihrem eigenen entsprach. Er schnipste die Finger und blaffte die Frauen an. »Geht.«

Sie sammelten hastig ihre Kleider ein und rannten an Daisy vorbei, ohne sie auch nur eines Blickes zu würdigen. Decker wischte sich über den Mund, um die Spuren der Lippenstifte zu beseitigen, dann stand er auf und ging auf sie zu, aber Daisy wollte es nicht geschehen lassen, dass er sie berührte.

Sie wandte sich ab und rannte davon. Sie hörte, wie er ihren Namen rief, aber sie lief weiter, bis sie die Strickleiter erreichte, während laute Schluchzer aus ihrer Kehle drangen. Sie nahm nur im Unterbewusstsein wahr, dass es zu regnen begonnen hatte. Der nächste Donnerschlag explodierte fast über ihr.

»Daisy! Komm zurück! Du bist da draußen nicht in Sicherheit!« Er folgte ihr die Leiter hoch. Sie erreichte festen

Boden unter den Füßen und rannte den schmalen Pfad entlang, aber immer öfter rutschte sie auf dem glitschigen Boden aus. Der Tag war plötzlich tiefschwarz geworden. Sie wusste nicht mehr, wohin sie lief, sie wusste nur, dass sie Decker entkommen musste.

Auf dem Klippenrand erwischte er ihr Handgelenk und zog sie herum. Voller Zorn schlug sie mit den Fäusten gegen seine nackte Brust. In der Eile hatte er es nur geschafft, seine Hose anzuziehen. Sie schrie ihn an, dass sie ihn hasste, immer und immer wieder. Sie wollte ihm mit den Fingern in die Augen stechen, aber er schlug sie so hart ins Gesicht, dass sie zu Boden stürzte. Der Regen war in Hagel übergegangen, der ihr in die Haut brannte. Decker zog sie vom Boden hoch.

»Entschuldige«, rief er gegen den Wind, »wir müssen uns irgendwo unterstellen. Hier draußen haben wir keine Chance mehr.«

»Da hast du verdammt Recht. Wir konntest du es wagen, vor mir davonzulaufen? In New Jersey, meine ich?«

Er starrte sie mit weit aufgerissenen Augen an. »Du bist es, die in meinem Auto abgehauen und zurück zu Mendoza gegangen ist. Was sollte ich denn tun? Wie ein Mönch leben und auf dich warten?«

»Ich bin nicht zu ihm zurückgegangen, du Idiot. Ich war wütend auf dich, weil du mich belogen hast, aber ich bin nicht zu ihm zurückgegangen. Ich habe ihn um Hilfe gebeten.«

»Hilfe?«

»Ja, aber das spielt jetzt keine Rolle mehr. Du hast deine Flittchen, und ich habe genug Geld, genau das zu tun, was ich will. Und du spielst in meinem Leben keine Rolle mehr.«

»Und warum bist du gekommen?«

Sie zitterte vor aufgestauter Wut, und als sie was sagen

wollte, kam kaum was über ihre Lippen. Die Hagelkörner wurden dicker, aber sie schmerzten nicht so sehr wie die Tränen, die heiß über ihr Gesicht rannen. »Dies ist mein ganz besonderer Ort, und du hast ihn mir gestohlen und füllst ihn mit Schlampen und vögelst dich in ein frühes Grab. Nun gut, viel Glück dabei. Ich brauche dich sowieso nicht.«

»Diese Frauen bedeuten mir nichts. Ich wollte nur eine Lücke füllen und ...«

»Eine Lücke füllen? Ich glaube, du hast was ganz anderes bei ihnen gefüllt«, schrie sie ihn an, aber gegen den heulenden Sturm konnte sie sich kaum durchsetzen.

»Du wolltest nichts mehr von mir wissen. Was hätte ich denn tun sollen?«

»Und du glaubst, dann ist es okay, sich durch Colorado zu vögeln?«

»Ach? Wer rechnet denn jetzt mit zweierlei Maß? Was hast du denn zwei Wochen lang getan?«

»Das war was anderes! Da wusste ich noch nicht, dass ich in dich verliebt war.«

Er trat dicht vor sie. »Und jetzt?«

Der Sturm war so heftig, dass sie sich kaum auf den Füßen halten konnte, aber sie wischte seine stützende Hand ab.

»Jetzt? Jetzt halte ich dich für ein Stück Scheiße.«

»Ich kann mir nicht vorstellen, dass du den weiten Weg gekommen bist, um mir das zu sagen.«

»Ich würde noch viel weiter fahren, um es dir an den Kopf zu werfen.«

»Was willst du wirklich?« Er drängte sich an sie, damit sie nicht schreien musste. »Sage es mir.«

Als sie den Mund öffnete, hörten sie ferne Schreie und das Geräusch von klirrendem Glas. Sie drehten sich beide erschrocken um. Eine Meile von ihnen entfernt hatte ein gewaltiger Wirbel die Imbissbude vernichtet, und jetzt raste der Tornado direkt auf sie zu.

»Oh, verdammt!«, rief Decker und packte Daisys Hand. Er hielt sie umschlungen und suchte nach einem sicheren Ort. Es gab keinen, auch nicht das niedrige Bürogebäude. »Die Wände sind nicht stabil genug.« Der Wirbelsturm näherte sich, und sie rannten den schmalen Pfad zurück, Decker vorneweg, damit er Daisy auffangen konnte, falls sie stürzte. Sie rutschten und glitten, hielten sich am nassen Geländer fest und starrten wie gebannt auf den Tornado, der sich mit rasender Geschwindigkeit näherte. Daisy konnte so gut wie nichts mehr sehen, weil ihr die nassen Haarsträhnen vor die Augen fielen.

Es war Decker, der ausrutschte und sich verzweifelt am Geländer festhielt, das aber auch nicht mehr fest war. Der Sturm lockerte die Pfosten und rüttelte an den Stangen. Deckers Arme wedelten durch die Luft, während er versuchte, seinen Fall zu bremsen.

Daisy schrie verzweifelt seinen Namen und griff nach ihm, aber dabei verlor sie auch ihren Halt und stürzte den Pfad hinunter, sie verlor die Orientierung, schloss die Augen und hielt sich an Decker fest, an seinem harten, warmen Körper und spürte, wie sie auf dem Weg nach unten gegen Felsen und Pinienstämme prallte.

Zum Glück kamen sie beide irgendwann zum Stillstand. Daisy hob den Kopf wie ein misstrauischer Präriehund und versuchte zu orten, wo sie gelandet waren.

»Pass auf!« Decker drückte ihren Kopf nach unten, als etwas Großes und Dunkles dicht über ihren Köpfen nach unten schoss und mit lautem Krach Bäume bersten ließ und weiter flog.

»Was war das?«, rief Daisy.

Decker schüttelte den Kopf. Der Sturm heulte noch, aber er hatte schon an Kraft verloren.

Nach einigen Momenten, in denen Daisy den Atem anhielt, traute sie sich wieder, nach oben zu schauen. Die

Wolken fegten immer noch über den Himmel, blähten sich auf und glühten im Schein der Blitze. Decker bewegte sich langsam.

»Jetzt sind wir sicher.« Er kroch von ihr weg und richtete sich auf. Sein nackter Oberkörper war zerkratzt, zerschunden und voller Blut. Daisy hatte es nicht so schlimm erwischt, ihre Kleider hatten sie geschützt, aber sie spürte, wie Blut über ihre Wange rann, und ihr nackter Unterschenkel sah so aus, als hätte Delilah sie in einem Anfall prämenstrueller Spannungen angegriffen.

Decker schaute zu den Klippen hoch. Sie waren etwa sieben, acht Meter gefallen, aber Daisy war der Sturz viel länger vorgekommen.

»Da drüben ist die Leiter. Komm.« Er zog sie auf die Füße und führte sie zur Leiter. Es regnete wieder, ein viel kälterer Regen als vor dem Hagel, und sie schüttelten sich beide. Daisys Zähne klapperten.

Im dunklen Schutz der Gebäude war alles ruhig und trocken. Sie liefen hinein, tranken Whisky und sahen zu, wie der Regen gegen die Scheiben trommelte. Die ganze Landschaft bot sich in grauer Eintönigkeit dar. Aber an einigen Stellen brach der Himmel auf, und im Süden war sogar schon ein Stück Blau zu sehen.

Fast zeitgleich hörten sie auf zu zittern, sie sahen sich an und schienen im selben Moment auf denselben Gedanken gekommen zu sein – sie küssten sich, und dabei stießen ihre Nasen zusammen.

»Entschuldige«, sagte Decker und wich zurück. Daisy zog ihn wieder heran und drückte einen zärtlichen, aber leidenschaftlichen Kuss auf seinen Mund.

»Entschuldigung angenommen.«

»Das meinte ich nicht. Ich meine die ganze verfahrene Kiste, vom Urlaub bis heute.«

»Es bleibt dabei – Entschuldigung angenommen.« Sie küsste ihn wieder. Er zog sie auf seinen Schoß und hielt sie fest. Sie spürte etwas Pelziges an ihren Beinen – Delilah war zurück.

Daisy hob sie auf und schmiegte sie an ihren Körper. Sie hockten zu dritt da, klamm, kalt und doch gemütlich, eben wie zu Hause.

»Also, wer bist du, Max Decker oder Dan Cutter?«, fragte sie und drückte die Nase in das Fell der Katze.

»Max genügt. Ich habe auch noch andere Namen gehabt, aber das erzähle ich dir später.«

»Ja, okay.« Sie wusste, dass sie irgendwann davon hören würde. »Was war das schwarze Ding, was uns beinahe die Köpfe weggehauen hat?«

Er hob die Schultern und nahm noch einen Schluck Whisky. »Ich schätze, das war ein Teil des Bürogebäudes, aber genau weiß ich es nicht. Und ich fürchte, keine Versicherung wird für den Schaden geradestehen.«

»Was machst du jetzt? Stimmt es, dass du die Anlage gekauft hast?«

Er schenkte sich Whisky ein und nickte. »Ich wollte nicht, dass irgendein gewissenloser Makler sich hier alles unter den Nagel reißt. Aber was ich genau mit dem *Chieftain's Rest* anfange, weiß ich auch noch nicht.«

Daisy lachte. Delilah sprang von ihrem Schoß. »Ich hätte dich nie für einen Romantiker gehalten, Deck. Du bist ja schlimmer als ich.«

»Nun ja, ich schätze, ich habe die Arschkarte gezogen«, murmelte er in die Whiskyflasche. »Was schlägst du vor? Ich habe die Herberge zwar gekauft, aber ob wir davon leben können, weiß ich nicht.«

Es gefiel ihr, dass er von ›wir‹ gesprochen hatte. Es hörte sich warm und tröstlich an. »Hm. Eigentlich bräuchten wir einen begeisterungsfähigen Millionär, der bereit ist, Geld in diese Anlage zu stecken.«

»Ja, stimmt«, sagte er, »aber so einer verirrt sich nicht nach Colorado.«

Erst jetzt wurde ihr bewusst, dass Decker keine Ahnung von ihren neuen Vermögensverhältnissen hatte. Sie gab ihm einen Stoß in die Rippen. »Wir wäre es mit mir?«

Er sah sie verdutzt an. »Du? Wieso du?«

»Ich erzähle dir meine Geheimnisse, wenn du mir deine erzählst. Sagen wir, ich war ehrlich zu jemandem, der mich wirklich geliebt hat.«

»Und warum bist du dann zurückgekommen? Um mich als Versager zu sehen?«

Sie leckte über einen Finger und tupfte Blut von seinem Kinn. »Manchmal kannst du unheimlich schwer von Begriff sein, Max Decker. Siehst du denn nicht, dass ich nie weg gewesen bin? Dass ich hierhin gehöre?«

Er starrte sie so lange an, dass sich das Dunkelgrün seiner Augen unauslöschlich auf ihre Netzhaut prägte. Er zog sie auf seinen Schoß, hielt sie umschlungen und barg sein Gesicht in ihren Haaren. Er wollte nicht, dass sie seine tiefen Emotionen sehen konnte. Noch nicht.

Der Sturm war abgezogen. Erfrischender Regen prasselte herunter und tränkte die überlebenden Bäume. Daisy füllte die Lungen mit dem süßen Geruch frischer Erde und fühlte sich rundum zufrieden. Trümmer der zerstörten Gebäudeteile lagen überall herum. Wie ein Schlachtfeld, würde ihr Vater sagen. Eines Tages würde sie ihn wissen lassen, wo sie war, denn konnte er selbst sehen, welches Paradies sie gefunden hatte.

Decker löste die Arme um Daisy. »Natürlich habe ich dir noch nicht verziehen, dass du zum zweiten Mal mein Auto gestohlen hast«, sagte er.

»Darüber wollte ich mit dir reden«, sagte sie und ging hinaus auf den Balkon, der mit Unrat übersät war. Decker folgte ihr, und gemeinsam ließen sie sich vom Regen einweichen; es dauerte keine Minute, bis sie klatschnass waren.

Die Sonne brach durch die Wolken und wärmte die Erde

schon wieder auf, Aufgalopp zur nächsten Runde. Im Süden legte sich ein dunstiger Schleier über das Land, und aus der Wüste erhob sich ein gewaltiger Regenbogen.

Sie hörte, wie Decker scharf die Luft anhielt. Sie folgte seinem Blick und begriff seine Reaktion. Der große schwarze Gegenstand, der sie auf dem Pfad fast platt gewalzt hatte, hing da unten, aufgespießt von einer Kiefer, deren Spitze sich durch die Windschutzscheibe gebohrt hatte.

»Ich habe dein Auto zurückgebracht«, sagte sie leise und musste sich auf die Lippen beißen, um nicht zu lachen.

Deckers Stirn legte sich in Falten. Er ging mit kleinen Schritten auf sie zu.

Daisy wich zurück, aber ihr Grinsen verbreitete sich übers ganze Gesicht.

»Komm her«, knurrte er.

»Nein.« Sie rannte vor ihm weg, lief den Balkon entlang, musste über abgebrochene Holzteile springen und musste dann anhalten, weil sie zu sehr lachte.

Als er sie greifen konnte, zerrte er sie zu Boden, mitten in eine große Pfütze. Sie rangen miteinander, bis er über sie grätschte und ihre Arme über den Kopf hielt. Die winzigen Regentropfen fühlten sich schwer und sinnlich auf ihrer nackten Haut an, als er ihre Bluse aufriss und dann den kleinen Haken des BHs fand. Er beugte sich über sie und leckte die Regentropfen von ihren Brüsten.

»Reicht es dir nicht, dass du mein Herz, meinen Verstand und meinen Schwanz ruinierst? Vergreifst du dich jetzt auch noch an meinen Autos?«

»Nie wieder«, sagte sie leise.

Er nahm eine Hand voll roter Erde und malte ein großes M über ihre Brüste. »Jetzt gehörst du mir. Keine Biker mehr, keine Sturmjäger, keine Kerle mit einem Z in ihrem Namen. Verstanden?«

»Das weißt du selbst, sonst wäre ich nicht hier.« Er kniete sich über sie, und sie konnte die Schwellung seiner Erektion sehen. Sie streckte eine Hand danach aus, drückte und streichelte über die Beule. Daisy zog den Reißerschluss auf, und der Schaft sprang ins Freie. Keine Unterwäsche. Sie erinnerte sich, dass er sich in aller Hast angezogen hatte, und sie erinnerte sich auch warum.

»Und keine Flittchen mehr«, sagte sie streng, sprach aber mehr zum Schaft als zu ihm.

Er schüttelte den Kopf. »Nein.«

Sie stülpte den Mund über den Schaft, und ihr Kopf ging auf und ab. Er richtete sich in eine sitzende Position auf und gab sich den wunderbaren Gefühlen hin. Als er zu pochen begann, hob er Daisy an und zog sie wieder auf seinen Schoß.

»Sage mir, was du mir neulich gesagt hast.« Er hielt ihre Hände mit einer Hand fest, beugte sich vor und leckte mit breiter Zunge über ihre Nippel.

»Sage es«, befahl er und saugte einen Nippel hart in den Mund.

Sie war überwältigt vom Verlangen nach diesem Mann. Vom ersten Moment an hatte sie gewusst, dass er zu ihr gehörte, sie zu ihm.

»Ich liebe dich«, flüsterte sie, trunken vor Sehnsucht. Ihre Lippen trafen sich wieder, ihre Körper vereint in einem langsamen sinnlichen Tanz. Sie schüttelte sich vor Lust und sagte die drei Worte lauter und lauter, bis sie von den Felsen als Echo zurückgeworfen und vom Wind hinausgetragen wurden in die weite Welt.

Ende